KB069310

이카루스

THE ICKABOG

The Ickabog logo, and the crown and feather motifs, and full-page inside illustrations
© J.K. Rowling, 2020
Text copyright © J.K. Rowling, 2020
Cover illustration and design, and decorative inside art © Hodder & Stoughton, 2020
Full-page inside illustrations by winners of The Ickabog Illustration Competition
Korean translation copyright © 2020 by Moonhak Soochup Little Book Co.
All rights reserved.

Cover illustration and design, and
decorative inside art © Hodder & Stoughton 2020

저자와 일러스트레이터의 저작인격권이 보장되어 있습니다.
이 책에서 등장하는 모든 인물과 사건은 허구이며 실존 인물과 사건을 연상시키는 부분이 있더라도
이는 저자의 의도와 무관합니다.
이 책은 저작권사와의 독점계약으로 문학수첩리틀북에서 출간되었습니다.
저작권법에 의해 한국 내에서 보호를 받는 저작물이므로 무단 전재와 무단 복제를 금합니다.

J.K. ROWLING

이카보그

J.K. 롤링 지음 | 박아람 옮김

문학수첩 리틀북

언제나 이 이야기를 가장 좋아해 주고
십 년 동안 제대로 완성해 달라고 닦달해 준 매켄지 진과,

리사 치즈케이크와 라마를 영원히 추모하는
메건 반스와 패트릭 반스,

그리고 물론, QSC의 자랑스러운 딸들이자
멋진 두 데이지인
데이지 굿윈과 데이지 머리에게

〈이카보그〉를 바칩니다.

♛ 서문

〈이카보그〉 이야기를 구상한 것은 오래전의 일이다. '이카보그Ickabog'는 '영광이 없다', '영광이 사라졌다'는 뜻의 'Ichabod'를 변형해서 만든 말이다. 이야기를 다 읽고 나면 왜 '이카보그'라는 이름을 골랐는지 이해하게 될 것이다. 이 이야기에는 내가 오래전부터 관심을 갖고 있던 주제들이 들어 있다. 우리가 상상해 낸 괴물은 우리에 대해 무엇을 말해 줄까? 한 개인이나 국가는 어떻게 악에 사로잡힐까? 그것을 물리치려면 또 어떻게 해야 할까? 왜 사람들은 이렇다 할 증거도 없이 거짓말에 속아 넘어갈까?

〈이카보그〉는 〈해리 포터〉 시리즈를 쓸 때 틈틈이 써 놓은 이야기이다. 그 뒤로 크게 고치지 않았다. 언제나 가엾은 도브테일 부인의 죽음에서 시작해 끝은…… 이 책을 처음 펼친 독자를 위해 결말은 밝히지 않겠다!

나는 당시 어렸던 나의 두 아이들에게 이 이야기를 읽어 주었다. 하지만 끝내 완성하지 못해서 이 이야기를 무척 좋아했던 나의 딸 매켄지는 늘 아쉬워했다. 〈해리 포터〉 시리즈가 완결된 뒤 5년 동안 휴식기를 가지면서 당분

간 어린이 책은 출간하지 않기로 결심했고 결국 〈이카보그〉는 완성되지 않은 채 다락으로 올라갔다. 그 후 10년이 넘도록 이 이야기는 다락에 틀어박혀 있었다. 코로나 바이러스 사태로 인해 수백만 명의 아이들이 학교에 가지 못하고 친구도 만나지 못한 채 집에만 있어야 하는 상황이 벌어지지 않았더라면 〈이카보그〉는 틀림없이 지금도 다락에서 나오지 못했을 것이다. 코로나 바이러스 사태를 지켜보면서 나는 이 이야기를 인터넷에 무료로 공개하고 어린이들에게 삽화를 그려 달라고 청하면 어떨까 생각하게 되었다.

타이핑과 손 글씨가 뒤섞인 채로 뽀얗게 먼지 쌓인 상자에 담겨 있던 종이들이 다락에서 내려왔고 나는 다시 손을 보기 시작했다. 〈이카보그〉 이야기의 첫 독자이자 이제는 청소년이 된 우리 아이들이 밤마다 내 옆에 앉아 완성된 부분을 들어 주었다. 그러다 이따금씩 자신이 좋아했던 내용을 왜 뺐느냐고 따져 묻기도 했다. 그럴 때면 나는 그 놀라운 기억력에 감탄하며 그 애들이 아쉬워하는 내용을 모조리 다시 넣었다.

이처럼 내게 큰 힘이 되어 준 가족 외에도 그토록 짧은 시간 안에 〈이카보그〉를 인터넷에 공개하도록 도움을 준 사람들에게 고마운 마음을 전하고 싶다. 나의 두 편집자 아서 러빈Arthur Levine과 루스 올타임스Ruth Alltimes, 블레어 파트너십Blair Partnership의 제임스 맥나이트James McKnight, 나의 관리 팀인 레베카 솔트Rebecca Salt와 니키 스톤힐Nicky Stonehill, 마크 허친슨Mark Hutchinson, 나의 대리인인 닐 블레어Neil Blair. 이 모든 관계자들의 고된 노력이 없었다면 〈이카보그〉는 세상에 나올 수 없었다. 진심으로 감사드린다. 일러스트 공모전에 그림을 보내준 모든 어린이들에게도(그리고 어쩌다 끼어 있는 어른에게도!) 고마움을 표하고 싶다. 그림들을 훑어보면서 큰 기쁨을 느꼈다. 그 놀라운 재능에 감탄한 사람은 나뿐만이 아닐 것이다. 〈이카보그〉가 미래의 예술가들과 삽화가들에게 첫 전시장이 되어 주었다고 믿고 싶다.

코르누코피아의 땅으로 돌아와 오래전에 시작한 일을 끝낸 것은 나의 집필 인생에서 무척 보람 있는 경험이었다. 이제 내가 당부하고 싶은 것은 하나뿐이다. 내가 즐겁게 쓴 만큼 여러분도 즐겁게 읽어 주길 바란다!

2020년 7월 J.K. 롤링.

CONTENTS

이기적인

1장
겁 없는 왕 프레드

옛날에 수 세기에 걸쳐 금발의 왕족이 대대로 다스려 온 코르누코피아라는 작은 나라가 있었다. 그중에 겁 없는 왕 프레드가 다스리던 시기의 이야기를 들려주려 한다. 그가 대관식 날 아침에 자신을 '겁 없는' 왕이라 칭한 까닭은 단지 이 별명이 프레드라는 이름과 잘 어울리기 때문만은 아니었다. 사실 그는 혼자서 말벌 한 마리를 때려잡은 적이 있었다. 단, 하인 다섯 명과 시종 아이가 거들어 준 것을 살짝 눈감아 준다면 말이다.

겁 없는 왕 프레드는 왕위에 오를 때부터 큰 인기를 누렸다. 사랑스러운 노란 곱슬머리와 멋들어지게 꼬부라진 콧수염, 당대 부유한 남자들이 즐겨 입었던, 몸에 꽉 끼는 반바지와 벨벳 윗도리, 주름 장식의 셔츠가 너무도 잘 어울렸다. 그를 보는 사람마다 너그러운 왕이라 칭송하며 환하게 웃는 얼굴로 손을 흔들어 주었다. 그뿐 아니라 그를 아주 멋지게 그린 초상화들이 왕국 전역에 배포되어 각 도시의 시청과 마을 회관에 걸렸다. 코르누코피아 사람들은 새 왕에게 무척 만족했고 많은 이들은(당시에는 아무도 입 밖에 내지 않았지만) 이가 들쭉날쭉했던 그의 아버지 의로운 왕 리처드보다 새 왕이 나라를 더 잘 다스릴 거라고 믿었다.

프레드 왕은 코르누코피아를 통치하기가 그리 어렵지 않다는 것을 깨닫고 내심 마음을 놓았다. 코르누코피아는 절로 돌아가는 듯했다. 거의 모든 이들이 풍족하게 먹고 있었고, 상인들은 큰돈을 벌었으며, 아주 작은 문제라도 벌어지면 왕의 고문들이 모조리 해결해 주었다. 프레드는 그저 마차를 타고 나갈 때마다 백성들에게 환한 미소를 보여 주고 절친한 두 친구인 스피틀워스 경, 플래푼 경과 함께 일주일에 다섯 차례 사냥을 즐기기만 하면 되었다.

스피틀워스와 플래푼도 시골에 큰 영지를 소유하고 있었지만 왕과 함께 궁전에서 지냈다. 왕의 음식을 먹고 왕의 사냥터에서 사냥을 하면 더 재미있는 데다 돈도 아낄 수 있었기 때문이다. 그래서 그들은 왕이 궁전의 아름다운 여인들에게 마음을 빼앗기는 것을 막으려고 애썼다. 왕비가 생기면 그런 재미있는 삶을 누릴 수 없게 될까 봐 프레드가 결혼하지 않기를 바랐던 것이다. 한동안 프레드는 에슬란다 아가씨를 흠모하는 듯했다. 프레디가 금발의 미남이라면 에슬란다 아가씨는 짙은 색 머리칼의 아름다운 여인이었다. 그러나 스피틀워스는 에슬란다가 너무 진지한 데다 책벌레인 탓에 백성들이 왕비감으로 좋아하지 않을 거라며 프레드의 마음을 돌렸다. 프레드는 몰랐지만 사실 스피틀워스는 에슬란다에게 원한을 품고 있었다. 예전에 그녀에게 청혼했다가 거절당한 탓이었다.

스피틀워스 경은 몸이 깡말랐지만 교활하고 영리했다. 그의 친구 플래푼은 혈색 좋은 얼굴에 덩치가 어찌나 우람한지 커다란 적갈색 말에 올라타려면 장정 여섯 명이 들어 올려야 했다. 플래푼은 스피틀워스만큼 영리하진 않았지만 그래도 왕보다는 훨씬 더 예리하고 날카로운 사람이었다.

아첨에 뛰어난 두 귀족은 말 타기든 원반 튕기기 놀이든 프레드가 하는 모든 일에 대해 어쩜 그렇게 잘하느냐며 늘 감탄하는 시늉을 했다. 스피틀워스는 왕을 설득해 자기가 좋아하는 일을 하도록 끌어들이는 재주가 있는가 하면, 플래푼은 왕이 그 둘을 세상에서 가장 충성스러운 백성이라고 믿게 만드는 재주가 있었다.

프레드 왕은 스피틀워스와 플래푼을 아주 좋은 친구들로 여겼다. 두 사람은 항상 프레드에게 화려한 파티나 우아한 피크닉, 호화로운 연회를 부추기곤 했는데, 이는 코르누코피아가 국경 넘어 멀리까지도 음식으로 유명한 나라였기 때문이다. 코르누코피아의 도시들은 저마다 특산품이 하나씩 있었고 그 특산품들은 모두 세계 최고 수준을 자랑했다.

국토의 남쪽에 자리한 코르누코피아의 수도 슈빌은 드넓은 과수원과 황금빛으로 일렁이는 밀밭, 새하얀 젖소들이 풀을 뜯는 에메랄드빛 초록색의 풀밭으로 에워싸여 있었다. 이 지역 농부들이 생산하는 크림과 밀가루, 과일 등은 과자와 케이크를 만드는 슈빌의 뛰어난 제과제빵사들에게 공급되었다.

이쯤에서 지금까지 먹어 본 케이크나 비스킷 중 가장 맛있는 것을 떠올려 보기 바란다. 장담컨대, 그것을 슈빌에서 내놓았더라면 처참히 망신을 당했을 터이니. 건장한 사내조차 한 입 베어 무는 순간 눈물을 글썽이지 않는 케이크는 슈빌에서 실패작으로 여겨져 두 번 다시 만들어지지 않았다. 슈빌의 제과점 진열장들에는 '아가씨의 꿈'과 '요정의 요람', '천국의 희망' 같은 진귀하고 맛 좋은 과자와 케이크가 그득했다. 특히 그중에서도 가장 유명한 '천국의 희망'은 특별한 날에만 먹는 별미로, 누구나 기쁨의 눈물을 흘릴 만큼 절묘하고 환상적인 맛을 자랑했다. 이웃나라 플루리타니아의 포르피리오 왕은 프레드 왕에게 서한을 보내 '천국의 희망'을 평생 먹게 해 준다면 자기 딸들 가운데 하나를 골라 왕비로 맞이하게 해 주겠다고 제안하기도 했다. 그러나 스피틀워스는 서한을 가져온 플루리타니아 대사의 얼굴에 대고 시원하게 비웃어 주라고 조언했다.

"'천국의 희망'과 맞바꾸려면 그 딸들의 미모로는 턱도 없습니다, 폐하!"

스피틀워스는 이렇게 말했다.

슈빌의 북쪽으로 초록의 들판과 반짝이는 맑은 강줄기들이 어우러진 곳에는 숯처럼 까만 젖소들과 행복한 분홍 돼지들이 자라고 있었다. 이들은 제각기 코르누코피아의 주요 강인 플루마강을 사이에 두고 쌍둥이처럼 자리한 두 도시 커즈버그와 바론스타운의 자원이었다. 두 도시를 연결하는 아치 모양의 돌다리 밑으로는 왕국 전역으로 물자를 실어 나르는 색색의 바지선들이 떠다녔다.

커즈버그의 특산품은 치즈였다. 커다란 바퀴 모양의 하얀 치즈, 둥근 대포 모양의 뻑뻑한 주황색 치즈, 푸른 줄무늬가 잎맥처럼 뻗어나간 원통 모양의 커다랗고 푸석한 치즈, 벨벳보다도 더 보드라운 아기 크림치즈가 모두 이곳에서 나왔다.

바론스타운은 훈제 햄과 꿀을 발라 구운 햄, 갈빗살 베이컨, 양념한 소시지, 입에서 사르르 녹는 소고기 스테이크, 사슴고기 파이로 유명했다.

바론스타운의 빨간 벽돌 화덕의 굴뚝들에서 피어오르는 짭조름한 냄새와 커즈버그의 치즈장수들 집에서 퍼져 나오는 쿰쿰한 냄새가 서로 어우러지며 공기를 가득 메우면 반경 60킬로미터 안에서는 숨만 쉬어도 절로 군침이 돌 정도였다.

커즈버그와 바론스타운 북쪽으로 두세 시간 더 올라가면 알갱이가 달걀만큼 커다랗고 달콤하며 과육이 풍부하고 잘 익은 포도송이가 주렁주렁 매달린 넓은 포도 과수원들을 만날 수 있었다. 그대로 해가 저물 때까지 북쪽으로 계속 나아가면 포도주로 유명한 화강암의 도시 여로보암이 나왔다. 여로보암에서는 거리를 걸어 다니기만 해도 그 공기에 알딸딸하게 취한다는 말이 있을 정도였다. 최고의 포도주는 수천 년에 걸쳐 대대손손 금화를 쥐어 주는 터, 여로보암의 포도주 상인들은 왕국에서 제일가는 부자들에 속했다.

그러나 여로보암에서 조금 더 북쪽으로 올라가면 이상한 광경이 펼쳐졌다. 세계 최고의 풀과 세계 최고의 과일, 세계 최고의 밀을 내어 주느라 마법처럼 비옥한 코르누코피아의 토지가 고갈되어 버린 것 같다고 해야 할까. 이곳 코르누코피아의 북쪽 끝에는 습지대라 알려진 지역이 있었는데, 여기에서 자라는 거라곤 질긴 버섯과 가늘고 건조한 풀뿐이었다. 기껏해야 지저분한 양들 몇 마리나 먹일 수 있는 수준이었다.

그런 양을 치는 이곳 습지대 사람들은 여로보암이나 바론스타운, 커즈버그, 슈빌의 시민들처럼 통통하게 살이 오르지도, 번드르르한 옷을 입고 다니지도 않았다. 그들은 비쩍 마른 몸에 누더기를 걸치고 다녔다. 게다가 제대로 먹지 못한 이곳의 양들은 코르누코피아 안팎에서 그리 좋은 값을 받지 못한 탓에 습지대 사람들은 코르누코피아산 포도주나 치즈, 소고기, 케이크 등의 진미를 평생 먹어 볼 수 없었다. 습지대의 주식은 너무 늙어서 팔 수 없는 양으로 만든, 기름진 양고기 수프였다.

코르누코피아의 다른 지역 사람들은 습지대 사람들이 무례하고 지저분하며 성질이 나쁜 이상한 사람들이라고 여겼다. 목소리는 왜 그렇게 거친지, 목쉰 늙은 양 같은 그 소리를 코르누코피아 다른 지역 사람들이 흉내 내곤 했다. 그들의 거친 행동과 무지함은 농담거리가 되기 일쑤였다. 코르누코피아 다른 지역 사람들은 이곳 습지대를 그저 이카보그 전설이 탄생한 곳으로 알고 있을 뿐이었다.

2장
이카보그

　　습지대에서 대대로 전해져 내려온 이카보그 전설은 국토의 반대편 끝인 슈빌까지도 입을 타고 퍼져 나가 이제 모르는 사람이 없었다. 전설이 다 그렇듯 이카보그 전설도 자연스럽게 사람에 따라 조금씩 다르게 알고 있었다. 그러나 모든 이야기에 빠짐없이 등장하는 내용이 있었으니, 바로 왕국의 북쪽 끝, 사람이 들어갈 수 없을 만큼 위험하고 어두컴컴하며 안개가 자주 끼는 드넓은 땅에 괴물이 살고 있다는 것이었다. 이 괴물은 아이들과 양을 잡아먹는다고 알려져 있었다. 때로는 밤에 길을 잃고 늪으로 들어오는 어른들을 낚아채 간다고도 했다.

　　이카보그의 생김새와 성질은 이야기하는 사람에 따라 달라졌다. 뱀처럼 생겼다는 사람이 있는가 하면 용이나 늑대의 모습을 하고 있다는 사람도 있었다. 어떤 이들은 요란하게 포효한다 했고, 뱀처럼 스으읍 하는 소리를 낸다고 말하는 사람도 있었으며, 또 다른 이들은 소리 소문 없이 늪에 내려앉는 안개처럼 조용히 떠다닌다고 했다.

　　전설에 따르면 이카보그는 여러 가지 별난 재주가 있었다. 사람의 목소리

◇◇ **17** ◇◇

이카보그는 아이들과 양, 때로는 길 잃은 어른들을 낚아채 간다고도 했다.
그 괴물의 생김새와 성질은 이야기하는 사람에 따라 달라졌다.

문민준 | 10세

를 흉내 내 나그네들을 유인하기도 했다. 누가 죽이면 마법의 힘으로 다시 살아나거나 그렇지 않으면 두 마리로 쪼개졌다. 하늘을 날 수도 있고 불을 뿜을 수도 있으며 독을 쏠 수도 있었다. 이카보그의 힘은 말하는 사람의 상상에 달려 있었다.

코르누코피아 전역에서 부모들은 아이들에게 이렇게 으름장을 놓곤 했다.

"엄마가 일하는 동안 절대 정원 밖으로 나가면 안 된다. 그럼 이카보그한테 잡아먹힐 거야!"

왕국 각지의 아이들은 소년 소녀 할 것 없이 이카보그와 싸우는 놀이를 하거나 이카보그 이야기로 서로를 놀래 주었고 그러다 너무 그럴듯한 이야기를 들으면 밤에 이카보그가 나오는 악몽을 꾸기도 했다.

버트 비미시라는 어린 소년도 그런 아이 중 하나였다. 어느 날 밤 도브테일 가족이 저녁을 먹으러 왔을 때 도브테일 씨는 최신 이카보그 소식으로 모두를 즐겁게 해 주었다. 그날 밤 다섯 살 소년 버트는 짙은 안개 속에서 이카보그가 커다랗고 하얀 눈을 번뜩이며 바라보는 가운데 서서히 늪에 빠져 가는 꿈을 꾸다 겁에 질려 울면서 깨어났다.

버트의 엄마는 양초를 들고 발끝으로 살금살금 방으로 들어와 아이를 무릎에 눕히고 흔들어 주며 속삭였다.

"아니야, 괜찮아. 이카보그 같은 건 없어, 버트. 다 지어낸 얘기일 뿐이야."

"하, 하지만 도브테일 아저씨는 양들이 사, 사라졌다고 했잖아."

버트가 딸꾹질을 하며 말했다.

"양들이 사라진 건 괴물이 잡아간 게 아니야. 양들은 원래 멍청한 동물이거든. 어슬렁거리다 길을 잃고 늪으로 들어갔겠지."

비미시 부인이 말했다.

"하, 하지만 도브테일 아저씨는 사, 사람들도 사라졌다고 했어!"

"밤에 그 늪으로 들어간 어리석은 사람들이나 사라지는 거야. 자, 쉬잇. 버트, 괴물 같은 건 없어."

"하지만 도브테일 아저씨는 사, 사람들이 창밖에서 목소리를 들었다고 했잖아. 아, 아침에 보니까 닭들이 사라졌대!"

비미시 부인은 웃음을 터트렸다.

"도둑놈들 목소리였겠지, 버트. 습지대 사람들은 서로 물건을 훔치고 그러거든. 이웃끼리 도둑질을 한다고 하느니 이카보그한테 뒤집어씌우는 거지!"

"도둑질?"

버트는 숨을 들이켜며 엄마의 무릎에서 몸을 일으키고 앉아 진지한 눈으로 그녀를 바라보았다.

"도둑질은 아주 나쁜 거잖아. 그렇지, 엄마?"

"아주 나쁘고말고."

비미시 부인은 버트를 안아서 조심스레 따뜻한 침대에 다시 눕힌 뒤 이불을 덮어 주었다.

"하지만 다행히 그 거친 습지대 사람들은 우리랑 아주 멀리 떨어져 있어."

그녀는 양초를 들고 다시 발끝으로 살금살금 침실 문으로 걸어갔다.

"잘 자."

문 앞에서 그녀가 속삭였다. 평소 같으면 코르누코피아 부모들이 잠자리에서 아이들에게 그러듯 "이카보그한테 물리지 말고" 하고 덧붙였을 테지만 오늘은 그저 이렇게 말했다.

"푹 자렴."

버트는 다시 잠이 들었고 더는 꿈에서 괴물을 보지 않았다.

도브테일 씨와 비미시 부인은 절친한 친구 사이였다. 아주 어릴 때부터 알고 지냈고, 학창 시절엔 같은 교실에서 공부했다. 도브테일 씨는 자기 때문에 버트가 악몽을 꾸었다는 소식을 듣고 미안한 마음이 들었다. 마침 슈빌에서 으뜸가는 목수이기도 한 그는 이 어린 소년에게 나무를 깎아 이카보그를 만들어 주기로 했다. 커다란 발에는 날카로운 발톱이 달리고 이빨이 가득한 입으로 커다란 미소를 짓고 있는 도브테일 씨의 이카보그는 금세 버트가 가장 아끼는 장난감이 되었다.

만약 버트나 그의 부모, 이웃집 도브테일 가족, 아니, 코르누코피아 왕국의 그 누구라도 머지않아 이카보그 전설로 인해 골치 아픈 문제들이 코르누코피아를 집어삼킬 거라는 이야기를 들었다면, 웃음을 터트렸을 것이다. 그들은 세상에서 가장 행복한 왕국에 살고 있었다. 이카보그가 무슨 해를 입힐 수 있겠는가?

3장
어느 재봉사의 죽음

비미시 가족과 도브테일 가족은 성안이라고 불리는 곳에 살고 있었다. 슈빌 안에 위치한 이 지역은 프레드 왕을 위해 일하는 사람들이 모여 사는 곳으로, 정원사와 요리사, 재단사, 심부름꾼, 재봉사, 석공, 마부, 목수, 하인, 하녀 들이 모두 궁전 근처에 있는 작고 깨끗한 집을 한 채씩 차지하고 있었다.

성안은 높은 흰색 성벽으로 슈빌의 나머지 지역과 나뉘어져 있었지만, 낮에는 성안 주민들이 성벽 밖에 사는 친구나 친척 들과 왕래를 하고 장을 볼 수 있도록 성벽 문들이 활짝 열려 있었다. 밤이 되면 튼튼한 성문들이 닫히고 성안 사람들은 모두 왕과 똑같이 근위대의 보호를 받으며 잠을 청했다.

버트의 아버지인 비미시 대장은 근위대를 이끄는 사람이었다. 짙은 회색 말을 타고 다니는 유쾌하고 잘생긴 사내로, 프레드 왕과 스피틀워스 경, 플래푼 경이 일주일에 다섯 번씩 사냥을 나갈 때마다 동행했다. 왕은 비미시 대장을 좋아했고 왕의 전담 제빵사인 버트의 어머니 버사 비미시도 무척 아꼈다. 왕의 제빵사라니, 세계적인 제빵사들의 도시에서는 대단한 명예가 아닐 수 없었다. 버사는 모양이 조금 일그러지거나 흠집이 있는 고급 케이크들을 집으로 가져오곤 했는데, 이 때문에 버트는 통통한 소년으로 자랐고 안타깝게도 이따금씩 다른 아이들에게 '뚱버트'라고 놀림을 받아 울음을 터트리곤 했다.

버트의 가장 친한 친구는 데이지 도브테일이었다. 겨우 며칠 차이로 태어난 두 아이는 친구라기보다는 남매에 가까운 사이였다. 버트가 괴롭힘을 당할 때면 늘 데이지가 나서서 편을 들어주었다. 마른 체구에 민첩한 데이지는 버트를 '뚱버트'라고 놀리는 아이가 있으면 누구든 혼내 주려 들었다.

데이지의 아빠 댄 도브테일은 왕의 목수로 왕의 마차 바퀴와 축 따위를 고치거나 바꾸는 일을 했다. 게다가 목각에도 재주가 있어 궁전의 가구들을 만들었다.

데이지의 엄마 도라 도브테일은 궁전의 수석 재봉사였다. 프레드 왕이 옷을 무척 좋아하는 탓에 재단사들이 매달 왕의 새 옷을 준비하느라 바빴으니 이 역시 명예로운 직업이었다.

훗날 이 행복한 왕국을 집어삼킨 그 모든 문제의 도화선으로 코르누코피아의 역사책에 기록될 몹쓸 사건은 바로 화려한 옷과 보석을 좋아하는 왕의 성향에서 비롯되었다. 사건 당시 성안에서 그에 대해 아는 사람은 몇 안 되었지만 어떤 이들에게는 너무도 처참한 비극이었다.

사건의 전말은 이러했다.

플루리타니아의 왕이(아마도 딸 하나를 내주고 '천국의 희망'을 평생 먹겠다는 희망을 여전히 버리지 못한 탓에) 프레드 왕을 공식적으로 방문하기로 하자, 프레드 왕은 이 행사를 위해 새 옷이 필요하다고 판단했다. 은빛 레이스와 자수정 단추로 장식하고 소매에는 회색 모피를 덧댄 은은한 보라색의 복장이 좋을 것 같았다.

프레드 왕은 수석 재봉사가 몸이 좋지 않다는 이야기를 들었지만 딱히 신경 쓰지 않았다. 은빛 레이스를 제대로 바느질할 수 있는 사람은 데이지의 엄마밖에 없었으므로 그 일은 다른 사람에게 맡겨선 안 된다고 명령을 내렸다. 그리하여 데이지의 엄마는 플루리타니아 왕의 공식 방문 일정에 맞춰 보라색 의상을 완성하기 위해 꼬박 사흘 밤을 새웠다. 그리고 나흘째 되는 날 새벽, 마지막 자수정 단추를 손에 움켜쥔 채 바닥에 쓰러져 죽어 있는 그녀를 조수가 발견했다.

그날 프레드가 아침 식사를 하고 있을 때 왕의 수석 고문이 찾아와서 이 소식을 전해 주었다. 헤링본이라는 이름의 수석 고문은 은빛 턱수염을 무릎까지 늘어뜨린 현명한 노인이었다. 그는 수석 재봉사의 사망 소식을 전한 뒤 이렇게 덧붙였다.

"하지만 마지막 단추는 다른 재봉사가 달 수 있을 겁니다, 폐하."

프레드는 헤링본의 눈빛이 못마땅했다. 까닭 모르게 자꾸만 마음을 불편하게 했다.

아침 식사 후 의상 담당 하인들의 도움을 받아 새로 만든 보라색 의상을 입는 동안 프레드는 스피틀워스 경과 플래푼 경에게 그 일을 털어놓으며 조금이라도 죄책감을 덜어 보려 했다.

하인들이 꽉 끼는 공단 바지를 입혀 주는 사이, 프레드는 숨을 헐떡거리며 말했다.

"정말이지, 그 재봉사가 그렇게 많이 아픈 줄 알았더라면 당연히 다른 재봉사에게 바느질을 맡겼을 거야."

"자상하시기도 하셔라."

스피틀워스가 벽난로 위의 거울로 자신의 누르께한 얼굴을 살피며 말을 이었다.

"이렇게 마음이 여리신 왕은 세상에 없을 겁니다."

그러자 창가의 푹신한 의자에 앉아 있던 플래푼이 툴툴거렸다.

"그 재봉사는 몸이 좋지 않았으면 얘기를 했어야지요. 일할 수 없는 상태였으면 그렇다고 말을 했어야 합니다. 엄밀히 따지면 그것도 폐하에 대한 예의가 아니지요. 어쨌든 폐하의 의복에 대한 예의는 아닙니다."

스피틀워스가 거울에서 고개를 돌리며 거들었다.

"플래푼의 말이 옳습니다. 폐하처럼 하인들에게 잘해 주시는 분은 없을 겁니다."

"내가 잘해 주긴 하지?"

프레드 왕의 말투에서 걱정이 묻어났다. 하인들이 자수정 단추를 채우자 그는 배가 홀쭉해지도록 숨을 들이마시며 말을 이었다.

"그리고 어쨌든 나는 오늘 그 어느 때보다도 멋있게 보여야 하잖아. 안 그런가, 친구들? 알다시피 플루리타니아 왕이 옷을 얼마나 잘 입는다고!"

"폐하께서 플루리타니아 왕보다 못한 옷을 입으시면 국가적인 망신이지요."

스피틀워스가 말했다.

"좋지 않은 일은 그냥 잊어버리십시오, 폐하. 예의 없는 재봉사 때문에 좋은 날을 망쳐서야 되겠습니까?"

플래푼이 거들었다.

하지만 두 친구의 조언에도 프레드 왕은 좀처럼 마음이 편해지지 않았다. 그만의 착각인지는 몰라도 그날따라 에슬란다 아가씨의 얼굴은 유난히 심각해 보였다. 하인들의 미소도 평소보다 차가운 듯했고, 하녀들도 인사를 할 때 평소보다 무릎을 덜 굽히는 것 같았다. 그날 저녁 플루리타니아 왕에게 연회를 베푸는 동안에도 손에 마지막 자수정 단추를 움켜쥔 채 바닥에 죽어 있는 재봉사의 환영이 머릿속에서 떠나지 않았다.

그날 밤 프레드가 잠자리에 들려 하는데, 헤링본이 침실 문을 두드렸다. 이 수석 고문은 깊이 허리 숙여 인사한 뒤 도브테일 부인의 장례식에 꽃을 보낼 의향이 있는지 물었다.

프레드는 화들짝 놀라며 대꾸했다.

"아, 아, 그래요! 그래야지. 커다란 화환을 보내줘요. 내가 안타까워한다고도 전하고. 알아서 할 수 있겠죠, 헤링본?"

"물론입니다, 폐하. 저어…… 외람되지만 혹시 그 재봉사의 가족을 찾아가 보시겠습니까? 아시다시피 궁전을 나가서 조금만 걸어가시면 그 집이 나오는데요."

수석 고문의 물음에 왕은 잠시 생각에 잠겼다.

"그 가족을? 아, 아니에요, 헤링본. 그건 아닌 것 같아요. 그들도 그런 걸 기대하진 않을 것 같은데."

헤링본과 왕은 잠시 서로를 마주 보았다. 얼마 뒤 헤링본은 허리 숙여 인사하고 방을 나갔다.

늘 대단한 사람이라는 칭찬을 듣는 데만 익숙했던 프레드 왕은 방을 나가는 수석 고문의 찌푸린 얼굴이 무척 거슬렸다. 이제는 부끄럽다기보다는 부아가 나기 시작했다.

그는 거울을 보며 콧수염을 빗다가 거울 속 자신을 향해 말했다.

"정말 안타까운 일이긴 하지만 어쨌든 나는 왕이고 그 여자는 재봉사잖아. 만약 내가 죽었다면 난 그 여자가 올 거라 기대하지 않았을……."

문득 그는 자신이 죽으면 코르누코피아 사람들 모두가 하던 일을 멈추고 검은 옷차림으로 일주일 동안 흐느껴 울 거란 생각이 들었다. 그의 아버지인 의로운 왕 리처드가 세상을 떠났을 때 그랬던 것처럼.

"그래도 어쨌든 산 사람은 계속 살아야지."

그는 거울 속의 자신에게 성마르게 말한 뒤 실크로 된 취침용 모자를 쓰고 네 개의 기둥과 덮개가 갖춰진 침대에 들어가 촛불을 끄고 잠이 들었다.

4장

고요한 집

도브테일 부인은 대대로 왕실 하인들이 안치된 성안 묘지에 묻혔다. 데이지와 그 아버지는 손을 맞잡고 서서 한참 동안 무덤을 내려다보았다. 버트는 눈물 흘리는 엄마와 엄숙한 얼굴의 아빠에게 이끌려 천천히 그곳을 떠나면서 자꾸만 데이지를 돌아보았다. 가장 친한 친구에게 무슨 말이라도 해 주고 싶었지만 너무나도 어마어마하고 무시무시한 일이라 입이 떨어지지 않았다. 자신의 엄마가 차갑고 단단한 땅속으로 영원히 사라져 버린다면 어떤 기분일지 상상하기도 힘들었다.

친구들이 모두 떠나고 나자 도브테일 씨는 아내의 묘비 앞에서 왕이 보낸 보라색 화환을 치우고 그날 아침 데이지가 꺾어 온 작은 눈물꽃 다발을 그 자리에 놓았다. 그런 뒤 아버지와 딸은 천천히 집으로 걸어갔다. 하지만 그 집은 결코 예전과 똑같지 않으리라는 것을 두 사람은 알고 있었다.

장례식 일주일 뒤 왕은 사냥을 가기 위해 근위대와 함께 말을 타고 궁전 밖으로 나왔다. 평소처럼 지나는 곳마다 사람들이 정원으로 나와 허리 숙여 인사하며 환호했다. 답례로 고개를 까닥이고 손을 흔들어 주던 왕은 정원이 비어 있는 어느 집을 발견했다. 창문과 현관에는 검은 커튼이 드리워져 있었다.

"저 집엔 누가 살지?"

그가 비미시 대장에게 물었다.

"저…… 저긴 도브테일의 집입니다, 폐하."

비미시가 대꾸했다.

"도브테일, 도브테일이라."

왕은 얼굴을 찌푸리며 다시 물었다.

"내가 아는 이름 같은데?"

"어…… 그렇습니다, 폐하. 도브테일 씨는 폐하의 목수이고 그 부인은……
폐하의 수석 재봉사입니다. 지금은 아니지만."

비미시 대장이 대답했다.

"아, 그래. 기, 기억나는군."

프레드 왕이 황급히 대꾸했다. 그러곤 우유처럼 새하얀 군마를 재촉해 검
은 커튼이 드리워진 도브테일의 창문들을 빠르게 지나쳐 가며 그 생각을 떨
쳐내고 사냥에만 집중하기로 했다.

그러나 그 뒤로 왕은 말을 타고 나올 때마다 도브테일 집의 텅 빈 정원과
검은 커튼이 드리워진 문에서 눈을 뗄 수 없었다. 그럴 때마다 자수정 단추를
움켜쥔 채 죽은 재봉사의 모습이 떠오르곤 했다. 더는 견딜 수 없는 지경에
이르자 결국 그는 수석 고문을 불렀다. 그러곤 이 노인에게 눈길을 주지 않고
말했다.

"헤링본, 사냥터로 가다 보면 모퉁이에 집이 한 채 있잖아요. 큼지막한 정
원이 있는 좋은 집인데."

"도브테일의 집 말씀이십니까, 폐하?"

손을 흔들어 주던 왕은 창문과 현관에
검은 커튼이 드리워져 있는 어느 집을 발견했다.

박소훈 | 12세

그러자 프레드 왕은 짐짓 태연하게 되물었다.

"아, 거기가 그 사람 집이에요? 그게, 식구도 적은데 집이 너무 크다는 생각이 들어서요. 식구가 둘뿐이라고 하는 것 같던데?"

"그렇습니다, 폐하. 둘뿐입니다. 그 집 어미가……."

프레드는 큰 소리로 그의 말을 잘랐다.

"헤링본, 겨우 둘뿐인 가족이 그렇게 크고 좋은 집을 쓰는 건 좀 불공평한 것 같아요. 대여섯 명쯤 되는 가족도 있잖아요. 그런 가족은 좀 더 큰 집을 쓰게 해 줘도 좋을 텐데."

"도브테일 가족을 다른 집으로 옮기길 원하십니까, 폐하?"

"그러면 좋을 것 같아요."

프레드 왕은 자신의 공단 신발 끝에 흥미로운 무언가가 있기라도 한 듯 시선을 고정한 채 대답했다.

수석 고문은 깊이 허리 숙여 인사하며 말했다.

"잘 알겠습니다, 폐하. 그럼 좀 더 넓은 집을 원하는 로치 가족을 그 집으로 보내고 도브테일 가족은 로치 가족의 집으로 보내지요."

"그 집이 정확히 어디예요?"

묻는 왕의 목소리에 초조함이 묻어났다. 그 검은 커튼이 궁전에 더욱 가까워지지나 않을까 걱정한 탓이었다.

수석 고문이 대답했다.

"성안 가장자리에 있습니다. 묘지와 아주 가까운……."

"그럼 괜찮겠네요."

프레드 왕은 그의 말을 자르며 벌떡 자리에서 일어났다.

"자세한 얘기는 됐어요. 그냥 그렇게 하세요, 헤링본. 알아서 해 주실 거라

믿을게요."

그렇게 해서 데이지와 그 아버지는 버트의 아버지처럼 근위대의 일원인 로치 부관의 가족과 집을 바꾸라는 명을 받았다. 그 뒤 프레드 왕이 다시 말을 타고 나갔을 때는 문에 드리워졌던 검은 커튼이 사라지고 없었다. 버트 비미시에게 처음 '뚱버트'라는 별명을 지어준 로치 가문의 건장한 사형제는 정원으로 달려 나와 펄쩍펄쩍 뛰고 환호하며 코르누코피아 국기를 흔들었다. 프레드 왕은 환하게 웃으며 소년들에게 손을 흔들어 주었다. 몇 주가 지나자 프레드 왕은 도브테일 가족을 까맣게 잊고 다시 행복한 삶으로 돌아갔다.

5장
·
데이지 도브테일

도브테일 부인의 충격적인 죽음 이후 몇 달 사이에 왕의 부하들은 두 무리로 나뉘었다. 한 무리는 그녀가 죽은 것이 프레드 왕 때문이었다고 수군 거리는 이들이었다. 또 한 무리는 그것이 오해라고, 왕은 도브테일 부인이 얼마나 아픈지 모르고 옷을 마무리하라는 명을 내린 것이라고 믿었다.

왕의 제빵사인 비미시 부인은 두 번째 무리에 속했다. 왕은 늘 비미시 부인을 자상하게 대해 주었고 '공작의 기쁨'이나 '소소한 사치'가 특별히 맛있는 날에는 그녀를 식탁 앞으로 불러 칭찬을 아끼지 않았으므로 그녀는 왕이 친절하고 자비로우며 사려 깊은 사람이라고 믿어 의심치 않았다. 그래서 남편 비미시 대장에게도 이렇게 말했다.

"틀림없이 누군가가 깜빡하고 폐하께 말씀드리지 못했을 거야. 아픈 사람에게 그렇게 일을 시키실 분이 절대 아니야. 그 일에 대해 몹시 괴로워하고 계실걸."

"그래, 그러실 거야."

비미시 대장이 대꾸했다. 그의 할아버지부터 아버지를 거쳐 자신에 이르기까지 모두 근위대에서 충실히 복무했으므로 그 역시 아내처럼 왕을 긍정적으로 평가하고 싶었다. 그래서 프레드 왕이 도브테일 부인이 죽은 뒤에도 그다지 울적해 보이지 않았으며 평소처럼 사냥을 나갔다는 것을 알면서도, 또 도브테일 가족이 옛집을 떠나 묘지 옆으로 이사한 것을 알면서도 왕이 자신의 재봉사에게 일어난 불행을 안타깝게 여기고 있으며 도브테일 부인의 남편과 딸이 이사한 일에는 전혀 관여하지 않았을 거라고 믿으려 했다.

도브테일 가족이 이사한 집은 우울한 곳이었다. 묘지 가장자리를 에두른 키 큰 주목나무들 때문에 햇볕도 잘 들지 않았다. 하지만 데이지의 침실 창문에서는 어두운 나뭇가지들 사이로 엄마의 무덤이 바로 보였다. 이제는 버트와 옆집에 살지 않는 탓에 그 애를 예전처럼 자주 보지 못했지만 버트가 틈만 나면 데이지를 보러 왔고, 예전 집에 비해 훨씬 더 비좁아진 정원에서도 그들은 그에 맞는 놀이를 찾아냈다.

도브테일 씨가 새로 이사한 집이나 왕에 대해 어떻게 생각하는지는 아무도 알지 못했다. 그는 함께 일하는 궁전 사람들에게도 그런 얘기를 전혀 털어놓지 않았다. 그저 묵묵히 자기 일을 하며 데이지를 뒷바라지할 돈을 벌고 엄마를 잃은 딸을 어떻게든 잘 키우려 노력할 뿐이었다.

아버지의 목공 일을 거드는 것을 좋아하는 데이지는 작업복을 입고 있을 때가 가장 행복했다. 흙이 묻어도 그리 신경 쓰지 않고 옷에 별로 관심이 없는 성격 덕분이었다. 그러나 장례식 이후 엄마의 무덤에 싱싱한 꽃다발을 갖다놓으러 갈 때면 매일 다른 드레스로 갈아입었다. 생전에 도브테일 부인은 늘 딸이 '작은 숙녀'처럼 보이게 하려고 애썼고 그래서 딸에게 아름다운 드레스를 많이 만들어 주었다. 가끔은 자비로운 프레드 왕의 허락을 받아 왕의 최고급 의상을 만들고 남은 자투리 천으로 딸의 드레스를 만들기도 했다.

그렇게 일주일이 가고 한 달이 흐르고 1년이 지나자 엄마가 만들어 준 옷들이 너무 작아져서 입을 수 없게 되었지만 데이지는 그 옷들을 옷장에 고이 넣어 두었다. 사람들은 데이지가 겪은 일을 다 잊은 듯했다. 혹은 데이지의 엄마가 없다는 사실에 익숙해진 것 같기도 했다. 그래서 데이지도 그저 익숙해진 척했다. 겉으로 보기에 데이지의 삶은 정상으로 돌아온 듯했다. 목공소에서 아버지를 돕고 학교 숙제를 하고 절친한 친구 버트와 함께 노는, 그런 삶. 하지만 두 아이는 데이지의 엄마나 왕에 대해선 얘기하지 않았다. 하지만 매일 밤 데이지는 저 멀리 달빛에 반짝거리는 하얀 묘비를 하염없이 바라보다 잠이 들곤 했다.

6장

궁정에서 벌어진 싸움

궁전 뒤쪽에는 공작들이 걸어 다니고 분수들이 물을 뿜어내며 선왕과 왕비 들의 동상들이 그 모든 것을 내려다보는 안뜰이 있었다. 궁전에서 일하는 사람들의 자녀들은 공작의 꼬리를 잡아당기거나 분수에 뛰어들거나 동상에 올라가지 않는 조건으로 방과 후에 이 안뜰에서 뛰어 노는 것이 허락되었다. 아이들을 좋아하는 에슬란다 아가씨가 가끔 나타나 아이들과 함께 데이지 꽃을 엮으며 놀아 주기도 했지만 무엇보다도 아이들이 즐거워하는 일은 프레드 왕이 발코니로 나와 손을 흔들어 주는 모습을 보는 것이었다. 그럴 때면 아이들은 환호하며 부모님에게 배운 대로 허리를 숙이거나 무릎을 굽혀 인사했다.

아이들이 사방치기 놀이나 이카보그와 싸우는 시늉을 하다 조용해질 때가 있었으니, 바로 스피틀워스 경과 플래푼 경이 이 안뜰을 지나가는 시간이었다. 두 귀족은 아이들을 조금도 좋아하지 않았다. 사냥이 끝나고 저녁 식사를 하기 전 잠시 낮잠을 즐기는 오후 시간에 아이들이 너무 시끄럽게 군다고 그들은 생각했다.

궁전 뒤쪽 안뜰에는 물을 내뿜는 분수가 있었다.
아이들은 분수에 뛰어들지 않는 조건으로 안뜰에서 뛰어노는 것을 허락받았다.

김태영 | 8세

버트와 데이지의 일곱 번째 생일이 지나고 어느 날 모두가 평소처럼 분수와 공작 들 사이를 뛰어다니며 놀고 있을 때 아름다운 장밋빛 분홍색의 양단 드레스를 입은 새 수석 재봉사의 딸이 말했다.

"아, 오늘도 폐하께서 손을 흔들어 주셨으면 좋겠다!"

"난 싫은데."

데이지가 충동적으로 말을 내뱉었다. 자기 목소리가 얼마나 컸는지도 미처 깨닫지 못했다.

모든 아이들이 숨을 들이켜며 데이지를 쳐다보았다. 모두가 무섭게 노려보자 데이지는 얼굴이 화끈거리고 간담이 서늘해졌다.

"그렇게 말하면 어떡해."

버트가 속삭였다. 아이들은 데이지의 바로 옆에 서 있는 버트도 함께 노려보았다.

"난 상관없어."

데이지가 말했다. 이제 얼굴이 빨갛게 달아올랐지만 이왕 시작했으니 끝을 내는 편이 좋을 것 같았다.

"폐하께서 그렇게 힘들게 일을 시키지 않았으면 우리 엄마는 아직 살아 있을 거야."

그러고 보니 아주 오랫동안 참아 온 말을 뱉어 낸 기분이었다.

그 애를 둘러싼 아이들은 한 번 더 숨을 들이켰고 어느 하녀의 딸은 겁에 질려 비명을 지르기도 했다.

"그분은 코르누코피아 역사상 가장 훌륭하신 왕이야."

버트가 엄마에게서 수없이 들은 이야기를 되뇌었다.

"아니, 그렇지 않아. 이기적이고 허영투성이에 무자비한 왕이지!"

데이지가 큰 소리로 말하자 버트는 기겁하며 속삭였다.

"데이지! 어, *어리석게* 왜 그래!"

그 말이 문제였다. '어리석게'. 새 수석 재봉사의 딸이 히죽 웃고는 손으로 입을 가리고 데이지의 작업복을 가리키며 자기 친구들에게 속닥거리고 있는데 어리석다고? 아빠는 밤마다 딸이 모르는 줄 알고 눈물을 훔치는데 어리석다고? 엄마와 얘기하려면 그 차가운 하얀색 묘비까지 가야 하는데 어리석다고?

데이지는 뒤로 한껏 손을 당겨 그대로 버트의 얼굴을 후려갈겼다.

로치 집안의 큰아들로 지금은 데이지의 옛 침실을 쓰고 있는 로더릭이 소리쳤다.

"저런 애를 그냥 두면 안 돼지, 뚱버트!"

그런 뒤 그는 다른 사내아이들을 부추기며 함께 소리쳤다.

"싸워라! 싸워라! 싸워라!"

겁을 먹은 버트는 데이지의 어깨를 살짝 밀었지만 그것이 데이지에게는 버트에게 달려들어야 한다는 신호가 되었다. 흙먼지와 팔꿈치 공격이 뒤섞이며 한바탕 소란이 벌어진 끝에 시끄러운 소리를 듣고 웬일인가 싶어 궁전에서 달려 나온 버트의 아버지 비미시 대장이 두 아이를 떼어 놓았다.

"몹쓸 녀석들."

몸부림치며 흐느껴 우는 두 아이와 비미시 대장 옆으로 스피틀워스 경이 지나가며 중얼거렸다. 그러나 고개를 돌리는 그의 얼굴에 커다란 웃음이 번져 나갔다. 그는 골치 아픈 상황을 유리하게 이용할 줄 아는 사람이었다. 어쩐지 이 안뜰에서 아이들을, 전부는 아니더라도 몇 명이나마 내쫓을 방법을 찾은 것 같았다.

7장

스피틀워스 경의 고자질

그날 밤 스피틀워스 경과 플래푼 경은 평소처럼 프레드 왕과 함께 저녁을 먹었다. 바론스타운의 사슴고기에 여로보암의 포도주를 곁들여 호화로운 식사를 한 뒤 엄선한 커즈버그산 치즈와 비미시 부인이 만든 깃털처럼 가벼운 '요정의 요람'까지 즐기고 나자 스피틀워스 경은 지금이 좋은 기회라고 생각했다. 그는 목을 가다듬고 입을 열었다.

"폐하, 오늘 오후에 안뜰에서 있었던 아이들의 몹쓸 싸움으로 언짢지 않으셨는지요?"

"싸움?"

프레드 왕이 되물었다. 그는 재단사와 새 옷의 디자인에 대해 논의하느라 아무 소리도 듣지 못한 터였다.

"무슨 싸움?"

"아이고, 저런…… 저는 폐하께서 알고 계신 줄 알았습니다."

스피틀워스 경은 짐짓 놀라는 척하며 말을 이었다.

"비미시 대장이 잘 알고 있을 겁니다."

그러나 프레드 왕은 언짢기는커녕 즐거워 보였다.

"아이들이야 원래 다투면서 크지 않나, 스피틀워스."

스피틀워스는 왕의 등 뒤에서 플래푼과 눈빛을 주고받더니 다시 입을 열었다.

"폐하께서는 정말 이해심이 많으십니다."

그러자 플래푼이 조끼에 떨어진 음식 부스러기를 털어 내며 웅얼거렸다.

"그러게 말입니다. 다른 왕 같았으면 어떤 아이가 자기 험담을 했다고 하면……"

"그게 무슨 말이야?"

프레드가 대뜸 소리쳤다. 얼굴에서 미소가 사라지고 있었다.

"누가 나에 대해…… 험담을 했다는 건가?"

프레드는 믿을 수 없었다. 아이들은 그가 발코니에서 고개를 까닥여 줄 때마다 늘 신이 나서 꽥꽥 소리를 질러 대지 않았는가.

스피틀워스가 손톱을 들여다보며 대꾸했다.

"그런 것 같습니다, 폐하. 하지만 말씀드렸다시피…… 싸움을 말린 사람은 비미시 대장입니다……. 자초지종은 그 대장이 알고 있습니다."

은촛대에 꽂힌 양초들이 타닥거렸다.

프레드 왕이 말했다.

"아이들은…… 놀다 보면 별의별 얘기를 다 하잖아. 틀림없이 그 아이도 악의는 없었을 거야."

"제가 듣기엔 괘씸한 반역 같았습니다."

플래푼이 툴툴거리자 스피틀워스가 재빠르게 끼어들었다.

"하지만 자세한 건 비미시 대장이 알고 있습니다. 플래푼과 제가 잘못 들었을지도 모릅니다."

프레드는 포도주를 홀짝거렸다. 그때 하인이 푸딩 접시를 치우러 들어왔다.

프레드 왕은 하인의 이름을 부르며 말했다.

"캔커비, 비미시 대장을 데려와."

왕과 두 귀족과는 달리 매일 저녁 일곱 가지 코스의 식사를 하지 않는 비미시 대장은 왕의 부름을 전달 받았을 때 이미 몇 시간 전에 저녁 식사를 마치고 잠자리에 들 준비를 하고 있었다. 그는 서둘러 잠옷을 제복으로 갈아입고 궁전으로 돌아갔다. 그 무렵 프레드 왕과 스피틀워스 경, 플래푼 경은 옐로 팔러라는 노란 응접실로 자리를 옮겨 공단으로 감싼 안락의자에 앉아 여로보암 포도주를 마시고 있었다. 플래푼은 '요정의 요람'을 한 접시 더 비우는 중이었다.

대장이 깊이 허리 숙여 인사하자 프레드 왕이 말했다.

"아, 비미시. 오늘 오후에 안뜰에서 작은 소동이 있었다던데."

비미시 대장은 가슴이 덜컥 내려앉았다. 버트와 데이지가 다퉜다는 소식이 왕의 귀에는 들어가지 않기를 바라고 있었던 터였다.

"별일 아니었습니다, 폐하."

비미시가 대꾸하자 플래푼이 끼어들었다.

"무슨 소릴, 비미시. 아들에게 반역자를 용서하지 말라고 가르친 건 자랑스러워할 일이지."

"저…… 반역 같은 건 없었습니다. 아직 어린아이들입니다, 폐하."

비미시 대장이 말했다.

"그렇다면 대장의 아들이 나를 옹호해 줬다는 뜻인가?"

프레드 왕이 물었다.

비미시 대장은 몹시 난처한 입장이 되었다. 데이지의 말을 왕에게 전할 생각은 눈곱만큼도 없었다. 그 자신은 왕에게 충성했지만 엄마를 잃은 그 어린 소녀가 프레드 왕에 대해 어떤 마음을 품고 있는지는 충분히 헤아릴 수 있었으므로 그 애를 곤란하게 하고 싶지 않았다. 하지만 한편으로는 데이지의 말을 왕에게 고할 수 있는 목격자가 스무 명쯤 된다는 사실도 잘 알고 있었다. 만약 그가 거짓말을 하면 스피틀워스 경과 플래푼 경은 왕의 앞에서 그를 신의를 저버린 반역자로 몰아갈 것이 분명했다.

"저…… 그렇습니다, 폐하. 제 아들 버트가 폐하를 옹호한 건 사실입니다."

그가 마침내 입을 열었다.

"하지만 폐하에 대해…… 좋지 않게 얘기한 그 어린 소녀의 상황도 참작해 주셔야 한다고 생각합니다. 그 아이는 아주 힘든 일을 겪었습니다, 폐하. 어른들도 그런 일을 겪고 나면 가끔 무모한 말을 내뱉기도 하지요."

"그 아이가 무슨 일을 겪었지?"

프레드 왕이 물었다. 그는 어떤 백성이든 그에 대해 무례한 말을 할 만한 이유를 상상할 수 없었다.

"그 아이는…… 그 아이의 이름은 데이지 도브테일입니다, 폐하."

비미시 대장은 프레드 왕의 머리 위에 걸려 있는 그의 아버지 의로운 왕 리처드의 초상을 바라보며 말을 이어갔다.

"그 아이의 엄마는 재봉사……."

"아, 그래, 그래. 기억나는군."

프레드 왕은 큰 소리로 비미시 대장의 말을 잘랐다.

"좋아. 됐어, 비미시. 그만 가 봐."

비미시 대장은 조금 안도하며 다시 깊숙이 허리 숙여 인사한 다음 문으로 향했다. 문 앞에 이르렀을 때 왕의 목소리가 들렸다.

"그 아이가 정확히 뭐라고 말했나, 비미시?"

비미시 대장은 문손잡이에 손을 얹은 채 잠시 망설였다. 다른 방도가 없었다. 진실을 말하는 수밖에.

"폐하께서 이기적이고 허영투성이에 무자비한 왕이라고 했습니다."

비미시 대장이 말했다. 그러곤 차마 왕을 보지 못하고 방을 나섰다.

'이기적이고 허영투성이에 무자비하다. 이기적이고 허영투성이에 무자비하다.'

실크로 된 취침용 모자를 쓰는 중에도 왕의 머릿속에는 그 말이 끝없이 메아리쳤다. 사실은 아니잖아, 그렇지? 프레드는 쉽게 잠들지 못했고 아침에 일어나자 오히려 기분이 더욱 안 좋아졌다.

그는 뭔가 좋은 일을 해야겠다고 결심했다. 가장 먼저 떠오른 생각은 그 못된 소녀에게 맞서 왕의 편을 들어준 비미시의 아들에게 보상을 해 줘야겠다는 것이었다. 그래서 가장 아끼는 사냥개의 목에 걸린 작은 훈장을 빼앗아 하녀에게 끈을 꿰어 달라고 한 뒤 비미시 가족을 궁전으로 불렀다. 수업 시간에 어머니의 손에 이끌려 부리나케 파란 벨벳 옷을 차려입고 나타난 버트는 왕의 앞에서 꿀 먹은 벙어리가 되었고, 프레드는 그 모습을 재미있어 하며 몇 분 동안 자상하게 이런저런 이야기를 해 주었다. 비미시 대장과 부인은 아들이 너무도 자랑스러웠다. 그 작은 금 훈장을 목에 걸고 다시 학교로 돌아간 버트는 그날 오후 운동장에서 평소 그를 지독하게 괴롭히던 로더릭 로치에게 큰 관심을 받았다. 데이지는 아무 말도 하지 않았다. 그 애와 눈이 마주친 순간 버트는 얼굴이 화끈거리고 마음이 편치 않아서 결국 훈장을 셔츠 속에 넣어 감추어 버렸다.

한편, 왕은 여전히 만족스럽지 않았다. 체하기라도 한 듯 불편한 느낌이 가시지 않았고 그날 밤에도 쉽게 잠을 이루지 못했다.

이튿날 눈을 떴을 때 오늘이 탄원의 날이라는 사실이 떠올랐다.

탄원의 날은 1년에 한 번 코르누코피아의 백성들에게 왕과의 접견이 허락되는 특별한 날이었다. 물론, 이 백성들은 프레드의 고문들이 미리 만나 보고 꼼꼼하게 고른 이들이었다. 어려운 문제는 걸러 내고 그저 금화 몇 닢이나 친절한 말 몇 마디로 해결할 수 있는 문제를 가진 자들이 선발되었다. 예를 들면 쓰던 쟁기가 부러진 농부나 키우던 고양이가 죽은 노파 등이 찾아왔다. 프레드는 이 탄원의 날을 고대했다. 가장 화려한 옷을 뽐낼 수 있는 기회이기도 했지만, 한편으로는 자신이 코르누코피아 사람들에게 얼마나 힘이 되는 존재인지 확인하며 감격할 수 있는 자리이기도 했다.

아침 식사 시간이 끝나자 프레드의 의상을 담당하는 하인들은 그가 지난달에 요청한 새 옷을 들고 기다렸다. 하얀 공단 바지와 한 벌인, 금과 진주 단추가 달린 윗옷, 족제비 털로 가장자리를 장식하고 새빨간 색의 안감을 댄 망토, 금과 진주 버클이 달린 하얀 공단 신발이었다. 그의 시종은 콧수염을 말기 위해 금 인두를 들고 기다리고 있었고 심부름꾼 아이는 보석 박힌 반지들이 여럿 놓인 벨벳 방석을 들고 서서 프레드가 원하는 것을 고르기를 기다렸다.

"전부 다 가져가. 오늘은 됐어."

프레드 왕이 부루퉁하게 말하며 하인들에게 들고 있는 옷과 장신구를 치우라고 손짓했다. 그의 허락을 기다리던 하인들은 그 자리에 얼어붙었다. 아무래도 잘못 들은 것 같았다. 프레드 왕은 이번 의상이 만들어지는 동안 엄청난 관심을 보이며 빨간색 안감과 화려한 버클을 친히 요청하기까지 했다. 아무도 움직이지 않자 그가 날카롭게 말했다.

"다 치우라니까! 수수한 옷을 가져와! 아버지의 장례식에 입었던 옷 있잖아!"

"폐, 폐하, 괜찮으십니까?"

시종이 물었다. 옷을 입히려 준비하고 있던 하인들은 놀라서 허리 숙여 인사한 뒤 서둘러 하얀 옷을 들고 물러갔다가 검은 옷을 갖고 재빠르게 돌아왔다.

프레드는 퉁명스럽게 대꾸했다.

"물론, 괜찮지. 난 남자야. 옷 따위에 신경 쓰는 시시한 인간이 아니라고."

그는 검은 옷을 걸쳤다. 그가 가진 옷 가운데 가장 수수했지만 소매 끝과 깃 가장자리에 은색 띠가 둘러지고 오닉스와 다이아몬드 단추가 달려 여전히 화려했다. 그런 뒤 놀랍게도 그는 시종에게 콧수염 끝부분만 살짝 말게 한 뒤 반지들이 가득 놓인 방석을 들고 서 있는 심부름꾼 아이와 시종을 모두 물러가게 했다.

그는 거울로 자신의 모습을 살피며 생각했다. '자, 이제 누가 나를 허영투성이라고 하겠어? 확실히 검정은 나한테 아주 잘 어울리는 색이 아니잖아.'

프레드가 평소와 달리 금세 옷을 차려입고 나오자 프레드의 하인을 시켜 귀지를 파고 있던 스피틀워스 경과 주방에서 '공작의 기쁨' 한 접시를 주문해 게걸스레 먹고 있던 플래푼은 예상치 못한 왕의 등장에 황급히 조끼를 걸치고 껑충껑충 신발을 신으며 각자의 침실에서 달려 나왔다.

프레드 왕은 뒤따라오는 두 사람에게 소리쳤다.

"서둘러, 게으른 친구들 같으니! 백성들이 나의 도움을 기다리고 있잖아!"

'이기적인 왕이라면 부탁을 하러 온 무지한 백성들을 만나려고 이렇게 서두르겠어? 어림없는 소리지!' 하고 프레드는 생각했다.

프레드의 고문들은 프레드가 제법 수수한 옷차림을 하고 제시간에 나타나자 놀라움을 감추지 못했다. 수석 고문 헤링본은 허리 숙여 인사하며 흡족한 미소를 지었다.

"일찍 오셨네요, 폐하. 백성들이 기뻐할 겁니다. 새벽부터 줄을 서 있답니다."

"들여보내요, 헤링본."

왕은 왕좌에 앉으며 스피틀워스와 플래푼에게 자신의 양옆에 앉으라고 손짓했다.

문이 열리고 탄원자들이 한 명씩 들어왔다.

프레드의 백성들은 시청이나 마을 회관 벽에 걸린 초상화에서만 보던 왕을 실제로 마주하자 말문이 막혀 제대로 입을 열지 못했다. 초조하게 웃기만 하는 사람이 있는가 하면 자기가 무슨 일 때문에 왔는지 잊어버리는 이도 있었고, 한두 차례 혼절하는 이도 있었다. 프레드는 오늘 유난히 자비로웠다. 탄원이 끝날 때마다 금화 두 닢을 쥐어 주거나 아기에게 축복을 내려 주었고 노파에게 손을 내주며 입을 맞추도록 허락해 주기도 했다.

그러나 미소를 머금고 금화를 내주며 이러저러한 약속을 하면서도 데이지 도브테일의 말이 머릿속에서 끊임없이 메아리치는 것을 어찌할 수 없었다. '이기적이고 허영투성이에 무자비한 왕.' 그는 자신이 얼마나 좋은 사람인지 증명할 수 있는 특별한 무언가를 하고 싶었다. 언제든 타인을 위해 자신을 희생할 준비가 되어 있다는 걸 보여 주고 싶었다. 역대 코르누코피아 왕들은 모두 탄원의 날에 금화 몇 닢과 시시한 호의를 내주는 데서 그쳤다. 프레드는 후대에 길이 전해질 만한 굉장한 무언가를 해야 했다. 과수원 농부의 모자를 바꿔 주는 정도로는 역사책에 기록될 수 없었다.

프레드의 양옆에 앉은 두 귀족은 지루해지기 시작했다. 이렇게 앉아 농부들의 하찮은 문제를 듣고 있느니 점심시간까지 침실에서 뒹구는 편이 훨씬 더 나았다. 몇 시간이 지난 뒤 마지막 탄원자가 고마워하며 알현실을 나가고 나자 한 시간 전부터 뱃속이 꼬르륵거렸던 플래푼은 안도의 한숨을 쉬며 의자에서 몸을 일으켰다.

"점심시간입니다!"

플래푼이 우렁차게 외쳤다. 그러나 위병들이 문을 닫으려는 순간, 한바탕 소란이 일더니 다시 문이 벌컥 열렸다.

9장

양치기의 사연

    "폐하."

프레드 왕이 막 왕좌에서 일어섰을 때 헤링본이 다급하게 다가오며 말했다.

"습지대의 양치기가 탄원을 하러 왔습니다. 조금 늦었는데, 점심 식사를 하고 싶으시다면 그냥 돌려보낼까요?"

"습지대라고!"

스피틀워스가 향기 나는 손수건을 코밑에 대고 흔들며 말했다.

"어련하겠습니까, 폐하!"

"왕을 알현하는데 감히 늦다니 예의가 아니지요."

플래푼이 거들었다.

프레드 왕은 잠시 망설이다가 입을 열었다.

"아니야. 가난한 자가 이 먼 곳까지 왔다면 만나 줘야지. 들여보내요, 헤링본."

수석 고문은 사려 깊고 자상하게 변한 왕의 태도에 또다시 기뻐하며 서둘러 두짝문으로 가서 위병들에게 양치기를 들여보내라고 지시했다. 왕이 다시 왕좌에 앉자 스피틀워스와 플래푼은 못마땅한 표정을 지으며 자리에 앉았다.

풍파에 시달려 거칠고 지저분한 데다 수염은 제멋대로 헝클어지고 여기저기 기운 누더기 옷을 걸친 노인이 붉은색의 긴 양탄자 위를 허위허위 걸어 왕좌로 향했다. 왕의 앞에 이르자 노인은 겁에 질린 얼굴로 재빨리 모자를 벗었다. 그러곤 다른 사람들이 허리를 숙이거나 무릎을 굽혀 인사하던 곳에서 풀썩 무릎을 꿇었다.

"폐하!"

노인이 씨근거리며 말했다.

"폐에에에하."

스피틀워스가 나지막이 양의 울음소리를 흉내 내자 플래푼이 턱을 가늘게 떨며 소리 없이 웃었다.

양치기가 말했다.

"폐하, 소인은 폐하를 알현하기 위해 꼬박 닷새 동안 달려왔습니요. 고된 여정이었지요. 가끔 건초 수레를 얻어 타기도 했지만 그럴 수 없을 땐 걸어오느라 장화에 온통 구멍이……."

"빨리 좀 하지."

스피틀워스가 여전히 손수건에 긴 코를 문 채 중얼거렸다.

"……하지만 여기까지 오는 내내 줄곧 늙은 패치를 생각했지요. 소인이 궁전에 닿을 수 있다 해도 폐하께서 저를 어떻게 도와주실까 생각하느라……."

"'늙은 패치'가 뭔가?"

왕은 누덕누덕 기운 양치기의 바지를 보며 물었다.

"소인의 늙은 개입니요, 폐하. 하지만 지금은 세상에 없을지도 모릅니요."

대꾸하는 양치기의 눈에 눈물이 고였다.

"아."

프레드 왕은 허리띠의 지갑을 만지작거리며 말을 이었다.

"양치기여, 그럼 이 금화를 줄 테니 가서 새……."

"아닙니다요, 폐하. 황송하지만 금화로 해결할 수 있는 일이 아닙니다요. 다른 개를 구할라치면 소인도 어렵지 않게 구할 수 있지만 그 어떤 개도 늙은 패치를 대신할 수는 없을 겁니다요."

양치기는 소매로 콧물을 훔쳤다. 그 모습에 스피틀워스는 몸서리를 쳤다.

"그렇다면 왜 나를 찾아왔는가?"

프레드 왕은 최대한 자상하게 대해 주려 노력했다.

"패치가 어떻게 최후를 맞이했는지 말씀드리러 왔습니다요."

"아."

프레드 왕은 벽난로 위에 놓인 황금빛 시계를 보았다.

"우리도 정말 듣고 싶지만 이제 점심을 먹을 시간이라……."

"패치는 이카보그에게 잡아먹혔습니다요, 폐하."

양치기의 말에 모두들 말문이 막혔다. 이윽고 스피틀워스와 플래푼이 웃음을 터트렸다.

양치기의 눈에 고여 있던 눈물이 붉은 양탄자로 떨어져 반짝거렸다.

"여로보암에서부터 슈빌에 이를 때까지 소인이 폐하를 뵈러 가는 이유를 설명하면 다들 그렇게 웃었습지요. 자지러지게 웃으면서 저더러 미쳤다고 하는 겁니다요. 하지만 소인은 두 눈으로 똑똑히 그 괴물을 보았고 가엾은 패치도 잡아먹히기 전에 분명히 보았습니다요."

프레드 왕은 자신도 두 귀족처럼 웃어젖히고 싶은 마음이 굴뚝같았다. 점심 식사 생각이 간절한 탓에 이 늙은 양치기를 한시라도 빨리 내보내고 싶었지만 그와 동시에 머릿속에서는 '이기적이고 허영투성이에 무자비한 왕'이라고 속삭이는 지긋지긋한 목소리가 끊임없이 들려왔다.

"어떻게 된 일인지 얘기해 보겠나?"

프레드 왕이 양치기에게 말했다. 그러자 스피틀워스와 플래푼은 즉각 웃음을 그쳤다.

양치기는 한 번 더 소매로 코를 훔치며 이야기를 시작했다.

"그게 말입니다요, 폐하. 해 질 녘 안개가 자욱할 때 패치와 소인이 늪의 언저리를 돌아 집으로 걸어가고 있었습니다요. 그때 패치가 늪지 티즐을 발견한 겁니다……."

"무얼 발견했다고?"

프레드 왕이 되물었다.

"늪지 티즐 말입니다, 폐하. 생쥐처럼 생겼는데 털이 없는 늪지 동물입니다요. 꼬리가 좀 거슬려서 그렇지 파이를 만들어 먹어도 그리 나쁘지 않습죠."

그 말에 플래푼은 사색이 되었다.

양치기가 계속 말을 이었다.

"어쨌든 패치 녀석이 그 늪지 티즐을 보고 쫓아가기 시작했습니다요. 소인이 목이 터져라 녀석을 불렀지만 정신없이 쫓아가느라 돌아오지 않는 겁니다요. 그러다 꽥 하는 소리가 들렸습죠. 소인은 '패치! 패치! 무슨 일이야?' 하고 소리쳤습니다요. 하지만 패치는 돌아오지 않았습죠. 그때 안개 속에서 그게 보이는 겁니다요."

양치기는 목소리를 낮췄다.

"덩치가 커다랗고 눈은 등불 같은 데다 입은 폐하의 왕좌만큼 넓은 괴물이 소인을 보며 사악하게 빛나는 이빨을 드러내고 있는 게 아니겠습니까. 그 순간 소인은 늙은 패치를 버리고 집으로 줄행랑을 쳤습니다요. 그리고 바로 이튿날 폐하를 뵙기 위해 집을 나섰습지요. 이카보그가 소인의 개를 잡아먹었습니다요, 폐하. 그놈을 벌주고 싶습니다요!"

왕은 잠시 양치기를 내려다보았다. 그러곤 아주 느릿느릿 자리에서 일어섰다.

"양치기여, 우리가 오늘 당장 북쪽으로 떠나 이카보그 사건을 확실하게 조사하겠노라. 그 괴물의 흔적이라도 발견하는 날에는 그놈이 사는 동굴을 추적해 백성의 개를 잡아먹은 그 괘씸한 행태를 벌하겠노라. 내 금화 몇 닢을 줄 테니 그만 건초 수레를 잡아타고 집으로 돌아가거라!"

그런 뒤 왕은 스피틀워스와 플래푼을 돌아보며 말했다.

"경들이여, 당장 승마복으로 갈아입고 마구간으로 나를 따라오라. 새로운 사냥이 기다리고 있다!"

10장

프레드 왕의 원정

프레드 왕은 뿌듯한 마음으로 성큼성큼 알현실을 나섰다. 이제 그 누가 그를 이기적이고 허영투성이에 무자비한 왕이라고 하겠는가! 고작 그 냄새 나는 미천한 양치기 노인과 쓸모없는 늙은 잡종견을 위해 겁 없는 프레드 왕이 친히 이카보그를 잡으러 간다는데! 물론, 이카보그 따위는 없을 테지만 왕이 직접 왕국의 반대편 끝까지 말을 타고 가서 그것을 증명한다면 얼마나 고귀하고 훌륭한 일이겠는가!

그는 점심도 잊고 서둘러 침실로 올라가 시종에게 그 음울한 검은색 옷을 벗기고 전투복을 입혀 달라고 소리쳤다. 전투복은 지금껏 한 번도 입을 기회가 없었다. 새빨간 색의 짧은 제복 윗도리에는 금 단추와 보라색 띠, 그저 왕이라는 이유로 수여된 수많은 훈장들이 달려 있었다. 거울을 보는 순간 전투복이 어찌나 잘 어울리는지 매일 입고 다녀야겠다는 생각이 들었다. 시종이 그의 황금빛 곱슬머리에 깃털 장식이 달린 투구를 씌워 주자 프레드는 자신이 그런 옷차림으로 가장 아끼는 우유 빛깔의 군마를 타고 긴 창으로 뱀 같은 괴물을 찌르는 광경이 초상화로 그려지는 것을 상상해 보았다. 그야말로 겁 없는 왕 프레드의 모습이 아닌가! 아아, 이제는 오히려 이카보그가 실제로 있었으면 좋겠다는 생각이 들기도 했다.

한편, 수석 고문은 왕이 전국 순회를 떠날 예정이니 모두가 환송을 준비하라는 전갈을 성안 전역에 돌렸다. 하지만 왕이 어리석게 보일까 봐 이카보그에 대해서는 언급하지 않았다.

안타깝게도 캔커비라는 하인이 왕의 이상한 계획에 대해 속닥거리는 두 고문의 대화를 엿들었다. 캔커비는 부엌일을 거드는 하녀에게 득달같이 이 소식을 전했고 이 하녀가 부엌 전체에 소문을 퍼트렸는데, 때마침 바론스타운에서 온 소시지 판매상이 요리사와 뒷말을 주고받고 있었다. 왕의 일행이 길을 떠날 준비를 끝마쳤을 무렵, 왕이 이카보그를 잡으러 북쪽으로 간다는 소문은 이미 성안 곳곳에 퍼졌고 성문 밖으로도 서서히 새어 나가기 시작했다.

"농담이지?"

슈빌 사람들은 왕을 환송하러 거리로 쏟아져 나오며 서로에게 물었다.

"대체 무슨 일이야?"

어떤 이들은 어깨를 으쓱하고 웃음을 터트리며 왕이 그저 장난을 치는 것이라고 했다. 어떤 이들은 고개를 절레절레 흔들며 단순한 장난은 아닐 거라고 속닥거렸다. 대체 어떤 왕이 이렇다 할 이유도 없이 무장한 채 말을 타고 왕국의 북쪽으로 향한단 말인가? 걱정하는 이들은 왕만 알고 자신들이 알지 못하는 것이 무엇인지 서로에게 물었다.

에슬란다 아가씨도 다른 귀부인들과 함께 발코니로 나와 군인들이 모이는 모습을 지켜보았다.

이쯤에서 아무도 모르는 비밀 한 가지를 털어놓을까 한다. 사실, 에슬란다 아가씨는 설사 왕이 구혼을 했다고 해도 절대 그와 결혼하지 않았을 것이다.

그녀는 남몰래 굿펠로 부관이라는 사내를 흠모하고 있었는데, 이 사내는 지금 저 아래 안뜰에서 절친한 친구인 비미시 대장과 웃으면서 대화를 나누고 있었다. 수줍음이 많은 에슬란다 아가씨는 굿펠로 부관에게 한 번도 말을 건네지 못한 탓에 굿펠로 부관은 궁전에서 가장 아름다운 여인이 자신을 흠모하고 있다는 사실을 까맣게 몰랐다. 지금은 세상을 떠난 굿펠로의 부모님은 둘 다 목숨이 다할 때까지 커즈버그에서 치즈를 만들며 생계를 꾸렸다. 굿펠로는 영리하고 용감했지만 그 시대에는 치즈 만드는 사람의 아들은 지체 높은 여인과 혼인할 수 없다고 여겨졌다.

한편, 궁전에서 일하는 사람들의 자녀들은 전투 부대가 떠나는 모습을 보기 위해 모두 평소보다 일찍 수업을 끝마치고 학교를 나왔다. 당연히 제빵사인 비미시 부인도 버트가 좋은 자리에서 아버지가 지나가는 모습을 볼 수 있도록 서둘러 아들을 데려왔다.

마침내 궁전 문들이 열리고 기마대가 나타나자 버트와 비미시 부인은 목청껏 환호성을 질렀다. 오랫동안 아무도 전투복을 구경하지 못한 터였다. 이 얼마나 신나는 일인가! 너무도 멋진 광경이었다! 금단추와 은제 칼, 반짝이는 나팔수들의 트럼펫 위에서 햇살이 춤을 추었고 궁전 발코니에서는 작별 인사를 하는 궁중 귀부인들의 손수건들이 비둘기처럼 나풀거렸다.

행렬의 선두에 선 프레드 왕이 우유처럼 새하얀 군마를 타고 새빨간 고삐를 잡은 채 군중에게 손을 흔들었다. 스피틀워스가 비쩍 마른 누런 말을 타고 따분한 얼굴로 그의 뒤를 따랐고, 뒤이어 점심을 걸러 잔뜩 성이 난 플래푼이 거대한 적갈색 말을 타고 나왔다.

왕과 두 귀족에 이어 근위대가 보였다. 모두 검은색과 회색의 얼룩말을 탔지만 비미시 대장은 짙은 회색의 종마를 타고 있었다. 너무도 멋진 남편의 모

"행운을 빌어요. 아빠!"
버트가 소리치자 비미시 대장은 아들에게 손을 흔들어 주었다.

정건일 | 12세

습에 비미시 부인은 가슴이 두근거렸다.

"행운을 빌어요, 아빠!"

버트가 소리치자 비미시 대장은(안 되는 줄 알면서도) 아들에게 손을 흔들어 주었다.

환호하는 성안 사람들에게 환하게 웃어 주며 언덕을 내려가던 기마행렬이 성 밖의 슈빌로 이어지는 성문에 이르렀다. 도브테일의 집은 인파에 가려져 있었다. 도브테일 씨와 데이지도 정원에 나와 있었지만 근위대의 투구에 꽂힌 깃털들만 보일 뿐이었다.

데이지는 군인들에게 딱히 흥미가 일지 않았다. 버트와는 여전히 냉랭한 상태였다. 사실, 그날 오전 쉬는 시간에 버트는 드레스가 아닌 작업복을 입고 다닌다며 데이지를 놀려 대는 로더릭 로치와 어울려 놀았다. 때문에 데이지는 환호 소리와 말들의 소리를 듣고도 전혀 흥이 나지 않았다.

"아빠, 이카보그가 정말 있는 건 아니죠?"

데이지가 물었다.

도브테일 씨는 자신의 목공소를 돌아보며 한숨을 쉬었다.

"그럼, 데이지. 이카보그는 없어. 하지만 왕이 이카보그의 존재를 믿고 싶다면 그러라고 해. 습지대까지 가서 누군가를 해칠 일을 없을 테니까."

이는 아무리 분별 있는 사람도 때로는 끔찍한 위험을 예측하지 못한다는 사실을 잘 보여 주는 말이었다.

11장
북쪽으로

슈빌을 떠나 시골로 가면서 프레드 왕은 점점 더 기운이 솟는 듯했다. 왕이 뜬금없이 이카보그를 찾으러 간다는 소식은 이제 굽이굽이 펼쳐진 초록의 들판에서 일하는 농부들에게까지 퍼져나갔다. 농부들은 가족을 데리고 왕과 두 귀족, 근위대를 환호하러 나왔다.

점심을 거른 왕은 커즈버그에 들러 늦은 저녁을 먹기로 했다.

치즈로 유명한 이 도시로 들어가면서 그는 일행에게 소리쳤다.

"전우들이여, 여기서 군인다운 모습으로 소탈하게 밤을 보내고 동이 트면 다시 길을 떠난다!"

물론, 왕이 소탈하게 하룻밤을 보낼 리가 없었다. 커즈버그에서 가장 좋은 여관의 손님들은 왕의 잠자리를 위해 거리로 쫓겨났다. 그날 밤 프레드는 구운 치즈와 초콜릿 퐁뒤로 푸짐한 식사를 즐긴 뒤 오리털 매트리스가 깔린 황동 침대에서 잠을 잤다. 반면, 스피틀워스 경과 플래푼 경은 마구간 위층의 작은 방에서 함께 밤을 보내야 했다. 둘 다 오랜 시간 말을 타고 온 탓에 온몸이 쑤셨다. 일주일에 다섯 번씩 사냥을 나가는 사람들이 어째서 그럴까 싶겠

커즈버그는 치즈로 유명한 도시였다.
점심을 거른 왕은 커즈버그에 들러 늦은 저녁을 먹기로 했다.

정주은 | 13세

지만, 사실 두 사람은 평소에 겨우 30분쯤 사냥을 하는 척하다가 몰래 나무 뒤에 앉아서 궁전으로 돌아갈 시간이 될 때까지 샌드위치와 포도주를 즐기곤 했다. 둘 다 몇 시간씩 안장에 앉아 있는 데에는 익숙하지 않았고, 스피틀워스의 여윈 엉덩이에는 벌써부터 물집이 잡히기 시작했다.

이튿날 이른 아침, 왕은 비미시 대장으로부터 바론스타운 시민들이 자신들의 멋진 도시가 아닌 커즈버그에서 밤을 보낸 왕에게 몹시 서운해한다는 소식을 전해 들었다. 인기에 흠집을 내고 싶지 않았던 프레드 왕은 주변 들판을 가로질러 먼 길로 돌아가라고 일행에게 지시했다. 그들은 가는 내내 농부들의 환호를 받으며 해가 질 무렵 바론스타운에 도착했다. 지글지글 소시지를 굽는 맛있는 냄새가 왕의 원정대를 맞아 주었고 사람들은 몹시 기뻐하며 횃불을 들고 프레드를 도시에서 가장 좋은 방으로 안내했다. 그곳에서 그는 황소구이와 꿀을 바른 햄을 대접받은 뒤 거위털 매트리스가 깔리고 무늬가 새겨진 떡갈나무 침대에서 잠을 청했다. 그러나 이번에도 스피틀워스와 플래푼은 평소 두 하녀가 쓰던 비좁은 다락방에서 함께 자야 했다. 엉덩이의 물집 때문에 더욱 고통스러워진 스피틀워스는 기껏 소시지나 만드는 이들의 비위를 맞춰 주기 위해 먼 길을 돌아 60여 킬로미터나 말을 타고 왔다는 사실에 화가 치밀었다. 한편, 커즈버그에서 치즈를 너무 많이 먹은 데다 바론스타운에서 소고기 스테이크를 3인분이나 해치운 플래푼은 소화불량으로 끙끙거리느라 밤새 잠을 이루지 못했다.

다음 날 왕의 원정대는 다시 길을 떠나 이번에는 북쪽으로 향했다. 그들은 머지않아 포도밭을 지났다. 포도를 수확하던 이들이 열성적으로 코르누코피아 국기를 흔들어 대자 왕은 기분 좋게 손을 흔들어 주었다. 스피틀워스는 엉덩이에 방석을 동여맸는데도 너무 아파서 울음을 터트릴 지경이었고, 플래푼의 트림과 신음 소리는 달가닥달가닥 말발굽 소리와 덜컹덜컹 굴레 소리로도 덮을 수 없을 정도였다.

그날 저녁 그들이 여로보암에 도착하자 트럼펫이 울리고 온 도시가 국가를 부르며 환영해 주었다. 프레드는 발포 포도주와 송로버섯으로 푸짐한 저녁을 즐긴 뒤 백조털 매트리스가 깔리고 네 개의 기둥과 덮개가 갖춰진 보드라운 침대로 들어갔다. 그러나 스피틀워스와 플래푼은 여관 부엌 위층의 방에서 병사 두 명과 함께 잠을 청해야 했다. 술 취한 여로보암 주민들은 비틀비틀 거리를 돌아다니며 왕의 방문을 축하했다. 하지만 스피틀워스는 얼음이 가득 담긴 양동이 위에 앉아 밤을 보냈고, 포도주를 너무 많이 마신 플래푼은 방구석에 놓인 또 다른 양동이를 붙잡고 속을 게웠다.

다음 날 동이 트자 왕의 원정대는 습지대를 향해 다시 길을 떠났다. 여로보암의 시민들은 그들만의 유명한 작별 인사로 환송해 주었다. 바로 요란하게 코르크 마개들을 따는 것이었는데, 그 우레와 같은 소리에 스피틀워스의 말이 앞발을 들고 몸을 뒤로 젖히며 주인을 길가에 내동댕이치고 말았다. 그 바람에 원정대 대원들은 스피틀워스의 흙을 털어 주고 엉덩이에 다시 방석을 대 준 다음 프레드의 웃음이 그칠 때까지 기다린 뒤에야 출발할 수 있었다.

머지않아 여로보암을 벗어나자 새소리만이 정적을 메웠다. 궁전을 떠난 뒤 처음으로 길가가 텅 비어 있었다. 점차 짙푸른 초록의 땅이 사라지고 바싹 마른 가느다란 풀과 구불구불 휘어진 나무들, 커다란 바위들이 모습을 드러냈다.

왕은 뒤따라오는 스피틀워스와 플래푼을 향해 쾌활하게 소리쳤다.

"참 이상한 곳이지? 드디어 습지대를 보게 되다니 정말 기쁘군. 안 그런가?"

두 귀족은 맞장구를 쳤지만 프레드가 다시 앞으로 고개를 돌리는 순간 그의 뒤통수에 대고 무례한 손짓을 하며 입모양으로 더 무례한 말을 퍼부었다.

마침내 왕의 일행은 사람들을 마주쳤다. 하지만 이 습지대 주민들은 그들을 멍하니 바라볼 뿐이었다! 그러다가 알현실에서 양치기가 그랬던 것처럼 풀썩 무릎을 꿇더니 환호는커녕 박수조차 치지 않고 그저 입을 떡 벌렸다. 왕과 근위대를 처음 보는 사람들처럼. 하긴, 그들은 왕과 근위대를 볼 기회가 없었다. 프레드 왕은 왕위에 오른 뒤 코르누코피아의 주요 도시들을 모두 방문했지만 그가 이토록 먼 습지대까지 가야 한다고 생각한 사람은 아무도 없었으니까.

"무지한 자들이지만 그래도 뭉클하지 않나?"

왕은 일행에게 쾌활하게 소리쳤다. 누더기를 걸친 아이들은 멋진 말들을 보고 숨을 들이켰다. 그토록 윤기가 흐르고 영양 상태가 좋은 동물은 태어나서 처음 보는 것이었다.

플래푼이 다 허물어져 가는 돌집들을 보며 스피틀워스에게 속삭였다.

"오늘밤엔 어디서 묶는 거야? 여긴 여관도 없구먼!"

그러자 스피틀워스가 낮은 소리로 대꾸했다.

"그래도 위안 삼을 만한 게 하나 있어. 오늘밤, 왕도 우리처럼 소탈하게 자야 한다는 거. 어디 얼마나 좋아하는지 한번 보자고."

그들은 오후 내내 말을 달려 해가 저물 때쯤 마침내 이카보그가 산다는 늪을 마주했다. 시커먼 어둠이 드넓게 펼쳐져 있고 군데군데 기이한 암석들이 보였다.

비미시 대장이 소리쳤다.

"폐하! 여기에 진을 치고 아침에 늪을 살펴보는 것이 어떨까 싶습니다! 아시다시피 늪은 위험이 도사리는 곳입니다! 갑자기 안개가 자욱하게 내려앉기도 하지요. 날이 밝을 때 가까이 가 보는 것이 좋을 듯합니다!"

"무슨 소리!"

프레드는 흥분한 어린아이처럼 안장에서 몸을 들썩거리며 말했다.

"늪을 코앞에 두고 여기서 멈출 수는 없다, 비미시!"

왕의 명령이니 일행은 계속 나아가는 수밖에 없었다. 달이 떠올라 시커먼 구름들 사이에서 숨바꼭질을 벌일 무렵, 그들은 마침내 늪 언저리에 이르렀다. 사람의 손이 닿지 않은 황량한 야생의 땅. 그렇게 오싹한 곳은 아무도 본 적이 없었다. 스산한 바람에 골풀이 바스락거릴 뿐, 주위는 쥐 죽은 듯 고요했다.

잠시 후 스피틀워스 경이 말했다.

"폐하, 보시다시피 이곳은 땅이 아주 습합니다. 여기서 더 나아가면 양이든 사람이든 늪으로 빨려들어 갈 것입니다. 겁 많은 자들은 어둠 속에 감춰진 저 커다란 바위와 암석 들을 괴물로 착각할 수도 있겠는데요. 잡초들이 바스락거리는 소리는 괴물이 속삭이는 거라고 여길 테고요."

"그래, 맞아. 그럴 것 같군."

프레드 왕이 말했다. 그러나 그는 바위 뒤에서 금방이라도 이카보그가 튀어나오기라도 할 것처럼 여전히 시커먼 늪을 훑어보고 있었다.

"그럼 이제 진을 칠까요, 폐하?"

플래푼이 물었다. 바론스타운에서 차가운 파이를 챙겨 온 그는 이제 저녁 생각이 간절했다.

"어둠 속에서는 상상의 괴물조차도 찾을 수가 없지요."

스피틀워스가 지적했다.

"그래, 그렇지."

프레드 왕이 아쉬운 듯이 대꾸했다.

"그럼…… 아이쿠, 언제 이렇게 안개가 깔렸담!"

아니나 다를까, 늪을 바라보고 있는 사이 아무도 모르게 짙은 안개가 조용히 그들을 뒤덮고 있었다.

12장
·
왕의 잃어버린 칼

순식간에 왕의 원정대 대원들의 눈에 두툼한 흰색 안대가 씌워진 것 같았다. 안개가 어찌나 짙은지 눈앞으로 손을 올려도 보이지 않았다. 공중에서 더러운 늪과 소금물, 습지의 냄새가 풍겼다. 조심하지 않고 여러 명이 한꺼번에 우왕좌왕하는 바람에 발밑의 무른 땅이 움직이는 듯했다. 그들은 서로를 찾으려 갈팡질팡하다가 방향감각을 완전히 잃어버렸다. 모두가 앞이 보이지 않는 하얀 바다를 표류하는 듯 허우적거렸지만 비미시 대장은 여전히 침착함을 잃지 않았다.

그가 소리쳤다.

"조심하십시오! 이곳 땅은 위험합니다. 움직이지 말고 가만히 계십시오!"

그러나 더럭 겁을 먹은 프레드 왕은 그의 말에 귀를 기울이지 않았다. 그는 비미시 대장 쪽으로 가려고 걸음을 옮겼지만 몇 발짝 떼지도 못하고 얼음처럼 차가운 늪으로 빨려 들어가는 것을 느꼈다.

"도와줘!"

늪지에 고인 차디찬 물이 반짝이는 군화를 넘어 들어오자 그가 소리쳤다.

"도와줘! 비미시, 어디 있어? 점점 가라앉고 있어!"

당황한 목소리들과 철컹거리는 갑옷의 소리가 뒤섞이며 금세 주위가 소란스러워졌다. 근위병들이 모두 왕을 찾기 위해 부리나케 사방으로 내달리면서 서로 부딪치거나 미끄러졌지만 몸부림치는 왕의 목소리가 다른 모든 소리를 집어삼켰다.

"신발이 없어졌어! 왜 아무도 날 도와주지 않는 거야? 다들 어디 있는 거야?"

처음 안개가 덮일 때부터 비미시의 조언대로 움직이지 않고 자리를 지킨 사람은 단 두 명, 스피틀워스 경과 플래푼 경뿐이었다. 스피틀워스는 플래푼의 풍만한 바지자락을 붙잡고 있었고 플래푼은 스피틀워스의 승마복 웃옷 자락을 꽉 움켜쥐고 있었다. 왕을 구하려는 생각은 눈곱만큼도 없는 두 사람은 그저 몸서리치며 상황이 정리되길 기다렸다.

"차라리 저 바보가 늪에 완전히 빠져 버리면 우린 집으로 갈 수 있겠지."

스피틀워스가 플래푼에게 속삭였다.

갈수록 주위는 혼란스러워졌다. 왕을 찾아 나선 근위병들은 늪에 발이 묶였다. 철벅거리는 소리와 철컹거리는 소리, 비명 소리가 대기를 가득 메웠다. 비미시 대장은 고함을 치며 상황을 바로잡아보려 애썼지만 소용이 없었고, 왕의 목소리는 점점 더 아득해지며 컴컴한 밤 속으로 사라져 갔다. 왕은 모두에게서 차츰차츰 멀어져 가는 듯했다.

바로 그때 깊은 어둠 속에서 공포에 질린 끔찍한 외침 소리가 들려왔다.

"비미시, 살려줘! 그 괴물이 보여!"

"갑니다, 폐하! 계속 소리 지르고 계시면 제가 찾아 가겠습니다, 폐하!"

비미시 대장이 소리쳤다.

"살려줘! 살려줘, 비미시!"

프레드 왕이 소리쳤다.

"저 멍청이한테 대체 무슨 일이 생긴 걸까?"

플래푼이 스피틀워스에게 물었다. 그러나 스피틀워스가 대답할 새도 없이 빠르게 내려앉았던 안개가 다시 순식간에 걷히기 시작했다. 작은 공터에 함께 서 있는 두 사람은 이제 서로의 모습을 알아볼 수 있게 되었다. 하지만 여전히 뿌연 수증기가 높은 벽처럼 주위를 에워싸고 있었다. 왕과 비미시, 다른 병사들의 목소리는 갈수록 아득해졌다.

스피틀워스가 플래푼에게 주의를 주었다.

"아직 움직이지 마. 안개가 좀 더 엷어지면 말을 찾아서 안전한 곳으로 갈 수 있을……."

바로 그때, 안개의 벽에서 미끈거리는 시커먼 형체가 불쑥 나타나 두 사람에게로 달려들었다. 플래푼은 꽥 비명을 내질렀다. 스피틀워스는 그 괴물을 후려치려 했지만 그 형체가 갑자기 바닥에 털썩 주저앉는 바람에 놓치고 말았다. 스피틀워스는 그제야 숨을 헐떡거리며 횡설수설하는 그 미끈거리는 괴물이 겁 없는 왕 프레드라는 사실을 알아차렸다.

"아이고, 감사합니다. 드디어 저희가 폐하를 찾았네요. 얼마나 찾아다녔는지 모릅니다."

스피틀워스가 소리쳤다.

"이크…… 이크…… 이크……."

왕이 끙끙거렸다.

"딸꾹질하시는 것 같은데. 놀라게 해드려."

플래푼이 말했다.

"이크…… 이크…… 이카보그!"

프레드가 신음하듯 내뱉었다.

"내가 봐, 봤어! 그 거대한 괴물한테 하마터면 잡혀갈 뻔했다고!"

"무슨 말씀이세요, 폐하?"

스피틀워스가 물었다.

"그 괴, 괴물이 진짜였다니까!"

프레드는 침을 꿀꺽 삼켰다.

"우, 운이 좋아서 살아 돌아온 거야! 다들 말에 올라타! 당장 도망쳐야 해!"

프레드 왕이 스피틀워스의 다리를 붙잡고 일어나려 하자 스피틀워스는 진흙이 묻을까 봐 얼른 옆으로 비켜났다. 그러고는 그나마 얼룩이 덜한 프레드의 머리를 다독여 주었다.

"어어…… 진정하세요, 폐하. 얼마나 힘드셨겠어요. 늪에 빠지셨으니. 아까 저희가 얘기했듯이 짙은 안개 속에서는 커다란 암석들이 괴물처럼 보일수도 있을…….."

"시끄러워, 스피틀워스. 내 눈으로 똑똑히 봤다니까!"

왕은 혼자 힘으로 비틀비틀 일어나며 소리쳤다.

"키는 말의 두 배만 하고 눈은 커다란 등불 같았어! 칼을 꺼냈는데 손이 미끄러워서 놓쳐 버렸지 뭐야. 그래서 늪에 박힌 군화를 벗어 버리고 기어 나왔다고!"

바로 그때 또 다른 사내가 안개 속 그들의 작은 공간으로 들어왔다. 로더릭의 아빠이자 비미시 대장의 직속 부하로, 크고 건장한 몸집에 새까만 콧수염이 인상적인 로치 부관이었다. 로치 부관이 어떤 사람인지는 곧 알게 될 것이다. 여기서는 그저 근위대에서 몸집이 가장 큰 그를 보고 왕이 몹시 반가워

"이크…… 이크…… 이카보그!
키는 말의 두 배만 하고 눈은 커다란 등불 같았어!"

정려원 | 8세

했다고만 해 두겠다.

프레드는 낑낑거리며 물었다.

"혹시 이카보그를 봤나, 로치?"

로치는 예의 바르게 허리를 숙여 인사하며 대꾸했다.

"못 봤습니다, 폐하. 안개와 진흙만 보였습니다. 어쨌든 폐하께서 무사하
셔서 정말 기쁩니다. 여기들 계십시오. 제가 대원들을 모아 오겠습니다."

로치가 가려 하자 프레드 왕이 징징거렸다.

"가지 마. 내 옆에 있어, 로치. 그 괴물이 이쪽으로 올 수도 있잖아! 소총
갖고 있지? 좋아. 난 칼과 신발을 잃어버렸어. 내가 가진 예복 칼 중에 가장
좋은 것이었다고! 자루에 보석도 박혀 있었는데!"

왕은 로치 부관이 곁에 있어서 한결 든든했지만 그래도 추위와 두려움이
가시지 않아 여전히 몸을 덜덜 떨었다. 게다가 이카보그를 직접 봤다는 자신
의 이야기를 아무도 믿지 않는 것 같아 분통이 터졌다. 스피틀워스가 플래푼
을 보며 눈을 굴리는 모습을 보자 더욱 화가 치밀었다.

왕의 자존심에 상처가 난 것이다.

"스피틀워스, 플래푼, 난 칼과 신발을 되찾아야겠어! 저기 어딘가에 있을
거야."

그가 주위를 에워싼 안개를 가리키며 말했다.

"안개가…… 안개가 걷힐 때까지 기다리는 것이 좋지 않을까요, 폐하?"

스피틀워스가 초조한 목소리로 묻자 프레드 왕은 퉁명스럽게 대꾸했다.

"칼을 되찾고 싶다고! 할아버지께서 물려주신 아주 귀한 칼이야! 둘이 가
서 찾아와. 난 여기서 로치 부관과 기다리고 있겠어. 빈손으로 돌아올 생각은
하지도 마."

13장
사고

두 귀족은 별수 없이 안개 속 작은 공터에 왕과 로치 부관을 남겨 둔 채 늪으로 향했다. 스피틀워스는 앞장서서 발끝을 더듬어 가며 조금이라도 단단한 땅을 찾아 발을 내딛었다. 플래푼은 여전히 스피틀워스의 승마복 자락을 움켜쥔 채 뒤를 따랐지만 몸이 너무 무거운 탓에 걸음을 내딛을 때마다 발이 무른 땅으로 푹푹 들어갔다. 안개 때문에 눈가가 축축한 데다 앞이 잘 보이지 않았다. 스피틀워스는 최선을 다했지만 두 귀족의 군화에는 금세 썩은 물이 찰랑찰랑 차올랐다.

그는 질벅질벅 나아가며 중얼거렸다.

"빌어먹을 머저리 같으니! 그런 꼴통이 있나! 이게 다 그 새대가리 멍청이 때문이잖아!"

"칼은 영원히 못 찾아도 싸지."

플래푼이 맞장구쳤다. 이제 그는 허리까지 늪으로 빠져들고 있었다.

그러자 스피틀워스가 말했다.

"그건 아니야. 그럼 우린 여기서 밤새 그 칼을 찾아야 한다고. 아, 이 빌어

먹을 안개!"

그들은 계속 힘겹게 나아갔다. 몇 걸음 사이 안개가 조금 엷어졌다 다시 짙어지길 반복했다. 불쑥불쑥 나타나는 바위들은 코끼리의 혼령 같았고 바스락거리는 갈대 소리는 뱀의 소리처럼 들렸다. 스피틀워스와 플래푼 모두 이카보그 따위는 없다는 것을 잘 알았지만 마음속 깊은 곳에서 혹시나 하는 의심이 싹트기 시작했다.

"이거 좀 놔!"

스피틀워스가 플래푼에게 으르렁거렸다. 플래푼이 자꾸 잡아당기는 통에 괴물이 발톱이나 입으로 옷자락을 잡아끄는 느낌이 들었던 것이다.

플래푼은 손을 놓았지만 그 역시 터무니없는 두려움에 감염된 터라 총집에서 나팔총을 꺼내 들었다.

"무슨 소리야?"

저 앞의 어둠 속에서 이상한 소리가 들려오자 그가 스피틀워스에게 속삭여 물었다.

두 사람은 걸음을 멈추고 귀를 기울였다.

안개 속에서 나지막이 으르렁거리고 바스락거리는 소리가 들려왔다. 두 사람의 머릿속에는 괴물이 근위병을 뜯어먹고 있는 끔찍한 광경이 그려지기 시작했다.

"거기 누구냐?"

스피틀워스가 새된 목소리로 외쳤다.

저 멀리 어디선가 비미시 대장이 소리쳤다.

"스피틀워스 경이십니까?"

그러자 스피틀워스가 소리쳐 대꾸했다.

"응. 여기서 이상한 소리가 들려, 비미시! 자네도 들리나?"

으르렁거리고 바스락거리는 그 이상한 소리는 갈수록 커지는 것 같았다.

그때 안개가 굽이쳤다. 그들 앞에 번득이는 하얀 눈을 가진 커다랗고 시커먼 형체가 나타나더니 길게 울부짖는 소리를 냈다.

순간, 귀가 먹먹한 굉음이 늪을 뒤흔들었다. 플래푼이 나팔총을 발사한 것이었다. 안개 속 곳곳에서 원정대의 놀란 외침 소리가 울려 퍼지더니 마치 플래푼의 총성에 겁을 먹기라도 한 듯 안개가 두 사람 앞에서 커튼처럼 갈라지며 눈앞의 광경이 훤히 드러났다.

때마침 구름 뒤에 숨었던 달이 미끄러져 나오면서 거대한 화강암 바위가 그들의 시야에 들어왔다. 바위 아래쪽에는 가시 돋친 나뭇가지들이 무성하게 우거져 있었다. 이 가시나무 덤불에 비쩍 마른 개 한 마리가 뒤엉킨 채 겁을 먹고 낑낑거리며 벗어나려 몸부림치고 있었다. 두 눈은 달빛을 받아 번쩍거렸다.

그 커다란 바위에서 조금 떨어진 곳에 비미시 대장이 엎어져 있었다.

"무슨 일이야?"

안개 속에서 몇몇 사람들이 외치는 소리가 들렸다.

"누가 총을 쐈어?"

스피틀워스도, 플래푼도 대답하지 않았다. 스피틀워스는 힘겹게 늪을 헤치며 서둘러 비미시 대장에게로 향했다. 한눈에 모든 것을 알 수 있었다. 비미시 대장은 어둠 속에서 플래푼의 총에 심장을 맞고 숨을 거둔 것이었다.

"아아, 아이고, 이제 어떡하지?"

마침내 스피틀워스 옆에 도달한 플래푼이 칭얼거렸다.

"조용히 해!"

스피틀워스가 속삭였다. 그는 평생 교활하고 간사하게 살아왔지만 이번에는 그 어느 때보다도 더 빠르게 그리고 더 열심히 머리를 굴렸다. 플래푼과 그의 총, 가시덤불에 뒤엉킨 양치기의 개로 서서히 눈길을 옮겨 가던 그는 커다란 바위로부터 두세 걸음 떨어진 곳에 반쯤 파묻혀 있는 왕의 보석 박힌 칼과 군화를 발견했다.

스피틀워스는 어기적어기적 늪을 헤치고 나아가 왕의 칼을 줍더니 그것으로 가시나무를 잘라 뒤엉킨 개를 풀어냈다. 그러곤 이 낑낑대는 가엾은 짐승을 힘껏 걷어차 안개 속으로 날려 보냈다.

"잘 들어."

스피틀워스가 플래푼에게로 돌아가 속삭였다. 그러나 그가 계획을 설명할 새도 없이 안개 속에서 커다란 형체가 나타났다. 로치 부관이었다.

그는 숨을 헐떡이며 말했다.

"폐하께서 가 보라고 하셨습니다. 그분은 몹시 겁에 질리신 것 같습니다. 대체 어떻게 된⋯⋯."

마침내 땅바닥에 엎어져 있는 비미시 대장의 시신이 로치의 눈에 들어왔다.

그 순간 스피틀워스는 로치도 그들의 계획에 끌어들여야 한다는 것을, 아니, 오히려 그를 요긴하게 써먹을 수 있다는 것을 깨달았다.

스피틀워스가 입을 열었다.

"로치, 내가 어떻게 된 일인지 설명해 줄 테니 잠자코 들어. 이카보그가 우리의 용감한 비미시 대장을 죽였어. 이 비극적인 죽음으로 인해 우리에겐 새로운 대장이 필요한 상황이야. 물론, 부지휘관인 자네가 그 자리에 올라야지. 급여를 많이 올려 주라고 얘기해 보겠네. 왜냐면 자네는 용맹하게⋯⋯ 잘 들어, 로치⋯⋯ 무시무시한 이카보그를 아주 용맹하게 안개 속으로 쫓아냈으니까. 자네도 보았다시피 플래푼 경과 내가 왔을 때 이카보그는 가엾은 비미시 대장을 게걸스레 뜯어먹고 있었어. 때마침 플래푼 경이 현명하게도 허공으로 나팔총을 발사하는 바람에 그 괴물이 놀라서 비미시를 내던지고 달아나기 시작했지. 자네가 그 괴물의 두꺼운 가죽에 꽂힌 왕의 칼을 가져오려고 용감하게 쫓아갔지만 도저히 손을 쓸 수 없었어, 로치. 가엾은 폐하를 생각하면 정말 안타까운 일이지. 이루 말할 수 없이 귀한 할아버님의 칼이지만 이제 그 칼은 이카보그의 동굴로 들어가서 영원히 찾을 수 없을 거야."

그렇게 말하며 스피틀워스는 그 칼을 로치의 커다란 두 손에 쥐어 주었다. 방금 대장으로 진급한 로치는 보석이 박힌 칼자루를 내려다보았다. 스피틀워스의 미소만큼이나 잔인하고 교활한 미소가 그의 얼굴에 번져나갔다.

"맞습니다. 그 칼을 되찾지 못해서 대단히 안타깝네요."

그는 칼을 제복 속으로 밀어 넣으며 말을 이었다.

"이제 세상을 떠난 대장님의 시신을 싸야겠지요. 저렇게 처참한 괴물의 이빨 자국은 다른 사람들에게 보여 주지 않는 게 좋을 테니까요."

"자넨 참으로 세심한 사람이구먼, 로치 대장."

스피틀워스가 말했다. 그런 뒤 두 사람은 각자의 망토를 벗어 시신을 감쌌고 플래푼은 그 광경을 지켜보며 자신이 실수로 비미시를 쏜 사실이 아무에게도 알려지지 않게 되었다는 점에 깊이 안도했다.

비미시 대장의 시신을 완전히 싸매고 나자 로치가 말했다.

"이카보그가 어떻게 생겼는지 말씀해 주시겠습니까, 스피틀워스 경? 우리 셋이 함께 보았으니 당연히 똑같은 인상을 받았을 테지요."

그러자 스피틀워스 경이 대꾸했다.

"그야 물론이지. 폐하께서 말씀하시기론 키가 말의 두 배에 달하고 등불

같은 눈을 가졌어."

"사실, 저 커다란 바위 아래쪽에 번득이는 개의 눈을 붙여 놓은 것과 아주 비슷한 모습이지."

플래푼이 지적했다.

"키는 말의 두 배에 달하고 등불 같은 눈을 가졌다⋯⋯."

로치가 되뇌었다.

"잘 알겠습니다. 괜찮으시다면 비미시 대장님을 제 어깨에 올려 주시겠습니까? 폐하 앞으로 데려가서 그분이 어떻게 죽음을 맞이했는지 설명해 드려야지요."

14장

스피틀워스 경의 계획

마침내 안개가 걷히고 다시 왕의 원정대가 모습을 드러냈다. 하지만 한 시간 전에 이 늪의 언저리에 도착했을 때와는 매우 달라져 있었다.

비미시 대장의 갑작스러운 죽음은 모두에게 큰 충격을 안겨 주었다. 그러나 근위병들은 그 이유를 듣고 도무지 이해할 수 없었다. 두 귀족과 왕뿐만 아니라 순식간에 대장으로 진급한 로치까지도 모두, 오래전부터 조금이라도 상식이 있는 사람이라면 누구나 꾸며 낸 이야기로만 여겨 온 괴물을 직접 봤다고 우기는 것이 아닌가. 망토로 꽁꽁 싸맨 비미시의 시신에 이카보그의 이빨 자국과 발톱 자국이 나 있다는 것이 정말 사실일까?

"내가 거짓말을 한다는 거야?"

로치 대장이 젊은 병사의 얼굴에 대고 으르렁거렸다.

"*폐하께서* 거짓말을 한다는 말이냐?"

플래푼 경도 따져 물었다.

병사는 감히 왕의 말에 토를 달 수 없어서 그저 고개를 저었다. 비미시 대장과 각별한 친구 사이였던 굿펠로 부관은 아무 말도 하지 않았다. 그러나 굿펠로의 얼굴에 분노와 의심의 표정이 떠오르자 로치는 그에게 가장 단단한 땅을 찾아 천막을 치라고, 위험한 안개가 언제 다시 깔릴지 모르니 서두르라고 명령했다.

프레드 왕은 짚으로 만든 요를 깔고 그 위에 병사들에게서 걷어 온 이불까지 덮었지만 그 어느 때보다도 불쾌한 밤을 보냈다. 더럽고 축축하고 피곤할 뿐 아니라, 무엇보다도 두려웠다.

어둠 속에서 왕이 속삭였다.

"이카보그가 우리를 찾으러 오면 어떡하지, 스피틀워스? 우리 냄새를 맡고 찾아오면? 가엾은 비미시를 이미 맛봤잖아. 남은 시체를 찾으러 오면 어떡해?"

스피틀워스는 열심히 왕을 달래 주었다.

"걱정 마십시오, 폐하. 로치가 굿펠로 부관에게 폐하의 천막 앞에서 보초를 서라고 명령했습니다. 다른 사람이 잡아먹힌다면 모를까 폐하는 무사하실 겁니다."

칠흑 같은 어둠 때문에 왕에게는 스피틀워스의 교묘한 미소가 보이지 않았다. 스피틀워스는 왕을 위로하기는커녕 왕의 두려움을 부채질하고 싶었다. 왕이 단순히 이카보그의 존재를 믿기만 할 게 아니라 이카보그가 이 늪을 떠나 자신을 쫓아올 수도 있다고 생각해야만 그의 계획이 성공할 수 있었으니까.

이튿날 아침 왕의 원정대는 다시 여로보암으로 향했다. 스피틀워스는 여로보암 시장에게 미리 전갈을 보내 늪에서 불미스러운 사고가 있었으니 트럼펫으로 왕을 환영하거나 코르크로 환송하는 행동을 삼가라고 귀띔했다. 그래서 왕의 원정대가 도착했을 때에도 여로보암은 고요하기만 했다. 창문에 얼굴을 대고 있거나 문틈으로 밖을 엿보던 주민들은 처참하고 더러워진 왕의 모습을 보고 충격을 받았지만 망토에 싸인 채로 짙은 회색 말에 묶여 있는 비미시 대장의 시신을 보았을 때의 충격은 그와 비교도 되지 않았다.

여관에 도착하자 스피틀워스는 여관 주인을 따로 불러내 말했다.

"밤사이 시신을 넣어 둘 만한 서늘하고 안전한 장소가 필요하다. 열쇠로 잠글 수 있는 지하 저장고가 있으면 좋겠는데. 열쇠는 내가 갖고 있겠다."

"나리, 무슨 일이 벌어졌습니까?"

로치가 비미시를 들쳐 메고 돌계단을 내려가 저장고로 들어가자 여관 주인이 물었다.

"이렇듯 일손을 돕고 있으니 사실대로 알려주마. 하지만 이 이야기가 다른 데로 새나가선 안 돼."

스피틀워스는 낮고 진지한 목소리로 말을 이었다.

"이카보그가 실제로 있다네. 그 괴물이 우리 일행 한 명을 잔인하게 죽였어. 이 얘기가 왜 퍼져나가선 안 되는지 자네도 잘 알 거야. 그렇게 되면 모두가 혼란에 빠지게 되지 않겠나. 폐하께서는 속히 궁전으로 돌아가실 테고, 궁전에 가면 곧바로 폐하와 고문들, 물론 나까지 포함해서, 우리 모두가 왕국을 안전하게 지키기 위한 대책을 세울 걸세."

"이카보그? 그게 실제로 있다는 말씀입니까?"

여관 주인은 놀라움과 두려움에 휩싸여 되물었다.

"실제로 있을 뿐 아니라 아주 집요하고 포악해. 하지만 말했듯이 절대 소문이 퍼져선 안 돼. 공포를 퍼뜨려 봐야 좋을 게 없으니까."

사실은 공포를 퍼뜨리는 것이 바로 스피틀워스가 바라는 바였다. 그래야 자신의 계획을 실행에 옮길 수 있었으니까. 그가 예상한 대로 여관 주인은 손

"밤사이 시신을 넣어 둘 장소가 필요하다.
열쇠로 잠글 수 있었으면 좋겠는데, 열쇠는 내가 갖고 있겠다."

양혜지 | 8세

님들이 잠자리에 들자마자 황급히 아내에게 이야기를 전했고 그 아내는 득달
같이 이웃들에게 달려가 소문을 퍼트렸다. 다음 날 아침 왕의 원정대가 커즈
버그로 출발할 무렵 여로보암에서는 마치 포도주가 발효하듯 공포가 바쁘게
익어 가고 있었다.

　스피틀워스는 커즈버그에도 왕을 떠들썩하게 맞이하지 말라는 전갈을 미
리 보내 놓았다. 때문에 왕의 원정대가 들어섰을 때 치즈로 유명한 이 도시도
컴컴하고 고요하기만 했다. 창밖을 내다보는 얼굴들은 이미 겁에 질려 있었
다. 하필 유난히 빠른 말을 가진 여로보암의 상인이 한 시간 전에 커즈버그에
이카보그 소문을 퍼트린 탓이었다.

　스피틀워스는 이번에도 지하 저장고에 비미시 대장의 시신을 보관할 수
있게 해 달라고 부탁했고 이카보그가 왕의 일행 한 명을 죽였다는 비밀 또한
여관 주인에게 슬쩍 흘렸다. 스피틀워스는 비미시의 시신이 안전하게 보관된
것을 확인하고 나서야 침대로 올라갔다.

　물집이 잡힌 엉덩이에 연고를 바르고 있는데 왕이 급하게 찾는다는 소식
이 들려왔다. 그는 빙긋 웃으며 바지를 입은 뒤 치즈피클 샌드위치를 먹고 있
는 플래푼에게 한쪽 눈을 찡긋하고는 양초를 들고 복도로 나가 프레드 왕의
방으로 향했다.

　왕은 실크로 된 취침용 모자를 쓰고 침대에 웅크리고 있다가 스피틀워스
가 들어와 방문을 닫자 황급히 입을 열었다.

　"스피틀워스, 이카보그에 대해 속닥거리는 소리가 자꾸 들려와. 마구간지
기들도 계속 떠들어 대고 방금 내 방문 앞을 지나간 하녀도 그 얘기를 하더
군. 어떻게 된 거야? 저들이 그곳에서 있었던 일을 어떻게 알지?"

　"아이고, 폐하."

스피틀워스는 한숨을 쉬며 말을 이었다.

"폐하께서 무사히 궁으로 돌아가실 때까지는 숨기고 싶었는데, 그러기엔 폐하께서 너무나도 예리하시다는 사실을 깜빡하고 있었네요. 폐하, 염려하셨던 대로 우리가 그 늪을 떠난 뒤 이카보그가 훨씬 더 과격해진 것 같습니다."

"아아, 안 돼!"

왕이 끙끙거렸다.

"그러게 말입니다, 폐하. 하지만 그렇게 한 번 찔러 놨으니 더 위험해질 수밖에요."

"그런데 누가 찔렀어?"

프레드의 물음에 스피틀워스가 다시 입을 열었다.

"그야 폐하께서 찌르셨지요. 그 괴물이 도망칠 때 그놈의 목에 폐하의 칼이 박혀 있었다고 로치가 그러던데요. 죄송합니다, 폐하. 뭐라고 하셨습니까?"

왕은 무슨 말인가를 하려다가 이내 고개를 저었다. 그는 스피틀워스가 잘못 알고 있다고 말하려 했다. 분명히 그 전에 했던 이야기와는 달랐으니까. 하지만 듣고 보니 안개 속에서의 그 끔찍했던 경험이 그리 나쁘지 않은 것 같았다. 방금 스피틀워스는 그가 칼을 내던지고 내뺀 것이 아니라 굳건히 버티고 서서 이카보그와 맞서 싸웠다고 말하지 않았는가?

왕이 속삭였다.

"그래도 끔찍하긴 하지, 스피틀워스. 그 괴물이 더 포악해졌다면 우리 모두 어떻게 될지 모르잖아."

"걱정 마십시오, 폐하."

스피틀워스는 왕의 침대로 다가갔다. 밑에서 촛불이 그의 기다란 코와 잔인한 미소를 비추었다.

"저는 평생 폐하와 이 왕국을 이카보그로부터 안전하게 지키기 위해 힘쓰겠습니다."

"고, 고마워, 스피틀워스. 정말 진정한 친구군."

깊이 감동한 왕은 이불 속에서 꼼지락꼼지락 손을 꺼내 교활한 스피틀워스의 손을 덥석 잡았다.

15장
왕의 귀환

다음 날 아침 왕이 슈빌로 출발할 무렵에는 이카보그가 사람을 죽였다는 소문이 이미 다리 건너 바론스타운으로 넘어간 데다, 동이 트기도 전에 집을 나선 치즈 장수들을 통해 왕국의 수도까지도 새어 들어갔다.

그러나 슈빌은 북쪽의 늪지와는 가장 멀리 떨어져 있을 뿐 아니라 코르누코피아 다른 지역들에 비해 교육 수준과 지식 수준이 높다고 자부하는 도시였으므로, 수도로 흘러들어온 공포의 파도는 의심의 물살을 맞닥뜨렸다.

슈빌의 술집과 시장에서는 열띤 논쟁이 벌어졌다. 어떤 이들은 이카보그가 실제로 있다는 이야기에 터무니없는 소리라며 웃음을 터트렸지만, 또 어떤 이들은 습지대에 가 보지도 않으면서 섣불리 아는 척해선 안 된다고 반박했다.

이카보그에 대한 소문은 남쪽으로 내려오면서 다양한 빛깔이 덧입혀졌다. 어떤 이들은 이카보그가 남자 세 명을 죽였다고 했고 또 어떤 이들은 그저 누군가의 코만 물어 갔다고 했다.

그러나 성안에서는 이러한 논쟁에 걱정이 양념처럼 더해졌다. 근위병들의 아내들과 자식들, 친구들은 병사들을 걱정하면서도 정말 누군가가 죽었다면 그 가족에게 이미 소식이 전해졌을 거라며 서로를 위로했다. 버트가 학교 아이들 사이에 떠도는 소문에 놀라 궁전 주방으로 엄마를 찾아왔을 때 비미시 부인도 그렇게 아들을 위로했다.

"아빠에게 무슨 일이 생겼다면 폐하께서 진작 우리에게 알려 주셨을 거야. 자, 이리 오렴. 엄마가 맛있는 것 줄게."

비미시 부인은 곧 돌아올 왕을 위해 준비해 둔 '천국의 희망'들 가운데 모양이 조금 일그러진 것 하나를 버트에게 주었다. 버트는('천국의 희망'은 생일에만 먹는 음식이었으므로) 숨을 들이켜며 이 작은 케이크를 한 입 베어 물었다. 그 순간 눈에 기쁨의 눈물이 고이면서 굉장한 행복감이 입천장을 뚫고 올라가 모든 걱정을 단번에 녹여 주었다. 멋진 제복을 입고 돌아올 아빠를 생각하자 한껏 마음이 들떴다. 게다가 곧 먼 습지대에서 왕의 원정대가 무슨 일을 겪었는지 정확히 알게 될 테니 내일은 학교에서 아이들의 주목을 받게 될 게 분명했다.

슈빌에 땅거미가 내려앉을 무렵 왕의 원정대가 멀리서 모습을 드러냈다. 스피틀워스는 이번엔 사람들을 집 안에 머물게 하라는 전갈을 미리 보내지 않았다. 슈빌 사람들이 근위대 일원의 시신과 함께 궁전으로 돌아오는 왕의 모습을 보고 얼마나 충격과 공포에 휩싸일지 왕이 온전히 느끼게 하려는 속셈이었다.

슈빌 사람들은 여위고 처참한 모습으로 돌아오는 사내들의 행렬을 말없이 지켜보았다. 이윽고 그들은 망토에 싸인 채 짙은 회색 말에 묶여 있는 시신을 발견했다. 인파 속으로 마치 불길이 번지듯 숨을 들이켜는 소리가 퍼져 나갔다. 왕의 원정대가 슈빌의 비좁은 자갈길을 오르자 남자들은 모자를 벗고 여자들은 무릎을 구부리며 예의를 갖췄다. 그러나 왕과 고인, 둘 중 누구에게 경의를 표해야 할지 몰라 우왕좌왕하는 모습이었다.

그 일행 가운데 정확히 누가 사라졌는지 가장 먼저 발견한 사람 중 하나는 바로 데이지 도브테일이었다. 이 소녀는 어른들의 다리 사이로 행렬을 바라보다가 그 말이 비미시 대장의 것임을 알아차렸다. 그 순간 데이지는 지난주에 버트와 다툰 뒤로 그 애와 냉랭하게 지내고 있다는 사실을 까맣게 잊어버렸다. 소녀는 아빠의 손을 놓고 땋아 내린 갈색 머리칼을 휘날리며 인파를 뚫고 달리기 시작했다. 버트가 저 말에 매달린 시체를 보기 전에 그 애에게 가야 했다. 미리 알려 주어야 했다. 하지만 사람들이 너무 빽빽이 모여 있어 아무리 애를 써도 말들을 따라잡을 수 없었다.

버트와 비미시 부인은 궁전의 그림자가 드리워진 그들의 집 앞에 서서 사람들이 숨을 들이켜는 소리를 듣고 뭔가 잘못됐다는 걸 알아차렸다. 비미시 부인은 조금 불안했지만 왕에게서 아무런 소식을 듣지 못했으니 곧 멋진 남편을 보게 될 거라고 굳게 믿었다.

왕의 행렬이 모퉁이를 돌자 비미시 부인은 그들의 얼굴을 하나씩 훑으며 남편을 찾아보았다. 끝까지 찾는 얼굴이 보이지 않자 그녀의 얼굴이 서서히 하얗게 질려 갔다. 그러다 비미시 대장의 짙은 회색 말에 묶인 시신에 눈길이 닿는 순간 그녀는 버트의 손을 잡은 채로 혼절해 버렸다.

16장

이별하는 버트

스피틀워스는 궁전 근처에서 소란이 일자 무슨 일인가 싶어 목을 길게 뺐다. 땅바닥에 웬 여인이 쓰러져 있고 놀라거나 안타까워하는 탄성이 들려왔다. 그 순간 그는 아직 이 사건을 확실하게 매듭짓지 못했으며 결국 그 한쪽 끝자락에 발이 걸려 넘어질지도 모른다는 생각이 들었다. 미처 매듭짓지 못한 그 끝자락은 바로 죽은 자의 아내였다! 인파 속에서 비미시 부인의 얼굴을 부채질해 주는 사람들 옆을 지나가면서 스피틀워스는 그토록 고대하던 목욕을 좀 더 미뤄야겠다고 생각하며 다시 교활한 머리를 굴리기 시작했다.

왕의 원정대가 무사히 궁전으로 들어가고 하인들이 서둘러 프레드를 말에서 내려주는 모습을 본 다음 스피틀워스는 로치 대장을 불러내 속삭였다.

"그 부인 말이야, 비미시의 부인! 왜 그 여인에게 남편이 죽었다는 소식을 전하지 않았지?"

"미처 생각하지 못했습니다."

로치가 솔직하게 대꾸했다. 그는 집으로 오는 내내 보석 박힌 칼을 어떻게 할지 궁리하느라 바빴다. 어떻게 하면 가장 좋은 값에 팔 수 있을까? 아무도 알아보지 못하게 분해해서 팔아야 할까?

스피틀워스가 다시 으르렁거렸다.

"빌어먹을, 로치. 내가 할 일을 일일이 다 찾아서 알려 줘야 하나? 어서 가서 그 더러운 망토들을 벗겨 내고 비미시의 시체를 코르누코피아 국기로 덮어서 블루 팔러에 눕혀 놔. 위병들이 그 문을 지키게 하고, 나는 알현실로 갈 테니까 비미시 부인을 그리로 데려와. 그리고 원정대의 병사들은 내가 얘기할 때까지 집에 가거나 가족을 만나지 못하게 해. 우리 모두가 입을 맞춰야 한다! 자, 어서, 멍청히 있지 말고 서두르란 말이야. 비미시의 아내가 일을 다 망칠 수도 있다고!"

스피틀워스는 병사들과 마구간지기들을 헤치고 나아가 말에서 내리는 플래푼에게로 갔다. 그러곤 플래푼의 귀에 대고 속삭였다

"왕이 알현실과 블루 팔러에 오지 못하게 해. 그냥 빨리 잠자리에 들게 해!"

플래푼이 고개를 끄덕이는 모습을 보고 나서야 스피틀워스는 서둘러 어둑한 궁전 복도를 걸어가며 지저분한 승마복을 벗어 던지고 하인들에게 깨끗한 옷을 가져오라고 소리쳤다.

아무도 없는 알현실로 들어간 스피틀워스는 깨끗한 승마복 윗도리를 걸친 뒤 하녀에게 등불을 하나만 밝히고 포도주 한 잔을 가져오라고 명령했다. 그러곤 기다렸다. 마침내 문을 두드리는 소리가 들렸다.

"들어와!"

스피틀워스가 소리치자 로치 대장이 창백한 얼굴의 비미시 부인과 어린 버트를 데리고 들어왔다.

"아이고, 비미시 부인…… 내가 너무도 아끼는 비미시 부인."

스피틀워스는 성큼성큼 걸어가 그녀의 손을 꼭 잡았다.

"폐하께서 내게 너무나 애석하다고 전해 달라 하셨어요. 나 역시 뭐라 위로해야 할지 모르겠네요. 이 무슨 비극인지…… 이 무슨 끔찍한 비극인지요."

비미시 부인은 흐느껴 울며 물었다.

"왜, 왜 아무도 소식을 전해 주지 않았죠? 왜, 왜 그이의 가엾은…… 가엾은 시신을 직접 보기 전까지 아무도 알려 주지 않았나요?"

그녀가 비틀거리자 로치가 황급히 작은 황금빛 의자를 가져왔다. 헤티라는 이름의 하녀가 스피틀워스의 포도주를 가져다주었다. 헤티가 포도주를 따라 주는 사이 스피틀워스가 말했다.

"부인, 사실은 전갈을 보냈습니다. 사람을 보냈는데…… 안 그런가, 로치?"

그러자 로치가 거들었다.

"맞습니다. 그 젊은 친구 이름이……."

하지만 상상력이 턱없이 부족한 로치는 얼른 이름을 지어낼 수 없었다.

"노비였지요."

스피틀워스가 막 떠오른 이름을 내뱉었다.

"젊은 노비…… 버튼스."

'버튼스'라는 성을 붙인 것은 때마침 가물거리는 등불에 로치의 황금빛 단추, 즉 버튼 하나가 반짝인 탓이었다. 그는 계속 말을 이어갔다.

"그렇습니다. 노비 버튼스라는 청년이 자진해서 말을 타고 떠났습니다. 그런데 그 친구는 어떻게 됐지? 로치, 당장 수색대를 보내서 노비 버튼스의 흔적이라도 찾아봐."

"알겠습니다."

로치는 깊이 고개 숙여 인사한 뒤 방을 나갔다.

"제…… 제 남편이 어떻게 죽었나요?"

헤티라는 이름의 하녀가 포도주를 따라주는 사이
스피틀워스가 비미시 부인에게 말했다.

김부일 | 9세

비미시 부인이 속삭이는 목소리로 물었다.

"그게 말이지요, 부인."

스피틀워스는 조심스레 입을 열었다. 이제부터 들려주는 이야기는 공식적인 사실이 될 터, 그는 앞으로 영원히 그것을 사실로 밀어붙여야 했다.

"알다시피 우리는 이카보그가 개를 물어 갔다는 이야기를 듣고 습지대로 떠났습니다. 그런데 도착한 지 얼마 안 되어 안타깝게도 우리 원정대 전체가 그 괴물의 습격을 받은 겁니다. 처음엔 그놈이 폐하에게 달려들었지만 폐하께서는 아주 용감하게 맞서 싸우며 그 괴물의 목에 칼을 꽂았습니다. 하지만 이카보그의 가죽이 어찌나 두터운지 칼을 맞아도 그놈한테는 그저 벌에 쏘인 것에 불과했지요. 오히려 놈은 화가 나서 다른 사람들까지 공격하기 시작했고 비미시 대장은 누구보다도 용맹스럽게 싸우며 버텼습니다. 하지만 안타깝게도 결국 폐하를 위해 목숨을 내놓고 말았습니다. 그런 뒤 플래푼 경이 아주 현명하게도 나팔총을 발사해 이카보그를 쫓아냈지요. 우리는 가엾은 비미시를 늪에서 끌어내고는 유가족에게 그의 죽음을 알려 줄 사람이 있느냐고 물었습니다. 그랬더니 노비 버튼스라는 청년이 손을 번쩍 들고는 껑충 말에 올라타더군요. 그래서 슈빌에 도착할 때까지 당연히 부인이 이 끔찍한 비극에 대해 이미 소식을 전해 들었을 거라고 믿어 의심치 않았지요."

"남편을…… 남편을 볼 수 있을까요?"

비미시 부인이 울면서 물었다.

"물론입니다. 그래야지요. 블루 팔러에 있습니다."

스피틀워스가 대꾸했다. 그러곤 비미시 부인과, 그때까지 엄마의 손을 꼭 붙잡고 있는 버트를 이끌고 파란 응접실인 블루 팔러로 가서 그 문 앞에서 잠시 걸음을 멈추었다.

"안타깝지만 시신을 덮은 깃발을 걷어선 안 될 것 같습니다. 상처들이 너무 끔찍해서요…… 이빨 자국에, 발톱 자국에……"

비미시 부인이 또 한 번 휘청거리자 버트가 붙잡아 세웠다. 그때 플래푼 경이 파이들이 담긴 쟁반을 들고 걸어와 잠긴 목소리로 스피틀워스에게 말했다.

"왕은 잠들었어."

이윽고 그는 비미시 부인을 발견했다. 빵과 과자를 굽는 그녀는 궁전에서 일하는 사람들 가운데 드물게 그가 이름을 알고 있는 사람이었다. 그는 비미시 부인과 버트에게 파이 부스러기를 뿜으며 말했다.

"아이고, 안녕하세요. 비미시 대장 일은 참으로 안타깝습니다. 아끼는 친구였는데."

플래푼이 가고 나자 스피틀워스는 블루 팔러의 문을 열고 비미시 부인과 버트를 들여보냈다. 코르누코피아 국기 아래 비미시 대장의 시신이 누워 있었다.

"마지막 입맞춤이라도 할 수 없을까요?"

비미시 부인이 흐느끼며 물었다.

"그건 안 될 것 같습니다. 얼굴이 반쯤 사라졌거든요."

스피틀워스가 말했다.

"손에다 하면 되잖아요, 엄마."

버트가 처음으로 입을 열었다.

"손은 괜찮을 거예요."

버트는 스피틀워스가 막을 새도 없이 깃발 아래로 손을 뻗어 아빠의 손을 잡았다. 비미시 대장의 손에는 흠집 하나 없었다.

비미시 부인은 무릎을 꿇고 그 손에 몇 번이고 입을 맞췄다. 마침내 손이 눈물로 뒤덮여 마치 도자기처럼 반짝거리자 버트가 엄마를 일으켜 세웠다. 그런 뒤 두 사람은 아무 말 없이 블루 팔러를 나갔다.

비미시 가족이 나가는 것을 확인하고 스피틀워스는 서둘러 근위병실로 향했다. 로치가 병사들을 감시하고 있었다. 근위병실의 벽에는 칼들과 함께 프레드 왕의 초상화가 걸려 있어 왕의 눈이 이곳에서 일어나는 일을 모조리 지켜보는 것 같았다.

로치가 소곤거렸다.

"대원들이 안절부절못하고 있습니다. 빨리 집에 가서 가족을 만나고 잠자리에 들고 싶어 안달입니다."

"잠깐 얘기하고 나면 곧 집에 갈 수 있어."

스피틀워스는 긴 여행에 지치고 더러워진 병사들을 마주하며 물었다.

"습지대에서 일어난 일에 대해 궁금한 점이 있나?"

그의 물음에 병사들은 서로를 보았다. 몇몇은 벽에 기대서서 소총을 닦고 있는 로치를 흘낏거리며 눈치를 살폈다. 그때 굿펠로 부관과 다른 병사 두 명이 손을 들었다.

"비미시 대장님의 시신을 우리가 보기도 전에 싸 버린 이유가 뭡니까?"

굿펠로 부관이 물었다.

"총소리가 들렸는데 그 총알은 어디로 갔는지 알고 싶습니다."

두 번째 병사가 물었다.

"그 괴물이 그렇게 컸다면서 어떻게 네 분만 볼 수 있었던 겁니까?"

세 번째 병사가 묻자 모두가 고개를 끄덕이며 웅성웅성 맞장구를 쳤다.

"모두 좋은 질문이야. 그럼 이제 설명해 주지."

스피틀워스는 부드럽게 대꾸하고는 비미시 부인에게 들려 준 습격 이야기를 다시 한번 되풀이했다.

질문을 던진 병사들은 여전히 궁금증이 풀리지 않았다.

"그래도 그렇게 커다란 괴물이 있었는데 우리 중 아무도 보지 못한 건 이상한 일이라고 생각합니다."

세 번째 병사가 말했다.

"비미시 대장님이 뜯어 먹혔다면서 왜 피가 보이지 않았을까요?"

두 번째 병사도 다시 물었다.

"그리고 대체 노비 버튼스는 누구입니까?"

굿펠로 부관의 물음에 스피틀워스는 생각 없이 불쑥 되물었다.

"네가 노비 버튼스를 어떻게 알아?"

그러자 굿펠로가 대꾸했다.

"마구간에서 이리로 오는 길에 헤티라는 하녀를 마주쳤습니다. 스피틀워스 경께 포도주를 가져다준 하녀이지요. 헤티 말로는 경께서 가엾은 비미시 부인에게 노비 버튼스라는 병사의 이야기를 하셨다고 하더군요. 노비 버튼스라는 병사에게 비미시 부인에게로 가서 남편의 소식을 전하라 하셨다고요. 하지만 저는 노비 버튼스가 누구인지 모르겠습니다. 노비 버튼스라는 사람은 만나 본 적도 없습니다. 어떻게 그럴 수가 있는지 설명해 주시겠습니까? 우리와 함께 말을 타고 우리와 함께 야영을 하고 우리 앞에서 경의 명령을 받은 자를 어떻게 우리가 단 한 번도 본 적이 없을까요?"

스피틀워스의 머릿속에 가장 먼저 떠오른 생각은 자신의 말을 엿들은 그 하녀를 처치해야겠다는 것이었다. 다행히 굿펠로는 그 하녀의 이름까지 알려 주었다. 이윽고 그는 위험한 목소리로 말했다.

"여기 있는 모든 사람이 자네와 똑같이 생각하진 않을 텐데, 굿펠로 부관? 이 중에는 자네보다 기억력이 더 좋은 사람들이 있을 거야. 그들은 가엾은 노비 버튼스를 똑똑히 기억하고 있겠지. 아아, 우리의 노비. 그 친구는 폐하께서 이번 주에 모두의 급여에 두둑한 금화 한 주머니를 얹어 주시기로 한 사실도 기억하고 있을 텐데. 용감하고 자랑스러운 노비. 아무래도 그 괴물이 그 친구도 비미시처럼 먹어 치운 모양인데, 그의 희생으로 모든 전우들의 급여가 오르게 생겼군. 고귀한 노비 버튼스. 그와 가장 가까운 친구들은 빠른 진급을 보장받겠지."

스피틀워스의 말이 끝나자 다시 침묵이 흘렀다. 이번엔 무겁고 차가운 침묵이었다. 이제 근위병들은 선택의 기로에 서 있다는 사실을 깨달았다. 스피틀워스는 왕에게 엄청난 영향력을 휘두른다고 알려져 있었다. 게다가 로치 대장은 위협적으로 소총의 총구를 어루만지고 있었다. 병사들은 머릿속으로 그 두 가지 사실을 저울질하면서 한편으로는 옛 지휘관인 비미시 대장의 갑작스러운 죽음을 떠올렸다. 이카보그와 노비 버튼스라는 병사가 실제로 존재한다고 믿기만 하면 금화와 빠른 진급이 따라온다는 점도 생각하지 않을 수 없었다.

그때 굿펠로가 벌떡 일어서는 바람에 그의 의자가 바닥으로 내동댕이쳐졌다.

"노비 버튼스라는 사람은 없습니다. 그리고 이카보그가 있다는 것도 터무니없는 소리입니다. 저는 거짓말에 가담하지 않을 겁니다!"

그와 함께 질문했던 두 사내도 벌떡 일어났다. 그러나 나머지 근위병들은 자리에 앉은 채 말없이 지켜보고 있을 뿐이었다.

스피틀워스가 말했다.

"좋아. 너희 셋은 중대한 반역죄로 체포된다. 여기 있는 전우들은 이카보그가 나타났을 때 너희 셋이 도망쳤다는 사실을 틀림없이 기억할 거야. 폐하를 보호하는 의무를 져 버리고 저희만 살겠다고 비겁하게 달아나 버렸지! 그 벌로 너희들은 총살형에 처해진다."

그는 병사 여덟 명을 골라 세 사람을 끌고 가게 했다. 이 정직한 세 근위병은 몸부림을 쳤지만 여덟 명의 힘에 밀려 순식간에 근위병실을 끌려 나갔다.

스피틀워스는 몇 안 되는 나머지 병사들에게 말했다.

"좋아. 아주 좋아. 모두 급여를 올려 주고 진급 때가 되면 여러분의 이름을 기억하겠다. 이제 잊지 말고 가족에게 습지대에서 있었던 일을 들려주기 바란다. 여러분의 아내나 부모, 자식이 이카보그나 노비 버튼스의 존재를 의심한다는 이야기가 들려오면 좋지 않을 것이다. 그만 집으로 돌아가도 좋다."

18장
어느 고문관의 최후

근위병들이 집으로 돌아가려고 일어서는 순간 플래푼 경이 문을 열더니 걱정스러운 얼굴로 들어왔다.

"또 뭐야?"

스피틀워스가 불퉁하게 물었다. 그는 빨리 목욕을 하고 침대로 들어가고 싶은 마음이 간절했다.

"수석…… 고문……!"

플래푼이 숨을 헐떡이며 말했다.

아니나 다를까, 때마침 수석 고문 헤링본이 가운을 걸친 채 성난 표정으로 나타났다. 그가 소리쳤다.

"설명을 해 보시지요. 이게 다 무슨 얘기입니까? 이카보그가 실제로 있다니요? 비미시 대장이 죽었다니요? 그리고 방금 근위병 세 명이 사형선고를 받고 끌려가는 광경을 봤습니다! 물론, 저는 그들을 감옥으로 데려가 재판을 기다리게 하라고 지시했지요!"

"제가 설명하겠습니다, 수석 고문관님."

스피틀워스는 허리 숙여 인사한 뒤 그날 저녁 세 번째로 이카보그가 왕을 공격하고 비미시를 죽인 이야기와 노비 버튼스가 실종된 이야기를 들려주었다. 그러곤 노비 버튼스 역시 그 괴물의 먹잇감이 된 것 같다고 덧붙였다.

오래전부터 왕이 스피틀워스와 플래푼에게 휘둘리는 것을 못마땅하게 여겨 온 헤링본은 마치 토끼 굴 앞에서 저녁거리를 기다리는 교활한 늙은 여우처럼 스피틀워스가 거짓으로 버무린 이야기를 끝낼 때까지 기다렸다.

스피틀워스가 이야기를 마무리 짓자 그가 말했다.

"흥미로운 이야기군요. 하지만 이제 이 문제에선 손을 떼셔도 됩니다, 스피틀워스 경. 이 일은 이제 고문들이 맡을 겁니다. 코르누코피아에는 이런 비상사태에 대처하는 법과 규약이 정해져 있습니다. 먼저, 감옥에 있는 병사들에 대해선 정식으로 재판을 열어 그들의 이야기를 들어 봐야 합니다. 그다음엔 근위대의 명단을 조사해서 노비 버튼스의 가족을 찾아 그의 죽음을 알려야지요. 그리고 나면 왕실 의사들에게 비미시 대장의 시신을 면밀히 검사하게 해서 그를 죽인 괴물에 대해 좀 더 알아낼 겁니다."

스피틀워스는 입을 크게 벌렸지만 아무 말도 하지 못했다. 그의 멋진 계획이 통째로 무너져 내리면서 자기 꾀에 넘어가 그 아래 깔리는 자신의 모습이 보이는 듯했다.

그때 수석 고문의 뒤에 서 있던 로치 대장이 천천히 소총을 내려놓고 벽에서 칼 한 자루를 꺼내 들었다. 마치 시커먼 물 위에 한 줄기 빛이 번쩍이듯 로치와 스피틀워스 사이에 눈길이 오갔다. 스피틀워스가 말했다.

"헤링본, 아무래도 이제 은퇴하실 때가 된 것 같군요."

쇠가 번쩍 빛을 발하더니 로치의 칼끝이 수석 고문의 배를 뚫고 나왔다. 병사들은 숨을 들이켰지만 수석 고문은 아무 말도 하지 않았다. 그는 그대로 무릎을 꿇고 앞으로 고꾸라져 숨을 거두었다.

스피틀워스는 이카보그의 존재를 믿겠다고 한 병사들을 둘러보았다. 겁에 질린 얼굴들을 보자 흡족했다. 자신이 막강한 존재가 된 기분이었다.

"수석 고문이 은퇴하시기 전에 내게 수석 고문의 자리를 물려주겠다고 한 얘기를 들었나?"

그가 나지막이 물었다.

병사들은 모두 고개를 끄덕였다. 그들은 방금 전에 일어난 살인을 그저 손 놓고 보고만 있었다. 여기서 발을 빼기엔 이미 너무 늦었다. 이제 그들이 바라는 것은 이 방에서 살아 나가 가족을 보호하는 것뿐이었다.

스피틀워스가 말했다.

"아주 좋아. 폐하께선 이카보그가 실제로 있다고 믿고 계시고 나도 그분과 같은 생각이야. 이제 내가 수석 고문이 되었으니 왕국을 지키는 계획은 내가 세울 거야. 왕에게 충성하는 자들은 모두 이전과 크게 다르지 않은 삶을 살게 될 것이다. 왕에게 반대하는 자들은 겁쟁이와 반역자로 처벌을 받게 된다. 즉, 감옥에 가거나 죽게 된다는 뜻이지. 자, 이제 여러분 가운데 한 사람이 로치 대장을 도와 우리 수석 고문관님의 시신을 묻도록. 단, 아무도 찾을 수 없는 곳에 묻어야 한다. 나머지는 가족에게로 돌아가 우리의 소중한 코르누코피아를 위협하는 위험에 대해 알려 주도록."

19장

에슬란다 아가씨

스피틀워스는 지하 감옥으로 향했다. 헤링본이 사라졌으니 이제 무엇도 그가 정직한 병사 셋을 죽이는 것을 막을 사람은 아무도 없었다. 그는 직접 총을 쏠 작정이었다. 그런 뒤에 이야기를 지어 내면 될 것이다. 그들의 시신을 왕관 보석이 보관된 금고에 갖다놓고 그들이 보석을 훔치려 했다고 둘러대면 된다.

그러나 스피틀워스가 지하 감옥의 문에 손을 갖다 대는 순간 등 뒤의 어둠 속에서 나직한 목소리가 들려왔다.

"안녕하세요, 스피틀워스 경."

돌아보니 새까만 머리칼에 진지한 표정을 지은 에슬란다 아가씨가 컴컴한 나선 계단을 내려오고 있었다.

"늦었는데 안 주무셨군요, 아가씨."

스피틀워스가 고개를 숙이며 말했다.

"네."

에슬란다의 가슴이 쿵쾅거렸다.

"자, 잠이 안 와서요. 좀 걸어야겠다 생각했어요."

거짓말이었다. 사실 에슬란다는 침대에 누워 바로 잠이 들었다가 누군가가 황급히 문을 두드리는 소리에 눈을 떴다. 문을 열어 보니 헤티가 서 있었다. 스피틀워스에게 포도주를 가져다주면서 노비 버튼스에 대한 거짓말을 들은 그 하녀 말이다.

스피틀워스가 어째서 노비 버튼스라는 사람을 만들어 냈을까 궁금했던 헤티는 살금살금 근위병실로 가서 문에 귀를 바싹 대고 그 안에서 이루어진 대화를 모조리 엿들었다. 정직한 병사 셋이 끌려 나오자 헤티는 부리나케 달아나 숨어 있다가 재빨리 위층으로 올라가 에슬란다 아가씨를 깨운 것이었다. 그녀는 총살을 당하게 된 세 사람을 돕고 싶었다. 이 하녀는 에슬란다가 굿펠로 부관을 남몰래 흠모하고 있다는 사실을 몰랐다. 그저 궁중의 귀족 여인들 가운데 에슬란다 아가씨를 가장 좋아했을 뿐이었다. 헤티는 그녀가 자상하고 영리하다는 걸 알고 있었다.

에슬란다는 이 하녀가 곧 큰 위험에 처하게 될 거라는 생각에 서둘러 헤티의 손에 금화를 쥐어 주고 당장 궁전을 떠나라고 조언했다. 그러곤 떨리는 손으로 옷을 차려 입고 등불을 집어든 뒤 황급히 그녀의 침실 옆에 있는 나선 계단을 내려갔다. 그러나 계단을 다 내려가기도 전에 말소리가 들렸다. 에슬란다는 입바람으로 등불을 끄고 귀를 기울였다. 헤링본이 굿펠로 부관과 그의 친구들을 사형대가 아닌 지하 감옥으로 데려가라고 명령하고 있었다. 하지만 어쩐지 이 사내들에게 닥친 위험이 아직 사라지지 않았을지도 모른다는 생각이 들었다. 그래서 그 뒤로 줄곧 계단에 숨어 있었는데, 아니나 다를까 스피틀워스 경이 총을 들고 지하 감옥으로 향하는 것이 아닌가.

에슬란다 아가씨가 물었다.

스피틀워스가 왜 노비 버튼스라는 사람을 만들어 냈을까 궁금했던
헤티는 근위병실로 가서 문에 귀를 대고 그 안의 이야기를 엿들었다.

김하음 | 11세

"수석 고문관님이 여기 계신가요? 아까 그분 목소리가 들리는 것 같았는데."

그러자 스피틀워스가 대꾸했다.

"헤링본은 은퇴했습니다. 지금 앞에 서 있는 사람이 새 수석 고문관이랍니다."

"어머, 축하드려요!"

에슬란다는 더럭 겁이 났지만 애써 기뻐하는 척했다.

"그럼 스피틀워스 경께서 지하 감옥에 있는 세 병사의 재판을 여시는 건가요?"

스피틀워스는 그녀를 유심히 뜯어보며 대꾸했다.

"아주 많은 것을 알고 있군요, 에슬란다 아가씨. 지하 감옥에 세 병사가 있다는 건 어떻게 알았습니까?"

"헤링본이 말씀하시는 걸 우연히 들었어요. 품행이 바른 병사들 같던데요. 헤링본은 반드시 공정한 재판을 받아야 한다고 강조하셨거든요. 프레드 왕께서도 같은 생각이실 거예요. 평판을 아주 중시하는 분이니까요. 당연히 그러셔야죠. 왕은 백성들에게 사랑을 받아야 나라를 잘 다스릴 수 있잖아요."

에슬란다 아가씨는 오로지 왕의 평판만을 걱정하는 척하는 연기를 꽤 그럴듯하게 해냈다. 아마 열에 아홉 정도는 속아 넘어갔을 것이다. 하지만 안타깝게도 스피틀워스는 그녀의 목소리가 떨리는 것을 알아차리고 이렇게 한밤중에 달려 내려올 정도면 그 세 병사 중 한 명을 좋아해서 그들을 구하러 온 것이 아닐까 의심하기 시작했다.

그는 그녀를 자세히 뜯어보며 물었다.

"그 세 명 중 누구를 그토록 걱정하시는 건지 궁금하군요."

에슬란다는 얼굴이 빨개지는 것을 감춰 보려 했지만 안타깝게도 그럴 수 없었다.

스피틀워스는 넘겨짚기 시작했다.

"오그던은 아주 투박하게 생긴 데다 어쨌든 이미 아내가 있으니 아닐 테지요. 혹시 와그스태프? 유쾌한 친구이지만 다혈질인데. 그 친구도 아닌 것 같고."

스피틀워스 경은 나지막이 말을 이었다.

"아가씨의 얼굴을 그토록 붉게 물들이는 사람은 아무래도 잘생긴 굿펠로 부관밖에 없는 것 같군요. 그런데 눈을 너무 많이 낮춘 것 아닙니까? 그의 부모는 치즈장이들이었는데."

"저한테 중요한 건 그 사람이 치즈장이냐 왕이냐가 아니라 명예롭게 행동하느냐예요. 그 병사들이 재판도 받지 않고 총살을 당한다면 폐하의 명예를 더럽히는 일이 될 테니 폐하께서 일어나시면 바로 말씀드려야겠네요."

에슬란다는 떨리는 발걸음으로 돌아서서 나선 계단을 올라갔다. 하지만 겨우 그런 으름장으로 병사들의 목숨을 구할 수 있을까 싶어 밤새 한숨도 잠을 이루지 못했다.

스피틀워스는 발이 꽁꽁 얼어 감각이 없어질 때까지 그 쌀쌀한 복도에 서 있었다. 어찌해야 할지 쉽게 결정할 수가 없었다.

한편으로는 너무 많은 것을 알고 있는 그 병사들을 없애 버리고 싶었다. 그러나 다른 한편으로는 에슬란다의 말이 옳을지도 모른다는 생각이 들었다. 그들이 재판도 받지 않고 총살을 당한다면 사람들은 왕을 비난할 것이다. 그렇게 되면 프레드 왕은 그에게 화를 낼 테고 어쩌면 수석 고문의 자리까지 빼앗을지도 모른다. 그러면 습지대에서 돌아오는 내내 꿈꾸었던 부와 권력은 물거품이 되어 버릴 것이다.

결국 그는 지하 감옥 문 앞에서 발걸음을 돌려 자신의 침대로 향했다. 한때 그가 결혼하고 싶어 했던 에슬란다가 기껏 치즈장이의 자식을 좋아하다니 부아가 났다. 촛불을 끄면서 스피틀워스는 그런 치욕을 안겨 준 그녀에게 언젠가는 대가를 치르게 하겠다고 다짐했다.

20장

비미시와 버튼스의 훈장

다음 날 아침, 잠에서 깬 프레드 왕은 그의 수석 고문이 하필 왕국의 역사에서 이토록 결정적인 순간에 고문 자리를 내놓았다는 소식을 듣고 화가 치밀었다. 그나마 이 왕국이 얼마나 심각한 위험에 처했는지 알고 있는 스피틀워스 경이 그 자리를 이어받았다니 한결 마음이 놓였다.

궁전은 높은 담장과 대포가 탑재된 탑들, 쇠창살, 해자에 둘러싸여 있어 좀 더 안전한 느낌이 들었지만 프레드는 습지대에서 받은 충격을 떨쳐 낼 수가 없었다. 그는 자기 방에 틀어박혀 모든 식사를 금 쟁반에 담아 그곳으로 가져오게 했다. 사냥도 나가지 않고 두툼한 양탄자가 깔린 방을 왔다 갔다 하며 북쪽에서 겪은 무시무시한 경험을 곱씹고 절친한 친구 두 사람만 만났다. 이 두 사람은 프레드 왕의 두려움을 꺼트리지 않으려 애쓰고 있었다.

습지대에서 돌아온 지 사흘째 되는 날, 스피틀워스가 어두운 얼굴로 왕의 방에 들어오더니 노비 버튼스라는 병사를 찾기 위해 늪으로 보냈던 병사들이 피로 얼룩진 그의 신발과 말편자 한쪽, 씹다 뱉은 뼛조각 몇 개를 빼곤 아무것도 찾지 못했다는 소식을 전해 주었다.

왕은 하얗게 질려 공단 소파에 털썩 앉았다.

"아이고, 끔찍해라. 끔찍해라…… 버튼스…… 그런데 그게 누구였더라?"

그러자 스피틀워스가 대꾸했다.

"주근깨 난 청년입니다. 홀어머니에 외아들이지요. 맨 나중에 들어온 신병인데, 아주 유망한 청년이었습니다. 참으로 안타까운 일이지요. 하지만 가장 걱정되는 것은 이카보그가 비미시와 버튼스를 통해 인간의 살 맛을 알아 버렸다는 점입니다. 폐하께서 우려하신 일이 그대로 일어난 셈이지요. 이런 말씀을 올려도 될지 모르겠지만 폐하께서 그런 위험을 가장 먼저 예상하셨다니 참으로 놀랍습니다."

"하, 하지만 그럼 이제 어떡해, 스피틀워스? 그 괴물이 계속 인간을 잡아먹으려고 하면……."

"저한테 맡기십시오, 폐하."

스피틀워스가 그를 다독였다.

"이제는 제가 수석 고문이잖습니까. 이 왕국을 안전하게 지키기 위해 저는 밤낮으로 일하고 있답니다."

"헤링본이 경에게 그 자리를 넘겨줘서 얼마나 다행인지 몰라. 스피틀워스 경이 없었다면 나는 어떻게 됐겠어?"

"별말씀을요, 폐하. 이렇게 자비로우신 왕을 섬기게 되어 오히려 영광이지요. 자, 이제 내일 열릴 장례식에 대해 논의해야 합니다. 버튼스의 잔해와 비미시 대장을 나란히 묻을 생각입니다. 국가적인 행사로 거창하게 치를 예정인데, 폐하께서 유가족에게 '치명적인 이카보그에 맞선 무적의 용맹' 훈장을 수여하시면 좋을 것 같습니다."

"아, 훈장이 있어?"

프레드가 물었다.

"그럼요, 폐하. 그러고 보니 폐하께서도 아직 훈장을 못 받으셨지요."

스피틀워스는 안주머니에서 잔 받침만 한 크기에 아름다운 금 훈장을 꺼냈다. 번쩍거리는 루비 눈을 가진 괴물이 왕관을 쓴 잘생긴 근육질의 사내와 싸우는 모습이 새겨진 훈장이었다. 훈장에는 빨간색 벨벳 끈이 달려 있었다.

"내 거야?"

왕의 눈이 휘둥그레졌다.

"물론입니다, 폐하! 폐하께서 그 고약한 괴물의 목에 칼을 꽂지 않으셨습니까? 우리 모두 그 일을 기억하고 있습니다, 폐하!"

프레드 왕은 묵직한 금 훈장을 만지작거렸다. 그는 아무 말도 하지 않았지만 속으로는 조용히 갈등을 겪고 있었다.

그의 양심은 작지만 또렷한 목소리로 이렇게 말했다. '그런 일은 없었어. 너도 알잖아. 넌 그 안개 속에서 이카보그를 보고는 칼을 내던지고 도망쳤어. 넌 그 괴물을 찌르지 않았어. 그렇게 가까이 가지도 않았잖아!'

그러나 그와 동시에 비겁한 마음이 양심의 목소리를 내리눌렀다. '이미 스피틀워스의 말이 맞다고 했잖아! 이제 와서 그냥 도망쳤다고 하면 꼴이 얼마나 우스워지겠어!'

하지만 이 두 가지 목소리를 모두 집어삼킨 것은 바로 허영의 목소리였다. '어쨌든 이카보그 사냥을 이끈 사람은 나였잖아! 내가 가장 먼저 이카보그를 봤다고! 그러니까 난 이 훈장을 받을 자격이 있어. 검은 장례식복에 걸면 이 아름다운 훈장이 무척 돋보일 거야.'

결국 프레드는 입을 열었다.

"그래, 스피틀워스. 그러긴 했지. 원래 떠벌리는 걸 별로 좋아하지 않아서 말이야."

"폐하께서야 워낙 겸손하시기로 유명하시지요."

스피틀워스는 웃음을 숨기기 위해 깊숙이 고개를 숙였다.

그 다음 날은 이카보그의 희생자들을 기리는 국경일로 지정되었다. 비미시 대장과 버튼스 병사의 관이 깃털 장식을 단 검은 말들이 끄는 마차에 실려 가는 광경을 보기 위해 수많은 사람들이 거리로 나왔다.

프레드 왕은 새까만 말을 타고 마차를 따라 달렸다. 그의 가슴에서 들썩거리는 '치명적인 이카보그에 맞선 무적의 용맹' 훈장에 햇빛이 반사되어 눈부시게 빛을 발했다. 비미시 부인과 버트가 검은 옷을 입고 왕의 뒤를 따라 걸었고 그 뒤엔 연한 적갈색 가발을 쓴 노파가 울부짖으며 따라갔다. 노비의 어머니 버튼스 부인이라고 했다.

"아이고, 우리 노비. 우리 가엾은 노비를 죽인 끔찍한 이카보그 같으니!"

노파가 걸어가며 통곡했다.

관들이 무덤으로 내려지고 왕의 나팔수들이 국가를 연주했다. 버튼스의 관은 벽돌이 채워져 유난히 무거웠다. 왠지 이상해 보이는 버튼스 부인은 열 명의 사내가 땀을 흘리며 아들의 관을 땅속으로 내리자 또다시 울부짖으며 이카보그를 저주했다. 비미시 부인과 버트는 그 옆에 서서 조용히 흐느껴 울었다.

뒤이어 프레드 왕이 슬픔에 빠진 가족들을 앞으로 불러내 훈장을 수여했다. 스피틀워스가 이들의 훈장에 왕의 훈장만큼 돈을 들이지 않아서 비미시와 가상의 인물 버튼스의 훈장은 금이 아닌 은이었다. 그러나 감동적인 장례식이었다. 버튼스 부인은 감정을 주체하지 못하고 풀썩 바닥에 주저앉아 왕의 발에 입을 맞추기도 했다.

장례식이 끝나고 나자 사람들은 집으로 돌아가는 비미시 부인과 버트를 위해 양옆으로 비켜서 길을 내주며 경의를 표했다. 비미시 부인은 옛 친구 도브테일 씨가 사람들 속에서 걸어 나와 위로해 주자 잠시 걸음을 멈추고 그와 포옹을 나누었다. 데이지는 버트에게 무슨 말이라도 해 주고 싶었지만 사람들이 쳐다보고 있는 데다 버트는 자기 발만 내려다보고 있어서 눈도 맞추지 못했다. 데이지의 아빠는 금세 비미시 부인을 놓아 주었다. 데이지는 절친한 친구와 그 애의 엄마가 멀어지는 모습을 그저 바라볼 수밖에 없었다.

집으로 돌아온 비미시 부인은 침대에 엎드려 하염없이 흐느껴 울었다. 버트는 엄마를 위로하려 했지만 무엇을 해도 소용이 없었다. 그래서 결국 아빠의 훈장을 자기 방으로 가져가 벽난로 위 선반에 올려놓았다.

그러나 한 걸음 물러나 그것을 바라보다가 아빠의 훈장이 오래전 도브테일 씨가 만들어 준 목각 이카보그와 나란히 놓여 있는 사실을 깨달았다. 그때까지 버트는 그 장난감 이카보그가 아빠를 죽인 괴물의 모형이라는 점을 미처 생각하지 못했다.

버트는 선반에서 그 나무 인형을 집어 바닥에 내려놓고는 부지깽이로 부숴 버렸다. 그런 뒤 부서진 이카보그의 조각들을 집어 벽난로에 던져 넣었다. 높이, 더 높이 타오르는 불길을 바라보며 버트는 나중에 크면 이카보그를 끝까지 찾아내 아빠를 죽인 그 괴물에게 직접 복수하겠다고 다짐했다.

버트는 이카보그 나무 인형을 바닥에 놓고 부지깽이로 부숴 버렸다.
그리고 부서진 조각들을 집어 벽난로에 던져 넣었다.

안시우 ┃ 10세

21장
프러디섬 교수

장례식 다음 날 아침 스피틀워스가 왕의 방문을 두드리더니 두루마리 여러 개를 갖고 들어가 왕이 앉아 있는 탁자 위에 쏟아 놓았다.

프레드는 여전히 '치명적인 이카보그에 맞선 무적의 용맹' 훈장을 목에 건 채 그것을 한껏 돋보이게 해 주는 빨간색 옷을 입고 있었다. 그가 말했다.

"스피틀워스, 이 케이크가 평소처럼 맛있지 않아."

그러자 스피틀워스가 대꾸했다.

"폐하, 안타깝지만 남편을 잃은 비미시 부인에게 며칠 휴가를 주는 게 좋을 것 같았습니다. 이 케이크는 보조 제빵사가 만들었습니다."

"그렇군. 어쩐지 질기더라니까."

프레드는 남은 '소소한 사치'를 다시 접시에 던져 놓으며 물었다.

"그런데 이 두루마리는 다 뭐야?"

"우리 왕국의 이카보그 방어 체계를 강화하는 방법들입니다, 폐하."

스피틀워스가 말했다.

"그렇군. 좋아."

프레드 왕이 케이크와 찻주전자를 옆으로 치우고 자리를 마련해 주자 스피틀워스는 의자 하나를 끌고 왔다.

"폐하, 가장 먼저 할 일은 이카보그에 대해 최대한 많은 것을 파악하는 일입니다. 그래야 그놈을 어떻게 물리칠지 알아낼 수 있지요."

"그야 그렇지. 하지만 어떻게, 스피틀워스? 그 괴물에 대해선 알려진 게 전혀 없잖아! 모두가 오랫동안 이카보그는 상상의 괴물이라고만 생각했다고!"

"외람되지만 폐하께서 잘못 알고 계십니다. 제가 여기저기 수소문한 끝에 코르누코피아 최고의 이카보그 전문가를 찾았습니다. 지금 플래푼 경이 그분과 함께 밖에서 기다리고 있습니다. 폐하께서 허락하신다면……,"

"그럼 데려와. 데려와, 어서!"

프레드가 흥분한 목소리로 말했다.

스피틀워스는 잠시 방을 나갔다가 플래푼 경과 함께 웬 노인을 데리고 들어왔다. 머리칼이 하얗게 세고 눈을 한없이 작아 보이게 만드는 두꺼운 안경을 쓴 작은 노인이었다.

"폐하, 프러디셤 교수입니다."

플래푼이 소개하자 두더지처럼 생긴 작은 노인은 왕에게 깊이 고개 숙여 인사했다.

"이카보그에 대해 알아야 할 것은 전부 다 아는 분입니다. 이분이 모르는 건 몰라도 되는 정보이지요!"

"그런데 어째서 난 여태 교수에 대해 들어 본 적이 없는 겁니까, 프러디셤 교수?"

왕이 물었다. 이런 전문가가 있었다면 이미 이카보그가 실제로 존재한다는 사실이 알려져 있었다는 뜻이고, 그것을 진작 알았더라면 그는 애초 그 괴물을 찾으러 가지도 않았을 텐데 말이다.

프러디섬 교수가 한 번 더 고개를 숙이며 대꾸했다.

"저는 이미 은퇴했습니다, 폐하. 이카보그가 실제로 있다고 믿는 사람이 거의 없다 보니 그동안 제가 아는 것들을 공개할 수가 없었지요."

프레드 왕이 그 대답에 수긍하는 모습을 보이자 스피틀워스는 마음을 놓았다. 프러디섬 교수는 노비 버튼스처럼, 혹은 노비의 장례식에서 연한 적갈색 가발을 쓰고 통곡하던 노비의 홀어머니처럼 만들어 낸 인물에 불과했으니까. 사실, 저 가발과 안경을 벗으면 프러디섬 교수는 버튼스 부인과 같은 사람이었다. 이름은 오토 스크럼블, 스피틀워스 경이 궁전에서 지내는 동안 그의 시골 영지를 돌봐 주는 집사였다. 그는 자기 주인과 똑같이 금화를 위해서라면 무슨 짓이든 하는 사람이었으므로, 금화 100냥을 받고 버튼스의 홀어머니와 교수 행세를 해 주기로 했다.

"그래, 이카보그에 대해 무얼 알고 있습니까, 프러디섬 교수?"

왕이 물었다.

"그러니까 그게……."

이 가짜 교수는 스피틀워스가 가르쳐 준 대로 이야기하기 시작했다.

"키는 말의 두 배이고……."

"그보다 더 클 수도 있어요."

프레드가 끼어들었다. 그는 습지대에서 돌아온 뒤로 줄곧 거대한 이카보그가 나오는 악몽을 꾸고 있었다.

프러디섬이 맞장구를 쳤다.

"맞습니다, 폐하. 그보다 더 클 수도 있습니다. 중간 크기의 이카보그는 말의 두 배쯤 되지만 그보다 큰 이카보그는…… 그러니까……."

"코끼리의 두 배지."

왕이 말하자 프러디섬은 이번에도 맞장구를 쳤다.

"코끼리의 두 배지요. 눈은 등불과도 같고……."

"번쩍이는 불덩이 같기도 하고."

왕이 끼어들자 프러디섬이 말했다.

"저도 바로 그렇게 말씀드리려 했습니다, 폐하!"

"그런데 그 괴물이 정말 인간의 말을 할 수도 있나요?"

프레드가 물었다. 그의 악몽 속에서는 이카보그가 어두운 거리를 지나 궁전으로 오면서 '왕…… 나는 왕을 원해…… 어디 있니, 우리 왕?' 하고 속삭였기 때문이다.

프러디섬은 다시 한번 깊이 고개를 숙이며 대꾸했다.

"그렇습니다. 이카보그는 인간들을 잡아가서 인간의 말을 배우는 것으로 보입니다. 내장을 꺼내 먹기 전에 포로에게 말을 가르치도록 강요하는 것 같습니다."

"아이고, 세상에, 잔인하기도 해라!"

프레드는 얼굴이 하얗게 질려 중얼거렸다.

프러디섬이 계속 말을 이어갔다.

"게다가 이카보그는 원한을 오래도록 품고 있습니다. 폐하께서 그 괴물의 치명적인 손아귀에서 도망치셨듯이 자기를 골탕 먹인 인간이 있으면 컴컴할 때 그 사람이 잠든 틈을 이용해 몰래 늪에서 나와 다시 데려가기도 하지요."

프레드는 먹다 남긴 '소소한 사치'의 새하얀 설탕 옷보다도 더 하얗게 질린 얼굴로 끙끙거렸다.

"그럼 어떡해요? 난 이제 끝장이잖아!"

그러자 스피틀워스가 그를 다독였다.

"무슨 그런 말씀을요, 폐하. 제가 폐하를 보호하기 위해 여러 가지 묘안을 마련했습니다."

그는 자신이 가져온 두루마리 하나를 집어 펼쳤다. 탁자를 거의 다 뒤덮은 이 종이에는 용과 비슷하게 생긴 괴물이 다채로운 색으로 그려져 있었다. 두껍고 시커먼 비늘과 번뜩이는 하얀 눈, 독기를 품은 뾰족한 꼬리, 사람 하나는 충분히 집어삼킬 만큼 커다랗고 송곳니가 가득한 입, 날카롭고 긴 발톱을 가진 흉측하고 거대한 괴수였다.

"이카보그와 맞서려면 몇 가지 문제를 극복해야 합니다."

프러디섬 교수는 짤막한 막대를 꺼내 송곳니와 발톱, 독기 품은 꼬리를 차례로 가리키며 말을 이어갔다.

"하지만 그 가운데 가장 큰 문제는 이카보그를 죽이면 그 사체에서 새로운 이카보그 두 마리가 나온다는 것이지요."

"설마?"

프레드가 기어들어가는 목소리로 되물었다.

"사실입니다, 폐하. 저는 평생 이 괴물을 연구했습니다. 제 연구 결과는 꽤 정확할 겁니다."

프러디섬이 말했다.

"폐하께서도 기억하시겠지만 옛날 이카보그의 전설들 가운데 그런 기묘한 특징을 얘기하는 것들이 꽤 많았었지요."

스피틀워스도 거들었다. 왕이 이카보그의 이런 특징을 믿어야만 그의 계획이 성공할 수 있었다.

"하지만 그건…… 정말 믿기 어려운데!"

프레드가 힘없이 말하자 스피틀워스가 한 번 더 고개를 숙이며 대꾸했다.

"얼핏 생각하면 정말 믿기 어려운 얘기지요. 안 그렇습니까, 폐하? 사실, 그렇게 요상하고 비현실적인 특성은 아주 똑똑한 사람들만 이해할 수 있고 평범한 사람들, 그러니까 어리석은 사람들은 그런 얘기를 들으면 키득거리거나 웃음을 터트리지요."

프레드는 스피틀워스와 플래푼, 프러디섐 교수를 차례로 보았다. 세 사람 모두 그가 스스로 얼마나 똑똑한 사람인지 보여 주길 기다리는 듯했다. 당연히 그는 어리석게 보이고 싶지 않았으므로 이렇게 말했다.

"그래…… 교수가 그렇게 말한다면 믿어야지요…… 하지만 그 괴물이 죽을 때마다 두 마리가 된다면 우리가 그걸 어떻게 없애지?"

"그래서 일단은 죽이지 않으려 합니다."

스피틀워스가 말했다.

"죽이지 않는다고?"

프레드가 풀 죽은 목소리로 되물었다.

스피틀워스는 두 번째 두루마리를 펼쳐 코르누코피아 지도를 드러냈다. 북쪽 끝에 거대한 이카보그 그림이 그려져 있고 칼을 든 작은 사람의 형체들이 넓은 습지대를 빙 둘러싸고 있었다. 백 명쯤 되는 것 같았다. 프레드는 그림을 자세히 들여다보다가 그 가운데 왕관을 쓴 사람이 보이지 않자 가슴을 쓸어내렸다.

"폐하, 보시다시피 첫 번째 계획은 이카보그 수비대를 만드는 것입니다. 그들을 늪지대 가장자리에 배치해서 이카보그가 그곳에서 나오지 못하게 하는 것이지요. 이런 수비대를 만들려면 제복과 무기, 말, 급여, 훈련, 식사, 숙박, 병가 급여, 위험수당, 생일선물, 훈장 등을 포함해 금화 1만 닢이 들어갈 것으로 추정됩니다.”

“1만 닢?”

프레드 왕이 되물었다.

“꽤 많은 돈인데. 하지만 나를 보호하는 일이니…… 아니, 내 말은, 이 코르누코피아를 보호하는 일이니…….”

“한 달에 1만 닢이면 비싼 게 아니지요.”

스피틀워스가 그의 말을 이어받았다.

“한 달에 1만 닢!”

프레드가 놀라서 소리치자 스피틀워스가 다시 말했다.

“그렇습니다, 폐하. 왕국의 안전을 확실하게 지키려면 비용이 많이 들 수밖에 없지요. 하지만 폐하께서 이보다 적은 무기로도 나라를 지킬 수 있다고 생각하신다면…….”

“아니, 아니, 그런 얘기가 아니라…….”

“물론, 이 모든 비용을 폐하께서 전부 다 내셔야 하는 건 아닙니다.”

스피틀워스가 말했다.

“그래?”

프레드의 얼굴이 갑자기 밝아졌다.

“그럼요, 폐하. 그건 불공평하지요. 어쨌든 이카보그 수비대는 온 국민의 안전을 지키기 위한 것이니까요. 그래서 이카보그 세금을 거두면 어떨까 싶습니다. 코르누코피아의 각 가정으로부터 매달 금화 한 닢을 거두는 것이지요. 물론, 그러려면 많은 세금 징수관을 모집해 교육시켜야 하겠지만 한 닢이 아니라 두 닢씩 거두면 그 비용도 감당할 수 있을 겁니다.”

그러자 프레드 왕이 말했다.

"대단해, 스피틀워스! 경은 정말 머리가 좋다니까! 한 집에 한 달에 두 닢
씩이면 티도 안 나는 돈이지."

22장

깃발 없는 집

그리하여 이카보그로부터 나라를 보호한다는 이유로 코르누코피아의 모든 가정이 한 달에 금화 두 닢의 세금을 내기 시작했다. 곧 코르누코피아의 거리들에서는 세금 징수관들이 심심찮게 눈에 띄었다. 그들이 입고 다니는 검은 제복의 등에는 등불처럼 번뜩이는 크고 하얀 눈이 그려져 있었다. 그 세금이 어디에 쓰이는지 잊지 않게 하려는 목적이었지만 술집에 모인 사람들은 그것이 한 사람도 빠짐없이 세금을 내는지 감시하는 스피틀워스의 눈이라고 수군거리곤 했다.

금화가 충분히 모이자 스피틀워스는 이카보그가 얼마나 잔인한 괴수인지 모두가 잊지 않게 하려고 이카보그의 희생자 한 사람의 동상을 세우기로 했다. 처음에는 비미시 대장의 동상을 세울 계획이었지만 슈빌의 술집들을 염탐한 그의 첩자들은 오히려 버튼스 병사의 이야기가 사람들의 마음에 울림을 준다고 보고했다. 대장의 죽음을 알리기 위해 자진해서 말을 타고 어둠 속으로 들어갔다가 결국 이카보그의 먹잇감이 되어 버린 젊고 용감한 버튼스. 그 병사야말로 멋진 동상을 세워 기려야 하는 고귀한 비극의 인물이라고 사람들

검은 제복을 입은 세금 징수관들의 등에는 크고 하얀 눈이 그려져 있었다.
술집에 모인 사람들은 그것이 스피틀워스의 눈이라고 수군거렸다.

최윤지 | 12세

은 생각했다. 그에 비해 비미시 대장은 그저 안개가 자욱하게 깔린 어두운 습
지를 섣불리 돌아다니다가 변을 당했을 뿐이라고 여겨지는 듯했다. 슈빌의
술꾼들은 비미시가 노비 버튼스를 죽음으로 몰아넣었다며 분통을 터트리기
도 했다.

스피틀워스는 대중의 비위를 맞추기 위해 노비 버튼스의 동상을 만들어
슈빌에서 가장 큰 광장 한가운데 세우게 했다.

버튼스는 소년 같은 앳된 얼굴에 단호한 표정을 띤 채 멋진 군마를 타고
황동 망토를 휘날리며 성안으로 돌아오는 모습으로 영원히 굳어졌다. 일요일
이면 이 동상 아래 꽃을 갖다 놓는 것이 유행처럼 번졌다. 그리 아름답지 않
은 한 젊은 여인은 자기가 노비 버튼스의 여자 친구였다며 하루도 빠짐없이
꽃을 갖다 놓기도 했다.

스피틀워스는 왕의 관심을 돌리는 데에도 금화를 조금 쓰기로 했다. 프레
드 왕은 여전히 이카보그가 남쪽으로 내려와 숲에서 갑자기 덮칠지도 모른다
며 사냥을 나가지 않으려고 했다. 왕과 놀아 주는 일이 지겨워진 스피틀워스
와 플래푼은 좋은 방법을 생각해 냈다.

"이카보그와 맞서 싸우는 폐하의 초상화를 그려야 할 것 같습니다, 폐하!
온 백성이 원하고 있습니다!"

"정말?"

왕이 단추를 만지작거리며 되물었다. 오늘 입은 옷에는 에메랄드 단추가
달려 있었다. 그는 전투복을 처음 입은 날을 떠올려 보았다. 그 아침 그는 이
카보그를 죽이는 자신의 모습이 초상화로 그려지는 것을 꿈꾸지 않았던가.
스피틀워스가 그 꿈을 실현하게 해 주다니. 그 뒤로 2주에 걸쳐 그는 늪지에
서 더러워진 제복을 대신할 새 제복을 골라 맞추고 보석 박힌 칼도 새로 만들

게 했다. 그러고 나자 스피틀워스가 코르누코피아 최고의 초상화 화가인 말리크 모틀리를 데려왔고 프레드는 알현실 벽면 하나를 온전히 뒤덮을 커다란 초상화를 위해 몇 주 동안 포즈를 취했다. 모틀리의 뒤에는 그에 못 미치는 다른 화가 쉰 명이 앉아 모틀리의 그림을 따라 그렸다. 그들이 그리는 좀 더 작은 크기의 초상화들은 코르누코피아의 각 도시와 마을로 보내질 예정이었다.

모틀리와 다른 화가들이 그림을 그리는 동안 왕은 그들에게 괴수와 싸운 그 유명한 이야기를 다시 들려주었다. 이야기를 하면 할수록 진짜 있었던 일처럼 느껴졌다. 프레드가 이처럼 즐거운 일에 빠져 있는 동안 스피틀워스와 플래푼은 저희 마음대로 나라를 운영하며 다달이 남은 금화를 상자에 나눠 담아 한밤중에 그들의 시골 영지로 빼돌렸다.

그렇다면 헤링본의 밑에서 함께 일하던 다른 고문관 열한 명은 어떻게 되었을까? 하룻밤 새 수석 고문관이 자리를 내놓고 두 번 다시 나타나지 않는데 이상하게 여기지 않았을까? 아침에 일어나 보니 스피틀워스가 헤링본의 자리를 꿰찼는데 어떻게 된 일인지 수상히 여기지 않았을까? 무엇보다도, 그들은 이카보그가 실제로 있다는 이야기를 믿었을까?

전부 다 좋은 질문이다. 지금부터 차근차근 답해 주겠다.

물론 이 고문관들은 스피틀워스가 제대로 된 투표도 거치지 않고 그 자리에 올라선 안 되는 일이라고 수군거렸다. 그중 한두 명은 왕에게 가서 얘기해 볼까 생각하기도 했다. 하지만 결국엔 내버려 두기로 했는데, 이유는 오직 하나, 바로 두려워서였다.

사실, 이제는 코르누코피아의 모든 도시와 마을 광장마다 스피틀워스가 쓰고 왕이 서명한 선언문이 붙어 있었다. 왕의 결정이나 이카보그의 존재를 의심하는 것, 이카보그 세금의 필요성을 의심하는 것, 다달이 금화 두 닢을 내지 않는 것은 모두 반역이라는 내용의 선언문이었다. 이 밖에도, 이카보그가 없다고 주장하는 사람을 고발하면 금화 열 닢을 포상으로 주겠다는 내용도 담겨 있었다.

고문관들은 반역자로 몰릴까 봐 두려웠다. 지하 감옥에 갇히고 싶지 않았다. 그러느니 고문관에게 제공되는 멋진 저택에 살면서 고문관들이 입는 특별한 가운을 걸치고 다니는 편이 훨씬 더 좋았다. 그 가운만 걸치면 제과점에서도 줄을 서지 않고 바로 들어갈 수 있었다.

그래서 그들은 이카보그 수비대에 들어가는 모든 비용을 승인해 주었다. 수비대의 제복은 초록색이었다. 스피틀워스가 늪지대의 물풀 사이에 쉽게 몸을 감추려면 초록색 제복을 입는 것이 좋겠다고 했기 때문이었다. 곧 수비대가 코르누코피아 주요 도시들의 거리를 행진하는 모습도 자주 눈에 띄었다.

이카보그가 산다는 북쪽의 늪지대를 지켜야 할 수비대가 왜 말을 타고 사람들에게 손을 흔들며 거리를 누비는지 궁금해하는 자들도 있었을 테지만 그런 의문은 속으로만 품고 있을 뿐 입 밖에 내지 않았다. 한편, 다른 시민들은 대부분 이카보그의 존재를 확실하게 믿는다는 것을 보여 주려고 열을 올렸다. 이카보그와 싸우는 프레드 왕의 초상화를 모사한 싸구려 그림을 창문에 붙여 놓기도 했고 '이카보그 세금을 내는 우리가 자랑스럽습니다' 또는 '이카보그는 물러가라, 국왕 만세!' 따위의 글귀가 적힌 나무 표지판을 문에 걸어 놓기도 했다. 자녀들에게 세금 징수관을 보면 고개를 숙여 인사하라고 가르치는 부모도 있었다.

비미시의 집은 이카보그를 반대하는 현수막들로 뒤덮여 원래 어떤 모습이었는지 알아보기 어려울 지경이었다. 다시 학교로 돌아간 버트는 쉬는 시간마다 로더릭 로치와 어울리며 나중에 이카보그 수비대에 함께 들어가 그 괴물을 죽이자는 이야기를 나누느라 바빴다. 데이지는 그런 버트에게 몹시 서운했다. 그 어느 때보다도 외로웠고 버트가 자기를 그리워하기는 할까 궁금하기도 했다.

성안에서 이카보그 세금을 반기는 깃발이나 표지판이 하나도 붙어 있지 않은 집은 데이지의 집뿐이었다. 게다가 데이지의 아빠는 이카보그 수비대가 지나가도 이웃 아이들처럼 정원으로 달려 나가 환호하라고 하기는커녕 집 밖에 나가지 못하게 했다.

스피틀워스 경은 묘지 옆의 작은 집에 깃발이나 표지판이 붙어 있지 않은 것을 알아차리고 교활한 머릿속 깊숙이, 언젠가 유용하게 써먹을 정보들을 보관해 놓는 곳에 그 정보를 고이 넣어 두었다.

23장
재판

이카보그와 노비 버튼스의 존재를 믿지 않는다는 이유로 감옥에 갇힌 세 병사를 여러분이 잊지는 않았을 거라 생각한다.

물론, 스피틀워스도 그들을 잊지 않았다. 그는 그들 셋을 감옥에 가둔 그 날 밤부터 줄곧 어떻게 하면 누구의 의심도 사지 않고 그들을 없애 버릴 수 있을지 궁리했다. 새로이 구상 중인 계획은 그들의 수프에 독을 타서 그저 이 유 없이 죽은 것처럼 꾸미는 것이었다. 그러려면 어떤 독약이 가장 효과적일 까 고민하고 있는데 그들의 가족들이 궁전으로 찾아와 왕을 만나게 해 달라 고 청했다. 게다가 그들의 옆에는 에슬란다 아가씨가 있었다. 스피틀워스는 그녀가 이 모든 일을 꾸민 것이 아닐까 의심하기 시작했다.

스피틀워스는 그들을 왕에게 데려가지 않고 새로 꾸민 자신의 화려한 수 석 고문관실로 데려가 정중하게 앉으라고 권했다.

"세 사람이 언제 재판을 받을지 알고 싶습니다."

바론스타운 외곽에서 돼지를 치는 오그던 병사의 형이 말했다.

"벌써 몇 달째 갇혀 있잖아요."

와그스태프 병사의 어머니가 거들었다. 그녀는 여로보암의 술집에서 일하고 있었다.

"그리고 세 사람이 무슨 혐의로 감옥에 갇혀 있는지도 알고 싶어요."

에슬란다였다.

"반역죄입니다."

스피틀워스는 돼지를 치는 농부에게서 눈을 떼지 않은 채 향기 나는 손수건을 코 밑에 대고 흔들며 대꾸했다. 이 농부는 더없이 깨끗했지만 스피틀워스는 그저 굴욕감을 주고 싶었다. 안타깝게도 그의 계획은 성공하는 듯했다.

와그스태프 부인이 놀라 되물었다.

"반역죄요? 세상에, 그 세 사람보다 더 폐하께 충성하는 백성은 이 땅에서 찾아볼 수 없을 텐데요!"

스피틀워스는 누가 봐도 형제와 자식을 깊이 사랑하는 듯 걱정하는 얼굴의 가족들과 수심이 가득한 에슬란다 아가씨의 얼굴을 교활한 눈으로 번갈아 보았다. 그러자 좋은 생각이 번개처럼 떠올랐다. 왜 진작 그 생각을 못 했을까! 병사들에게 독약을 먹일 필요도 없었다! 그들의 평판을 무너뜨리면 그만이었다.

그는 자리에서 일어서며 말했다.

"세 사람은 내일 재판을 받을 겁니다. 가능한 한 많은 이들이 그들의 이야기를 들을 수 있도록 슈빌에서 가장 큰 광장에서 재판을 열도록 하지요. 그럼 안녕히 가십시오."

스피틀워스는 빙긋 웃으며 고개 숙여 인사한 뒤 어리둥절해하는 가족들을 남겨 두고 지하 감옥으로 내려갔다.

세 사람은 지난번에 보았을 때보다 훨씬 더 여윈 데다 면도와 목욕을 하지 못해 딱한 모습을 하고 있었다.

"좋은 아침."

스피틀워스가 쾌활하게 인사를 건넸다. 교도관은 술에 취해 구석에서 꾸벅꾸벅 졸고 있었다.

"좋은 소식을 가져왔다! 너희들은 내일 재판을 받는다."

"우리가 정확히 무슨 죄로 재판을 받는 겁니까?"

굿펠로 부관이 의심 가득한 얼굴로 물었다.

"그 얘긴 벌써 했을 텐데, 굿펠로. 너희들은 습지대에서 괴물을 보고 왕을 보호하지도 않은 채 달아났어. 그러곤 그 비겁한 행동을 숨기기 위해 그 괴물이 존재하지 않는다고 우겼지. 그건 반역이야."

스피틀워스의 설명을 듣고 굿펠로는 나지막한 목소리로 대꾸했다.

"말도 안 되는 거짓말. 마음대로 해 보시죠, 스피틀워스. 난 진실을 말할 거니까."

나머지 두 병사 오그던과 와그스태프도 굿펠로 부관의 말이 옳다는 듯이 고개를 끄덕였다.

스피틀워스는 빙긋 웃으며 말했다.

"내가 너희들을 어떻게 하든 상관없다는 말인 것 같은데, 너희들의 가족은? 와그스태프, 술집에서 일하는 어머니가 포도주 저장고로 내려가다 미끄러져 머리가 깨진다면 너무 끔찍하지 않겠나? 그리고 오그던, 돼지를 치는 형이 실수로 자기 낫에 찔려 돼지들의 먹이가 된다면? 그리고……."

스피틀워스는 창살 쪽으로 몸을 바싹 기울이더니 굿펠로의 눈을 똑바로 노려보며 낮은 목소리로 말을 이었다.

"에슬란다 아가씨가 말을 타다 사고를 당해 그 길고 가는 목이 부러진다면?"

그러니까 스피틀워스는 에슬란다 아가씨가 굿펠로 부관의 연인이라고 믿었던 것이다. 젊은 여인이 말 한 마디 나눠 보지 못한 사내를 보호하려 한다는 것은 그로서는 상상도 할 수 없는 일이었으니까.

한편, 굿펠로 부관은 스피틀워스 경이 어째서 에슬란다 아가씨의 목숨으로 자신을 협박하는지 알 수 없었다. 그도 그럴 것이, 그는 에슬란다 아가씨가 이 왕국에서 가장 사랑스러운 여인이라고 생각하면서도 치즈장이의 아들이 궁중의 귀족 여인과 결혼하는 것은 있을 수 없는 일이었으므로 그런 얘기를 입 밖에 내지 않았다.

"에슬란다 아가씨가 저와 무슨 상관입니까?"

그가 묻자 수석 고문관 스피틀워스는 날카롭게 쏘아붙였다.

"누굴 속이려고, 굿펠로. 에슬란다 아가씨가 네 얘기를 할 때마다 얼굴이 빨개지는 걸 내 눈으로 똑똑히 봤어. 누굴 바보로 아나? 널 보호하려고 별짓을 다 하더군. 네가 지금까지 살아 있는 건 다 에슬란다 아가씨 덕분이야. 하지만 만약 내일 네가 나와는 다른 주장을 펼친다면 에슬란다 아가씨가 그 대가를 치르게 될 거야. 목숨을 구해 준 여자를 희생시킬 작정인가?"

굿펠로는 충격으로 말문이 막혔다. 에슬란다 아가씨가 그를 좋아한다니 너무도 놀랍고 기뻐서 스피틀워스의 협박조차 귀에 들어오지 않을 지경이었다. 이윽고 굿펠로는 에슬란다 아가씨의 목숨을 구하기 위해서는 다음 날 사람들 앞에서 반역죄를 인정해야 한다는 사실을 깨달았다. 하지만 그러면 그를 향한 그녀의 사랑이 차갑게 식어 버릴 게 분명했다.

세 사내의 얼굴이 하얗게 질리자 스피틀워스는 자신의 협박이 통했다는 것을 확인할 수 있었다. 그는 다시 입을 열었다.

"용기를 내도록, 여러분. 내일 진실을 말하기만 하면 사랑하는 이들에게 나쁜 일은 일어나지 않을 테니까……."

곧이어 슈빌 곳곳에 재판을 알리는 공지문이 붙었고 다음 날이 되자 슈빌에서 가장 큰 광장에 수많은 사람들이 몰려들었다. 용감한 세 병사는 친구들과 가족들이 지켜보는 가운데 한 사람씩 차례로 목제 연단에 올라 늪지대에서 이카보그를 마주쳤지만 왕을 보호하지 않고 비겁하게 도망쳤다고 고백했다.

사람들의 요란한 야유 소리가 재판관(스피틀워스 경)의 말소리를 집어삼켰다. 그러나 스피틀워스가 궁전의 지하 감옥에서 평생을 보내야 한다는 판결을 큰 소리로 읽는 내내 굿펠로 부관은 다른 귀족 여인들과 함께 높은 자리에서 재판을 지켜보고 있는 에슬란다 아가씨의 눈을 똑바로 바라보았다. 때로는 단 한 번의 눈길로 평생의 대화를 뛰어넘는 이야기를 나눌 수 있는 법. 에슬란다 아가씨와 굿펠로 부관이 눈으로 무슨 대화를 나누었는지 여기서 자세히 설명하진 않겠다. 어쨌든 이제 그녀는 알았다. 굿펠로 부관이 자신과 똑같은 감정을 느끼고 있다는 것을. 그리고 굿펠로 역시 확신할 수 있었다. 비록 감옥에서 평생을 보내게 되었다 해도 에슬란다 아가씨는 그의 결백을 알고 있다는 것을.

세 명의 죄수가 사슬에 묶여 연단에서 끌려 내려오자 사람들은 그들에게 양배추를 던지고는 떠들썩하게 재잘거리며 흩어졌다. 많은 이들은 스피틀워스 경이 이 반역자들을 사형시켜야 했다고 떠들어 댔다. 스피틀워스는 궁전으로 돌아오는 길에 혼자 킬킬거렸다. 온당한 사람으로 비춰져서 나쁠 건 없으니까.

도브테일 씨는 멀찍이서 재판을 지켜보았다. 그는 병사들에게 야유를 보내지 않았다. 그의 목공소에서 나무를 깎고 있는 데이지를 데려오지도 않았다. 혼자 생각에 잠겨 집으로 돌아가는 길에 도브테일 씨는 흐느껴 우는 와그스태프의 어머니와 그 뒤에서 야유하며 그녀에게 채소를 집어던지는 청년들을 보았다.

"이놈들, 계속 그렇게 그 아주머니를 따라가면 가만 안 놔둘 테다!"

도브테일 씨가 소리치자 청년들은 이 목수의 덩치를 보고 슬그머니 내뺐다.

24장
·
요요

곧 여덟 살 생일을 맞이하게 된 데이지는 버트 비미시를 초대해 함께 차를 마시기로 결심했다.

버트의 아빠가 세상을 떠난 뒤로 버트와 데이지 사이에는 두터운 얼음벽이 생겨난 것 같았다. 버트는 늘 로더릭 로치하고만 어울려 다녔고 로더릭 로치는 이카보그 희생자의 아들과 친구가 된 것을 무척 자랑스럽게 여겼다. 하지만 데이지는 버트의 생일보다 사흘 빠른 자신의 생일을 계기로 둘의 우정을 되찾고 싶었다. 그래서 아빠에게 부탁해 비미시 부인에게 그녀와 버트를 다과에 초대하고 싶다는 편지를 보냈다. 초대에 응하겠다는 답장이 오자 데이지는 뛸 듯이 기뻤다. 둘은 여전히 학교에서 서로 얘기를 하지 않았지만 다가오는 생일에 다시 예전처럼 돌아갈 수 있을 거라는 희망이 생겼다.

왕의 목수인 도브테일 씨는 월급을 많이 받는 편이었지만 그럼에도 이카보그 세금 때문에 생활이 빠듯해지기 시작했다. 그래서 예전에 비해 과자와 케이크를 줄였을 뿐 아니라 포도주도 사지 않았다. 그러나 그는 데이지의 생일을 맞아 한 병 남아 있던 여로보암 포도주를 꺼냈고 데이지는 저축을 몽땅 털어 자신과 버트를 위해 버트가 가장 좋아하는 값비싼 '천국의 희망' 두 개를 샀다.

생일 다과 모임의 시작은 그리 순조롭지 않았다. 처음에는 도브테일 씨가 비미시 대장을 위해 건배를 하자고 하는 바람에 비미시 부인이 울음을 터트렸다. 뒤이어 네 사람 모두 자리에 앉아 음식을 먹기 시작했지만 아무도 적당한 대화거리를 생각해 내지 못했다. 그러다 결국 버트가 데이지의 생일 선물을 준비해 왔다는 사실을 떠올렸다.

버트는 장난감 가게의 진열장에서 요요를 발견하고 그동안 모은 용돈을 몽땅 털어 그것을 샀다. 데이지는 요요를 한 번도 본 적이 없었지만 버트가 방법을 가르쳐 주자 금세 버트보다 더 잘하게 되었고 비미시 부인과 도브테일 씨도 여로보암산 발포 포도주를 마시면서 술술 대화를 풀어 가기 시작했다.

사실 버트는 그동안 데이지가 몹시 그리웠지만 로더릭 로치가 늘 지켜보고 있어서 데이지와 화해하기가 어려웠다. 그러나 둘은 곧 궁정에서 언제 싸웠냐는 듯 학교 선생님이 아무도 안 보는 줄 알고 코를 팠다는 이야기를 하며 킥킥 웃어 댔다. 세상을 떠난 엄마나 아빠, 뜻하지 않은 싸움, 겁 없는 왕 프레드 따위의 괴로운 일들은 금세 잊었다.

하지만 어른들은 이 아이들처럼 현명하지 못했다. 오랜만에 포도주를 마신 도브테일 씨는 자기 딸과는 달리 비미시 대장을 죽인 괴물 이야기를 꺼내선 안 된다는 생각을 미처 하지 못했다. 그가 아이들의 웃음소리보다 더 크게 언성을 높이자 그제야 데이지는 아빠가 무슨 짓을 하고 있는지 깨달았다.

도브테일 씨는 소리를 지르다시피 했다.

"그러니까 내 말은, 버사, 증거가 어디 있냐는 거야. 난 그 증거를 보고 싶다니까!"

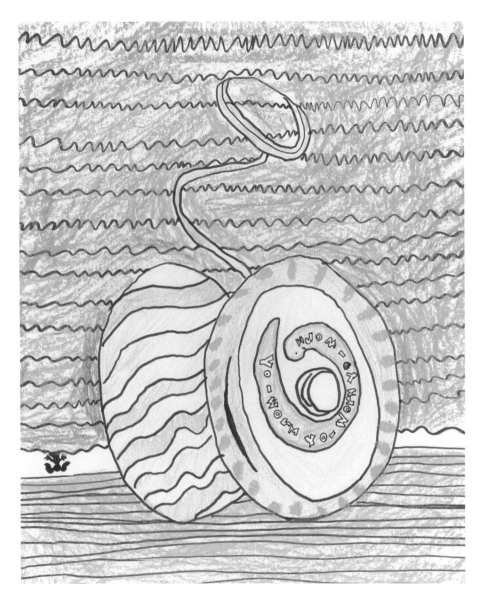

버트는 데이지에게 선물하기 위해 장난감 가게에 들렀다.
그곳 진열장에서 요요를 발견하고 그동안 모은 용돈을 몽땅 털어 그것을 샀다.

황규연 ㅣ 9세

비미시 부인의 다정했던 얼굴이 갑자기 험악해졌다.

"내 남편이, 그리고 가엾은 우리의 노비 버튼스가 죽었는데, 그게 증거가 아니고 뭐야?"

그러자 도브테일 씨가 물었다.

"우리의 노비 버튼스? 노비 *버튼스*? 얘기가 나왔으니 말인데, 난 노비 버튼스의 증거도 보고 싶어! 그 사람이 대체 누구야? 어디에 살았을까? 적갈색 가발을 쓴 그 늙은 홀어머니는 어디로 갔고? 성안에서 버튼스라는 성을 가진 사람을 만난 적 있어? 이런 얘기까진 안 하려고 했는데……."

도브테일 씨는 포도주 잔을 휘두르며 다시 말했다.

"이런 얘기까진 안 하려고 했는데, 버사, 하나만 물어 볼게. 노비 버튼스는 신발과 정강이뼈만 남았다면서 그 사람 관은 왜 그렇게 무거웠을까?"

데이지는 성난 표정을 지으며 아빠가 입을 다물게 하려 했지만 그는 아무것도 알아차리지 못한 채 포도주 한 모금을 꿀꺽 마시고는 계속 말을 이어 갔다.

"말이 안 되잖아, 버사! 도무지 말이 안 된다고! 그리고 또 누가 알겠어? 가령, 비미시는 말에서 떨어져 목이 부러져 죽었는데, 스피틀워스 경이 우리한테서 금화를 뜯어내려고 이카보그 핑계를 댄 건 아닐까?"

비미시 부인은 천천히 일어났다. 그녀는 키가 크지 않았지만 화가 난 그녀의 모습은 도브테일 씨보다 훨씬 더 커 보였다.

그녀가 입을 열자 그 싸늘하게 속삭이는 목소리에 데이지는 소름이 돋았다.

"내 남편은 코르누코피아를 통틀어 누구보다도 말을 잘 타는 사람이었어. 내 남편이 말에서 떨어지는 건 네가 도끼로 네 다리를 자르는 것과 똑같아, 댄 도브테일. 끔찍한 괴물이 아니었다면 내 남편이 죽을 리가 없었다고. 그리고 말조심해. 이카보그가 없다고 하는 건 반역죄니까!"

"반역죄!"

도브테일 씨는 코웃음을 치며 말을 이었다.

"정신 차려, 버사. 그게 반역죄란 터무니없는 소릴 정말 믿는 거야? 두세 달 전만 해도 이카보그의 존재를 믿지 않는 건 지극히 정상적인 일이었어. 반역이 아니라!"

"그야 그때는 이카보그가 실제로 있다는 게 밝혀지기 전이었으니까!"

비미시 부인이 소리쳤다.

"버트, 집에 가자!"

"안 돼요. 가지 마세요!"

데이지가 울부짖었다. 그러곤 의자 밑에 넣어 둔 작은 상자를 꺼내 들고 비미시 가족을 따라 정원으로 달려 나갔다.

"버트, 제발! 이것 봐. 내가 '천국의 희망'을 사 놨어. 용돈을 다 털어서 산 거야!"

데이지는 미처 몰랐다. 이제 버트는 '천국의 희망'을 볼 때마다 아빠의 죽음을 알게 된 날이 떠오른다는 것을. 왕실 주방에서 마지막으로 '천국의 희망'을 먹은 날, 그의 엄마는 비미시 대장에게 무슨 일이 생겼다면 이미 소식이 전해졌을 거라며 그를 다독였더랬다.

그렇다 해도 버트는 데이지의 선물을 바닥에 내팽개칠 생각은 아니었다. 그냥 밀어내려 했다. 하지만 안타깝게도 데이지가 상자를 놓치는 바람에 값비싼 케이크들이 꽃밭으로 떨어져 흙으로 뒤덮였다.

데이지는 울음을 터트렸다.

"그래, 너한텐 그 케이크만 중요하지!"

버트는 이렇게 외치고는 대문을 열더니 엄마를 이끌고 나가 버렸다.

25장

스피틀워스 경의 문제

스피틀워스 경에게는 안된 일이었지만 이카보그에 대해 의심의 목소리를 내기 시작한 사람은 도브테일 씨만이 아니었다.

코르누코피아는 서서히 가난해지고 있었다. 부유한 상인들은 이카보그 세금을 내는 데 아무런 문제가 없었다. 그들은 매달 세금으로 금화 두 닢을 내고 그것을 메우기 위해 과자와 케이크, 치즈, 햄, 포도주의 가격을 올렸다. 그러나 부유하지 못한 사람들은 식료품 가격까지 오르는 바람에 다달이 금화 두 닢을 내기가 점점 더 어려워졌다. 한편, 습지대의 아이들은 너무 여위어서 뺨이 움푹 팰 정도였다.

전국의 도시와 마을마다 첩자들을 심어 놓은 스피틀워스의 귀에도 사람들이 그 금화가 모두 어디에 쓰이는지 알고 싶어 한다는 이야기가 들려오기 시작했다. 그 괴물이 여전히 위협적인 존재라는 증거를 확인하고 싶어 하는 사람들이 있다는 이야기도 들려왔다.

코르누코피아 사람들은 지역에 따라 저마다 성격이 조금씩 다르다고 여겨졌다. 여로보암 사람들은 싸움과 몽상을 좋아했고, 커즈버그 사람들은 평화

롭고 정중했으며, 슈빌 시민들은 자존심이 세고 심지어 오만하다는 평판을 듣기도 했다. 한편, 바론스타운 사람들은 입 바른 소리를 잘하고 솔직한 사람들로 알려져 있었다. 이카보그에 대한 의심이 처음으로 심각하게 불거진 곳은 바로 바론스타운이었다.

바론스타운의 터비 텐더로인이라는 정육업자는 마을 회관에서 집회를 열었다. 그는 차마 이카보그가 실제로 존재하지 않는다고 말하지는 못했지만, 대신 집회 참석자들로부터 왕에게 이카보그 세금의 필요성을 증명해 달라고 요구하는 탄원서에 서명을 받았다. 당연히 이 집회에도 스피틀워스의 첩자가 있었고 회의가 끝나자 첩자는 바로 남쪽으로 말을 달려 자정 무렵 궁전에 도착했다.

하인이 잠을 깨우자 스피틀워스는 자고 있는 플래푼 경과 로치 대장을 황급히 불러오라고 지시했다. 두 사람은 스피틀워스의 침실로 와서 첩자의 이야기를 들었다. 첩자는 그 반역적인 집회에 대해 설명한 뒤 기특하게도 터비 텐더로인을 포함해 이 집회 주도자들의 집을 동그라미로 표시한 지도를 펼쳐 놓았다.

로치가 으르렁거리며 말했다.

"좋습니다. 이들을 모두 반역죄로 체포해 감옥에 처넣으면 됩니다. 간단하지요!"

그러자 스피틀워스가 답답하다는 듯이 대꾸했다.

"그렇게 간단한 문제가 아니야. 그 집회에는 200명이 모였는데, 200명을 모두 감옥에 가둘 수는 없잖아! 그럴 만한 감옥도 없고 그렇게 해 봐야 사람들은 그게 우리가 이카보그의 존재를 증명할 수 없다는 증거로 여길 거라고!"

이번에는 플래푼이 끼어들었다.

"그럼 모두 총으로 쏴서 비미시처럼 꽁꽁 싸맨 뒤 늪에 갖다 놓으면 되겠네. 그들이 발견되면 사람들은 이카보그가 잡아먹었다고 생각하겠지."

"이제는 이카보그가 총까지 갖고 있다고 해야 하나? 게다가 200명의 시신을 쌀 망토까지 갖고 있었다고?"

스피틀워스가 날카롭게 따져 물었다.

"그렇게 우리 계획을 비웃지만 마시고 좋은 방법을 내놓으시지요?"

로치가 말했다.

하지만 스피틀워스도 방법이 없었다. 교활한 머리를 아무리 쥐어짜도 코르누코피아 사람들이 다시 겁을 먹고 아무런 불평 없이 세금을 내게 할 묘안이 도무지 떠오르지 않았다. 이카보그가 실제로 존재한다는 증거를 내놓는 수밖에 없는데 그런 증거를 어떻게 구한단 말인가?

플래푼 경과 로치 대장을 다시 돌려보낸 뒤 스피틀워스는 혼자 벽난로 앞을 왔다 갔다 서성였다. 그때 또 누군가가 그의 침실 문을 두드리는 소리가 들렸다.

"이번엔 또 뭐야?"

그가 퉁명스럽게 물었다.

방으로 슬며시 들어온 사람은 하인 캔커비였다.

"무슨 일이야? 뭔지 몰라도 빨리 하고 나가. 난 지금 바쁘니까!"

그러자 캔커비가 입을 열었다.

"이런 말씀을 드려도 될지 모르겠지만 아까 우연히 이 방을 지나가다가 플래푼 경과 로치 대장과 함께 얘기하시는 걸 저도 모르게 듣게 되었습니다요. 바론스타운에서 반역적인 집회가 있었다고요?"

"정말 모르고 들은 거야?"

스피틀워스가 험악한 목소리로 되물었다.

"그러고 보니 이 말씀을 드려야겠다고 생각했습지요. 성안에도 바론스타운의 그 반역자들과 똑같은 생각을 하는 사람이 있다는 증거를 제가 갖고 있습니다요. 그 정육업자들처럼 증거를 원하는 사람이지요. 그 얘기를 듣고 저는 반역이라고 생각했습지요."

"그야 당연히 반역이지! 그런데 감히 누가 궁전 코앞에서 그런 얘기를 한단 말이냐? 왕의 밑에서 일하는 자가 감히 왕의 말을 의심한다고?"

스피틀워스가 물었다.

"그게…… 그러니까……."

캔커비는 발을 이리저리 움직이며 말을 이었다.

"그런 건 꽤 귀한 정보인데, 그러니까……."

"누구인지 말하기나 해."

스피틀워스는 으르렁거리며 하인의 윗옷 자락을 움켜쥐었다.

"일단 들어보고 돈을 줄지 말지 결정하겠어! 이름……이름을 대란 말이야!"

"대, 대, 댄 도브테일입니다!"

하인이 말했다.

"도브테일…… 도브테일…… 많이 들어 본 이름인데."

스피틀워스가 놓아 주자 하인은 비틀거리다가 작은 탁자에 부딪쳤다.

"그런 성을 가진 재봉사가 있지 않았나……?"

"그 사람 아내입니다. 지금은 죽었습지요."

캔커비가 일어나며 대꾸했다.

"그래."

스피틀워스는 느릿느릿 말을 이어갔다.

"묘지 근처에 살고 있지. 한 번도 깃발을 펄럭이지 않은 집. 창문에 왕의 초상화 한 번 붙인 적이 없고. 그자가 그렇게 반역적인 말을 한 걸 어떻게 알았지?"

"비미시 부인이 주방 하녀에게 얘기하는 걸 우연히 들었습지요."

캔커비가 말했다.

"넌 우연히 듣는 게 참으로 많군, 안 그런가, 캔커비?"

스피틀워스는 조끼 안으로 손을 넣어 금화 몇 닢을 찾았다.

"좋아. 금화 열 닢을 주지."

"정말 감사합니다요."

하인이 깊이 고개를 숙이며 말했다.

캔커비가 나가려고 돌아서는데 스피틀워스가 다시 물었다.

"잠깐, 그 도브테일이란 자가 무얼 하는 사람이지?"

스피틀워스는 도브테일이 왕에게 얼마나 필요한 사람인지 가늠해 봐야 했다.

"도브테일이요? 그자는 목수입니다."

캔커비는 이렇게 대꾸한 뒤 고개를 숙이고 방을 나갔다.

"목수."

스피틀워스는 소리 내어 되뇌었다.

"목수라……"

캔커비가 문을 닫는 순간, 또 한 번 멋진 계획들이 번개처럼 스피틀워스의 머리를 스쳤다. 자신이 그렇게 영리하다니 너무도 놀라워서 그는 소파 등받이를 움켜잡았다. 그렇지 않으면 금방이라도 고꾸라질 것만 같았다.

26장

도브테일 씨에게 맡겨진 일

다음 날 아침 데이지를 학교에 보내고 도브테일 씨가 목공소에서 바쁘게 일하고 있는데, 로치 대장이 이 목수의 문을 두드렸다. 도브테일 씨는 로치가 자신의 옛집에 살고 있으며 비미시 대장의 뒤를 이어 근위대를 지휘하는 사람이라는 걸 알고 있었다. 그는 로치에게 들어오라고 했지만 로치는 거절했다.

"궁전에서 급하게 맡길 일이 있습니다. 폐하의 마차 축이 부러졌는데 내일 그 마차를 타셔야 합니다."

그러자 도브테일 씨가 되물었다.

"벌써요? 지난달에 고쳤는데."

"마차를 끌던 말이 걷어찼어요. 갈 겁니까?"

로치가 물었다.

"가야지요."

도브테일 씨는 왕의 일을 거절할 리가 없었다. 그는 목공소 문을 잠그고 로치를 따라 이런저런 이야기를 나누며 햇살이 비추는 성안 거리들을 걸어

마침내 마차들이 세워진 왕실 마구간에 이르렀다. 문 앞에서 병사 대여섯 명이 어슬렁거리다가 도브테일 씨와 로치 대장이 다가오자 모두 고개를 들었다. 그중 한 명의 손에는 빈 밀가루 포대가 들려 있었고 다른 한 명은 밧줄을 들고 있었다.

"좋은 아침입니다."

도브테일 씨가 말했다. 그러곤 그들을 지나가려는데 순식간에 병사 한 명이 그의 머리에 밀가루 포대를 씌우더니 다른 병사 둘이 그의 두 팔을 등 뒤로 가져가 밧줄로 묶었다. 힘 센 도브테일 씨가 발버둥 치며 저항하자 로치가 그의 귀에 대고 속삭였다.

"지금부터 소리를 내면 네 딸이 무사하지 못할 거야."

도브테일 씨는 입을 다물었다. 앞이 보이지 않았지만 그저 병사들에게 이끌려 순순히 궁전 안으로 들어갔다. 가파른 계단을 두 개 층 내려간 뒤 미끄러운 돌계단으로 들어서자 어디로 가는지 짐작이 되었다. 온몸이 서늘해지면서 지하 감옥에 들어온 것이 아닐까 하는 의심이 들었다. 이윽고 쇠로 된 열쇠가 돌아가는 소리, 창살이 철컹거리는 소리가 들리자 의심은 확신으로 굳어졌다.

병사들이 도브테일 씨를 차가운 돌바닥으로 내동댕이쳤다. 누군가가 밀가루 포대를 벗겼다.

주위가 너무도 컴컴해서 처음에는 아무것도 보이지 않았다. 그러다 병사한 명이 횃불에 불을 붙이자 번쩍거리는 군화 한 쌍이 그의 눈에 들어왔다. 도브테일 씨는 고개를 들었다. 그의 앞에 버티고 서서 빙긋 웃고 있는 사람은 바로 스피틀워스 경이었다.

"안녕하신가, 도브테일. 당신한테 맡길 일이 있다네. 잘하면 금세 딸이 있는 집으로 돌아가게 될 거야. 하지만 거절하거나 제대로 못하면 두 번 다시 딸을 볼 수 없을 거고. 알아들으셨나?"

병사 여섯 명과 로치 대장이 모두 칼을 들고 감옥 벽에 늘어서 있었다.

도브테일 씨는 낮은 목소리로 대꾸했다.

"네, 알아들었습니다."

"좋아."

스피틀워스가 말했다. 그런 뒤 그가 옆으로 비켜서자 커다란 목재가 드러났다. 쓰러진 나무의 한 토막으로 조랑말만 한 크기였다. 그 목재 옆에 자리한 작은 탁자에는 목수의 연장들이 놓여 있었다.

"이 나무를 깎아 커다란 발을 만들어 줘, 도브테일. 아주 날카로운 발톱이 달린 괴물의 발 말이야. 그리고 말을 타고 그것을 내리 눌러 무른 땅에 발자국을 낼 수 있도록 위쪽엔 긴 자루를 달고. 무슨 말인지 이해했나, 목수 양반?"

도브테일 씨와 스피틀워스 경은 서로의 눈을 깊이 들여다보았다. 물론, 도브테일 씨는 왜 그런 일을 시키는지 정확히 알고 있었다. 이카보그가 실제로 있는 것처럼 보이도록 거짓 증거를 만들라는 뜻이었다. 하지만 도브테일 씨는 자신이 가짜 괴물 발을 만든다고 해도 스피틀워스가 돌려보내 주지 않을 것 같다는 걱정이 들었다. 돌려보내 줄 이유가 없었다. 그가 모든 일을 떠벌릴 수도 있으니까.

도브테일 씨가 조용히 물었다.

"제가 이 일을 마치고 나면 제 딸이 무사할 거라고, 그리고 제가 딸에게로 돌아갈 수 있다고 약속하실 수 있습니까?"

스피틀워스는 이미 문으로 향하고 있었다. 그가 가볍게 대꾸했다.

"물론이지, 도브테일. 빨리 끝낼수록 딸을 더 빨리 만날 수 있네. 그 연장

철문이 철커덩 닫히고 열쇠가 돌아갔다.
도브테일 씨는 나무토막과 끌, 칼과 함께 홀로 철창 안에 남겨졌다.

류서현 ｜ 10세

들은 밤이 되면 거두어 갔다가 아침에 도로 갖다줄 거야. 죄수에게 여길 빠져 나갈 도구를 쥐어줄 수는 없으니까. 안 그런가? 행운을 빌어, 도브테일. 열심히 해. 곧 발을 보게 되길 기대하겠네!"

그의 말이 끝나자 로치가 도브테일의 손목을 묶은 밧줄을 자른 다음 들고 있던 횃불을 벽에 달린 받침대에 꽂았다. 이윽고 로치와 병사들이 감옥을 나갔다. 철문이 철커덩 닫히고 열쇠가 돌아가고 나자 도브테일 씨는 거대한 나무토막과 끌, 칼과 함께 홀로 남겨졌다.

27장

납치

그날 오후 데이지는 요요를 갖고 놀며 학교에서 집으로 돌아와 평소처럼 오늘 하루를 어떻게 보냈는지 이야기하기 위해 아빠의 목공소로 향했다. 하지만 무슨 일인지 목공소 문이 잠겨 있었다. 데이지는 아빠가 일을 일찍 마치고 집으로 돌아갔나 보다고 생각하며 겨드랑이에 교과서들을 낀 채 현관으로 들어섰다.

그러다 현관에서 우뚝 걸음을 멈추고 멍하니 집 안을 둘러보았다. 가구들이 모두 사라졌고 벽에 걸린 그림들과 바닥의 양탄자, 등불, 화덕도 찾아볼 수 없었다.

아빠를 불러 보려 입을 여는 순간, 머리에 포대가 씌워지더니 누군가의 손이 입을 막았다. 책들과 요요가 요란한 소리를 내며 바닥으로 떨어졌다. 데이지는 허공으로 들려 올라가 발버둥 쳤지만 집 밖으로 옮겨져 짐마차 뒤 칸에 던져졌다.

귓가에 거친 목소리가 들렸다.

"소리 지르면 네 아빠를 죽일 거야."

비명을 지르려고 숨을 한껏 들이켠 데이지는 조용히 숨을 내뱉을 수밖에 없었다. 마차가 덜컥 기울어지더니 철컹거리는 마구 소리, 달가닥거리는 말발굽 소리와 함께 나아가기 시작했다. 마차가 방향을 꺾자 데이지는 그들이 성안을 벗어나고 있다는 사실을 알아챘다. 이윽고 시장 상인들과 말들의 소리가 들리면서 짐마차는 성 밖으로 나갔다. 데이지는 그 어느 때보다도 두려웠지만 마차가 방향을 꺾을 때마다 소리와 냄새에 집중하며 자신이 어디로 끌려가는지 온 신경을 곤두세웠다.

얼마 뒤, 말발굽 소리가 달라졌다. 자갈길이 아닌 흙길을 밟는 소리가 들렸고 달콤한 슈빌의 대기는 시골의 풀 냄새와 흙냄새로 바뀌었다.

데이지를 납치한 사내는 프로드라는 이름의 이카보그 수비대원으로, 덩치가 크고 거친 병사였다. 스피틀워스는 프로드에게 "어린 도브테일 소녀를 제거하라"는 명령을 내린 터였다. 프로드는 그 말이 이 소녀를 죽이라는 뜻이라고 생각했다.(사실, 프로드의 생각이 옳았다. 스피틀워스는 프로드가 누구에게든 주먹질하기를 좋아하는 걸 알고 그에게 그런 명령을 내린 것이었다.)

그러나 도시를 벗어나 나무가 울창한 숲을 지나면서 프로드 병사는 서서히 자신이 정말 데이지의 목을 졸라 저 숲속 어딘가에 묻어 버릴 수 있을까 의심하기 시작했다. 하필 프로드 병사에게는 그가 무척 아끼는, 데이지 또래의 어린 조카딸이 있었다. 데이지의 목을 조르는 상상을 할 때마다 머릿속에서는 살려 달라고 애원하는 조카 로지의 모습이 그 위에 겹쳐졌다. 그는 섣불리 숲속으로 들어가지 못하고 계속 흙길을 달리며 데이지를 어떻게 처리할까 궁리해 보았다.

포대 속에서 데이지는 바론스타운의 소시지 냄새와 커즈버그의 치즈 냄새를 맡고 두 도시 중 어디로 가고 있는지 가늠해 보았다. 가끔 아빠와 함께 이

유명한 두 도시에 치즈와 고기를 사러 온 적이 있었다. 저 사내가 마차에서 끌어내릴 때 기회를 봐서 도망치면 이틀 뒤엔 슈빌로 돌아갈 수 있을 것이다. 아빠에 대한 걱정이 자꾸 머릿속을 비집고 들어왔다. 아빠가 어디에 있는지, 집에 있는 가구들은 다 어디로 치워졌는지 궁금해서 미칠 지경이었다. 그러나 지금은 이 마차가 어디로 가는지에 집중해야 했다. 그래야 집으로 돌아가는 길을 찾을 수 있을 테니까.

하지만 아무리 귀를 기울여도 바론스타운과 커즈버그를 잇는 플루마강의 돌다리를 건너는 소리가 들리지 않았다. 프로드 병사는 두 도시 중 어디에도 들어가지 않고 지나쳐 갔다. 데이지를 처리하기에 좋은 방법이 막 떠오른 것이다. 그는 소시지로 유명한 도시를 돌아 북쪽으로 계속 말을 달렸다. 고기 냄새와 치즈 냄새가 가득했던 공기에 서서히 밤이 내려앉기 시작했다.

마침 여로보암 출신인 프로드 병사는 여로보암 외곽에 사는 한 노파를 생각해 냈다. 그런터 할머니라고 불리는 이 노파는 고아들을 데려다가 한 명당 매달 금화 한 닢씩을 받았다. 사내아이든 여자아이든 지금까지 그런터 할머니의 집에서 도망치는 데 성공한 아이는 한 명도 없었다. 프로드가 데이지를 그곳으로 데려가기로 한 것은 바로 그 때문이었다. 데이지를 제대로 처치하지 않으면 스피틀워스는 노발대발할 게 분명했다. 데이지가 슈빌의 집으로 돌아가는 것은 어떻게든 막아야 했다.

불편한 짐마차 뒤 칸에서 추위와 두려움에 떨던 데이지는 마차의 흔들림을 자장가 삼아 잠이 들었다 퍼뜩 눈을 떴다. 이곳 공기에선 그리 좋지 않은 냄새가 풍겼다. 곧 데이지는 그것이 포도주 냄새라는 것을 깨달았다. 아빠가 아주 가끔 술을 마실 때 그와 똑같은 냄새가 났다. 그렇다면 여로보암에 가까워지고 있는 것이 분명했다. 데이지는 여로보암에 한 번도 가 본 적이 없었다. 포대의 작은 구멍들 사이로 날이 밝아오는 것이 보였다. 곧 짐마차가 다시 자갈밭으로 들어서는가 싶더니 얼마 안 되어 덜컥 멈춰 섰다.

데이지는 재빨리 마차에서 뛰어내리려 몸부림쳤지만 땅에 닿기도 전에 프로드 병사에게 붙잡히고 말았다. 그는 발버둥 치는 데이지를 들고 그런터 할머니의 집으로 가서 굵은 주먹으로 문을 쾅쾅 두들겼다.

"알았어요, 알았어. 나가요."

안에서 갈라지는 듯한 높은 목소리가 들려왔다.

여러 개의 빗장과 사슬이 풀어지는 소리가 들리더니 손잡이가 은으로 덮인 지팡이를 짚은 그런터 할머니가 문가에 모습을 드러냈다. 물론, 여전히 포대를 뒤집어쓴 데이지는 이 노파를 볼 수 없었지만.

"아이를 데려왔어요."

프로드가 꿈틀거리는 포대를 그런터 할머니의 집 안에 들여놓으며 말했다. 안쪽에서는 삶은 양배추와 싸구려 포도주 냄새가 풍겼다.

이쯤에서 여러분은 그런터 할머니가 포대에 싸여 집 안으로 옮겨지는 아이를 보고 수상히 여기지 않았을까 생각할지도 모르겠다. 하지만 전에도 반역죄를 지었다며 이곳으로 납치되어 온 아이들이 있었다. 그런터 할머니는 아이들이 어쩌다 이곳으로 오게 되었는지는 신경 쓰지 않았다. 그저 그 아이들을 맡아 주는 대가로 나라에서 매달 금화 한 닢씩을 받으면 그만이었다. 다 쓰러져 가는 허름한 움막에 아이들이 많아질수록 좋아하는 포도주를 더 많이 사 먹을 수 있었으니까. 그녀는 손을 내밀며 쉰 목소리로 말했다.

"처음 들어올 때는 금화 다섯 닢을 내야 해."

어떻게든 아이를 떼어 놓으려 하는 자가 오면 그녀는 늘 이렇게 말했다.

프로드는 험악한 얼굴을 하고 금화 다섯 닢을 건넨 뒤 말없이 떠났다. 그런터 할머니는 문을 쾅 닫았다.

프로드는 다시 마차에 올라타면서 그런터 할머니가 사슬과 빗장을 채우는 소리를 들었다. 월급의 절반이 날아갔지만 골칫거리였던 데이지 도브테일을 처리하고 나자 속이 후련했다. 그는 다시 속도를 내어 수도 슈빌로 돌아갔다.

28장

그런터 할머니

그런터 할머니는 현관문이 잠긴 것을 확인한 뒤 새로 들어온 아이의 포대를 벗겼다.

갑자기 주위가 밝아지자 데이지는 눈을 깜빡거렸다. 어느새 좁고 지저분한 현관 앞 복도에서 머리부터 발끝까지 온통 검은 옷을 입은 아주 추한 모습의 노파와 얼굴을 맞대고 있다는 걸 깨달았다. 노파의 코끝에 있는 커다란 갈색 사마귀에는 털이 나 있었다.

"존!"

노파는 데이지에게서 눈을 떼지 않은 채 쉰 목소리로 외쳤다. 데이지보다 나이도 많고 덩치도 커다란 소년이 무뚝뚝하고 험악한 얼굴로 손마디를 꺾으면서 발을 질질 끌며 복도로 들어섰다.

"위층 제인들한테 가서 방에 매트리스 하나 더 놓으라고 해."

"꼬맹이들 시키세요. 난 아침도 안 먹었는데."

존이 툴툴거렸다.

그런터 할머니는 갑자기 은색 손잡이가 달린 묵직한 지팡이로 소년의 머

데이지는 검은 옷을 입은 아주 추한 노파와 얼굴을 맞대고 있다는 걸 깨달았다.
노파의 코끝에 있는 갈색 사마귀에는 털이 나 있었다.

리를 내리쳤다. 데이지는 은지팡이가 뼈를 때리는 끔찍한 소리가 들리길 기다렸지만 소년은 수없이 연습한 듯 아슬아슬하게 지팡이를 피하고 다시 손마디를 꺾으며 부루퉁하게 말했다.

"알았어요, 알았다고요."

그러고는 삐걱거리는 계단을 올라 위층으로 사라졌다.

"이름이 뭐냐?"

그런터 할머니가 데이지를 돌아보며 물었다.

"데이지요."

데이지가 대꾸했다.

"아니, 네 이름은 제인이야."

그런터 할머니가 말했다.

곧 데이지는 그런터 할머니가 이 집에 들어오는 모든 아이들에게 똑같은 과정을 되풀이했다는 사실을 알게 된다. 여자아이들은 무조건 제인으로 이름이 바뀌었고 사내아이들은 존이 되었다. 아이가 새 이름에 어떻게 반응하는지를 보고 그런터 할머니는 그 애를 얼마나 무섭게 길들여야 하는지 가늠했다.

물론, 아주 어린 아이들은 이제부터 네 이름이 존이나 제인이라고 하면 그런가 보다 하며 다른 이름이 있었다는 사실을 금세 잊어버렸다. 집 없는 아이들이나 길 잃은 아이들도 존이나 제인이 되면 지붕 있는 집에서 잘 수 있으니 역시 새 이름을 금세 받아들였다.

그러나 가끔 순순히 이름을 바꾸려 들지 않는 아이들이 있었다. 그런터 할머니는 데이지가 입을 열기 전부터 그런 아이라는 것을 알았다. 새로 들어온 이 아이는 거만하고 고약한 얼굴을 하고 있었다. 깡마른 몸에 작업복을 입고 주먹을 움켜쥔 채 서 있는 모습이 여간 앙칼져 보이지 않았다.

데이지가 말했다.

"제 이름은 데이지 도브테일이에요. 엄마가 가장 좋아하는 꽃의 이름을 따서 지었어요."

"너희 엄마는 죽었어."

그런터 할머니는 이곳에 들어오는 모든 아이들에게 부모가 죽었다고 일렀다. 애들은 달리 도망칠 곳이 없어야 고분고분해지는 법이니까.

"맞아요. 우리 엄마는 죽었어요."

데이지의 가슴이 쿵쾅거렸다.

"너희 아빠도 죽었어."

그런터 할머니가 말했다.

데이지의 눈에는 이 지독한 노파가 빙글빙글 돌아가는 듯 보였다. 어제 점심 이후로 아무것도 먹지 못한 데다 프로드의 마차에서 공포에 떨며 하룻밤을 보낸 탓이었다. 그러나 데이지는 차갑고 분명한 목소리로 말했다.

"우리 아빠는 살아 있어요. 나는 데이지 도브테일이고 아빠는 슈빌에 살고 있다고요."

데이지는 아빠가 여전히 살아 있다고, 슈빌에 살고 있다고 믿어야만 했다. 그렇지 않고는 버틸 수가 없었다. 아빠가 죽었다면 세상의 빛이 모조리 사라져 버릴 테니까.

그런터 할머니가 지팡이를 올리며 말했다.

"아니, 너희 아빠는 죽었어. 너희 아빠는 틀림없이 죽었고 네 이름은 제인이야."

"내 이름은……."

데이지가 다시 입을 여는 순간, 휙 하는 소리와 함께 그런터 할머니의 지팡이가 머리로 날아왔다. 데이지는 조금 전 그 덩치 큰 소년처럼 재빨리 피했지만 지팡이가 다시 날아와 이번에는 한쪽 귀를 세게 후려쳤다. 데이지는 옆으로 나가떨어졌다.

그런터 할머니가 말했다.

"다시 해 보자. 따라 해라. 우리 아빠는 죽었고 내 이름은 제인입니다."

"싫어요."

데이지는 이렇게 소리치고는 또 지팡이가 날아올세라 그런터 할머니의 팔 밑으로 빠져나가 집 안쪽으로 내달리며 뒷문에는 빗장이 걸려 있지 않기만을 바랐다. 창백하고 겁에 질린 얼굴의 사내아이 하나와 여자아이 하나가 부엌에서 시퍼런 국물을 그릇에 퍼 담고 있었다. 부엌의 뒷문에는 현관문과 똑같이 여러 개의 사슬과 빗장이 채워져 있었다. 데이지는 뒤로 돌아 다시 복도로 내달리다가 그런터 할머니의 지팡이를 피한 뒤 위층으로 달려 올라갔다. 여위고 창백한 아이들이 청소를 하거나 낡은 이불이 덮인 침대를 정리하고 있었다. 그런터 할머니는 데이지를 따라 계단을 올라오며 쉰 목소리로 외쳤다.

"말해. 우리 아빠는 죽었고 내 이름은 제인입니다."

"우리 아빠는 살아 있고 내 이름은 데이지예요!"

데이지가 소리쳤다. 그때 천장에서 다락으로 이어지는 듯 보이는 들창문이 눈에 들어왔다. 데이지는 겁에 질린 어느 소녀의 손에서 깃털 먼지떨이를 빼앗아 들창문을 밀어 올렸다. 밧줄로 만든 사다리가 떨어지자 데이지는 그것을 타고 올라간 다음 그런터 할머니의 지팡이가 따라오지 못하도록 사다리를 다시 거두어 올리고 다락문을 닫았다. 밑에서 노파가 시끄럽게 떠들어대며 한 소년에게 데이지가 나오지 못하도록 들창문을 감시하라고 명령하는 소리가 들렸다.

나중에 데이지는 이곳의 아이들이 서로를 구분하기 위해 별명을 붙였다는 사실을 알게 된다. 지금 다락문을 감시하는 덩치 큰 소년은 조금 전 아래층에서 본 그 소년이었다. 자기보다 작은 아이들을 괴롭히는 그는 아이들 사이에서 건달 존이라고 불렸다. 그런터 할머니의 졸개로 통하는 건달 존은 데이지에게 그 다락에서 아이들이 굶어죽은 적이 있었다며 잘 찾아보면 그 아이들의 해골이 있을 거라고 소리쳤다.

그런터 할머니의 다락은 천장이 너무 낮아서 몸을 잔뜩 웅크려야 했다. 게다가 무척 지저분했지만 지붕에 난 작은 구멍으로 한 줄기 빛이 들어왔다. 데이지는 그리로 기어가 눈을 대 보았다. 여로보암의 도시 풍경이 보였다. 설탕처럼 새하얀 건물이 가득한 슈빌과는 달리 이곳은 진회색의 돌로 이뤄진 도시였다. 저 아래 거리에서 사내 두 명이 비틀비틀 걸어가며 술꾼들이 즐겨 부르는 노래를 우렁차게 불러 댔다.

"한 병 마시면 이카보그는 새빨간 거짓말

한 병 더 마시니 그놈의 한숨 소리가 들리고

또 한 병 더 마시니 그놈이 살금살금 지나가네.

이카보그가 오고 있다네, 죽기 전에 진탕 마셔 보세!"

데이지는 한 시간쯤 그 구멍에 눈을 대고 있었다. 그러고 나자 그런터 할머니가 와서 지팡이로 들창문을 쾅쾅 두드렸다.

"네 이름이 뭐냐?"

"데이지 도브테일!"

데이지가 큰 소리로 외쳤다.

그 뒤 한 시간 간격으로 같은 질문이 돌아왔지만 대답은 늘 똑같았다.

그러나 시간이 갈수록 데이지는 배가 고파 어지러워지기 시작했다. "데이지 도브테일!" 하는 외침 소리도 갈수록 작아졌다. 마침내 다락의 구멍으로 날이 어두워지는 것이 보였다. 갈증이 심해지자 결국 데이지는 현실을 받아들일 수밖에 없었다. 제인이라는 이름을 계속 거부했다가는 건달 존이 아이들을 겁주려고 들먹이는 해골이 되어 버릴지도 모를 일이었다.

그런터 할머니가 다시 와서 지팡이로 들창문을 두드리며 이름이 뭐냐고 묻자 데이지는 결국 "제인"이라고 대답했다.

"네 아빠는 살아 있냐?"

그런터 할머니가 물었다.

데이지는 손가락 두 개를 꼬아 행운을 빌며 대꾸했다.

"아뇨."

"좋아."

그런터 할머니는 들창문을 당겨 열고 밧줄 사다리를 떨어뜨렸다.

"내려와라, 제인."

데이지가 내려와 옆에 서자 노파는 데이지의 귀를 후려쳤다.

"고약하고 더러운 거짓말쟁이는 한 대 맞아야지. 가서 수프 한 그릇 마시고 설거지 해 놓고 자라."

데이지는 지금껏 어디서도 먹어 본 적 없는 역겨운 양배추 수프를 작은 그릇에 담아 마신 뒤 그런터 할머니가 커다란 통에 담아 둔, 기름이 둥둥 떠다니는 설거지물에 그릇을 씻고 다시 위층으로 올라갔다. 소녀들의 방에 빈 매트리스 하나가 남아 있었다. 다른 소녀들이 모두 지켜보는 가운데 데이지는 옷을 그대로 입은 채 그 안으로 들어가 이불을 뒤집어썼다. 방이 너무도 추웠다.

또래처럼 보이는 여윈 얼굴의 소녀가 따뜻한 파란색 눈으로 데이지를 바라보고 있었다.

"다른 애들보다 훨씬 더 오래 버텼네."

소녀가 속삭였다. 데이지는 처음 들어 보는 억양이었다. 나중에 데이지는 이 소녀가 습지대에서 왔다는 사실을 알게 된다.

"네 이름은 뭐야? 진짜 이름 말이야."

데이지가 속삭여 물었다.

소녀는 물망초 색의 커다란 눈으로 데이지를 바라보았다.

"여기선 말하면 안 돼."

"아무한테도 말하지 않을게."

데이지가 속삭였다.

소녀는 한동안 데이지를 빤히 바라보았다. 데이지가 결국 포기하려는 찰나, 소녀가 입을 열고 속삭였다.

"마사."

"만나서 반가워, 마사. 나는 데이지 도브테일이고 우리 아빠는 아직 살아 계셔."

데이지가 속삭였다.

29장
걱정하는 비미시 부인

한편, 슈빌에서는 스피틀워스가 도브테일 가족이 한밤중에 짐을 싸서 이웃 나라 플루리타니아로 떠났다는 소식을 퍼트리기 시작했다. 데이지의 학교 선생님은 반 아이들에게 소식을 전했고 하인 캔커비는 궁전에서 일하는 사람들 모두에게 이를 알렸다.

그날 학교를 마치고 집으로 돌아온 버트는 침대에 누워 천장을 바라보았다. 통통했던 어린 시절, 아이들이 "뚱버트"라고 놀릴 때마다 데이지가 혼쭐을 내주던 일이 떠올랐다. 오래전 궁전 안뜰에서 싸운 일, 데이지의 생일에 그가 실수로 '천국의 희망'을 내팽개쳤을 때 데이지의 표정이 어떻게 변했는지도 떠올려 보았다.

요즘 버트는 쉬는 시간이면 로더릭 로치와 함께 시간을 보냈다. 처음에는 그 애와 친해져서 좋았다. 늘 못살게 굴던 로더릭이 더 이상 괴롭히지 않으니까. 하지만 솔직히 말하면 버트는 로더릭과 함께 노는 것이 그리 즐겁지 않았다. 그 애와 함께 있으면 떠돌이 개들을 새총으로 쏘거나 살아 있는 개구리를 잡아 여자애들의 가방에 숨겨 놓는 장난을 쳐야 했다. 데이지와 함께 놀던 시절을 돌아보니 여러 가지 생각이 밀려들었다. 로더릭과 함께 하루를 보낸 뒤 집에 오면 하루 종일 억지로 웃은 탓에 얼굴이 아팠다는 사실이 떠올랐다. 데이지와 다시 예전처럼 지내려고 노력하지 않은 것도 후회가 되었다. 하지만 이젠 너무 늦었다. 데이지는 영원히 가 버렸다. 플루리타니아로.

버트가 침대에 누워 있는 사이, 비미시 부인은 홀로 부엌에 앉아 있었다. 아들만큼이나 마음이 착잡했다.

그녀는 주방 하녀에게 도브테일이 이카보그의 존재를 믿지 않는다 했다고 털어놓은 뒤 줄곧 후회에 시달렸다. 남편이 말에서 떨어졌을지도 모른다는 얘기를 듣고 너무 화가 나서 생각 없이 지껄여 댔는데, 말해 놓고 보니 퍼뜩 정신이 들었다. 그가 반역죄를 지었다고 밀고한 셈이었다. 이미 내뱉은 말을 주워 담을 수도 없었다. 친구가 곤란한 상황에 빠질까 봐 걱정이 된 그녀는 주방 하녀 메이블에게 못 들은 척해 달라고 사정했고 메이블은 그러겠다고 했다.

그제야 안도하며 한 판 가득 구운 '아가씨의 꿈'을 화덕에서 꺼내려고 돌아서는 순간, 구석에 숨어 있는 하인 캔커비가 눈에 들어왔다. 궁전에서 일하는 사람들은 누구나 캔커비가 고자질쟁이에다 밀고자라는 사실을 알고 있었다. 그는 소리 없이 방에 들어가거나 아무도 모르게 열쇠구멍을 들여다보는 재주가 있었다. 하지만 비미시 부인은 차마 그에게 언제부터 거기 서 있었냐고 묻지 못했다. 그런데 식탁 앞에 홀로 앉아 있는 지금 끔찍한 두려움이 밀려와 가슴이 답답해졌다. 혹시 캔커비가 도브테일이 반역죄를 저질렀다고 스피틀워스 경에게 일러바친 것은 아닐까? 도브테일은 플루리타니아가 아니라 감옥으로 간 것이 아닐까?

생각하면 할수록 걱정이 되었다. 결국 비미시 부인은 버트에게 저녁 산책을 다녀오겠다고 하고 서둘러 집을 나섰다.

아직도 거리에서 뛰어 노는 아이들이 있어 그녀는 이리저리 피해 가며 성문과 묘지 사이에 있는 작은 집에 이르렀다. 창문들은 컴컴했고 목공소는 잠겨 있었다. 그러나 현관문을 살짝 밀어 보니 스르르 열렸다.

가구들뿐 아니라 벽에 걸려 있던 그림들까지 모조리 사라지고 없었다. 비미시 부인은 천천히 긴 안도의 한숨을 내뱉었다. 만약 도브테일이 감옥에 끌려간 거라면 가구까지 모조리 가져갔을 리가 없다. 정말 그가 스스로 짐을 싸서 데이지를 데리고 플루리타니아로 가 버린 듯했다. 비미시 부인은 조금 가벼워진 마음으로 다시 성안을 가로질러 집으로 걸어가기 시작했다.

저 앞에서 어린 여자아이들이 노래를 부르며 줄넘기를 하고 있었다. 요즘 왕국 곳곳의 놀이터에서 흔하게 들을 수 있는 노래였다.

"이카보그, 이카보그, 멈춰 서면 잡혀.

이카보그, 이카보그, 죽자사자 뛰어.

돌아보지 마, 토할지도 몰라.

이카보그가 잡아먹은 건 비……."

친구를 위해 줄을 돌려주던 두 소녀 중 하나가 비미시 부인을 발견하고 꽥 소리치며 줄을 놓았다. 다른 소녀들도 고개를 돌려 이 제빵사를 발견하고는 모두 얼굴이 빨갛게 달아올랐다. 한 소녀가 초조하게 웃었고 또 한 소녀는 울음을 터트렸다.

"괜찮아, 얘들아. 정말 괜찮아."

비미시 부인이 애써 미소를 지으며 말했다.

아이들은 그녀가 지나가기를 조용히 기다렸다. 그녀는 다시 걸음을 옮기려다 줄넘기를 떨어뜨린 소녀를 불쑥 돌아보며 물었다.

"너 그 옷 어디서 났니?"

소녀는 새빨개진 얼굴로 자기 옷을 내려다보고는 다시 비미시 부인을 올려다보며 말했다.

"아빠가 어제 저녁에 일하고 돌아오면서 갖고 온 거예요. 제 오빠한테는 요요를 갖다주셨어요."

비미시 부인은 그 옷을 좀 더 바라보다가 천천히 돌아서서 다시 집으로 걸음을 옮겼다. 오해일 거라고 자신을 다독였지만 그녀는 분명히 기억하고 있었다. 그와 똑같은 아름다운 드레스를 입고 있던 데이지 도브테일의 모습을. 목과 소매에 데이지 꽃이 수놓인, 햇살처럼 노란 드레스. 그 애의 엄마가 살아 있던 시절, 데이지의 옷을 손수 만들어 주던 시절에 말이다.

30장
발

한 달이 흘렀다. 지하 감옥 깊숙한 곳에서는 도브테일 씨가 미친 듯이 일하고 있었다. 괴물의 발을 완성해야만 데이지를 다시 볼 수 있을 테니까. 그는 스피틀워스가 약속을 지킬 거라고, 맡은 일을 끝내기만 하면 여기서 나갈 수 있을 거라고 믿고 싶었지만, 사실 머릿속에서는 이렇게 말하는 목소리가 들렸다. '이 일을 끝내도 저들은 절대 너를 내보내 주지 않을 거야. 절대.'

도브테일 씨는 두려움을 잊기 위해 하염없이 국가를 부르기 시작했다.

"코오오르누코피아, 왕을 찬양하라,

코오오르누코피아, 소리 높여 노래를……."

다른 죄수들에게는 끝없이 되풀이되는 그의 노랫소리가 끌과 망치 소리보다도 더 거슬렸다. 이제 여윈 몸에 누더기를 걸친 굿펠로 부관이 제발 그만하라고 애원했지만 도브테일 씨는 듣지 않았다. 정신이 혼미해진 듯했다. 왕에게 충성하는 백성의 모습을 보여 주면 스피틀워스가 안심하고 풀어 줄지도 모른다는 생각이 그를 어지럽히고 있었다. 이 목수의 감방에서는 연장으로 두드리고 깎는 소리와 국가를 부르는 소리가 끊임없이 울려 퍼졌고, 그와 함

도브테일 씨는 두려움을 잊기 위해 하염없이 국가를 불렀다.
다른 죄수들에게는 그 노랫소리가 끌과 망치 소리보다 더 거슬렸다.

선세현 | 9세

께 서서히 발톱 달린 괴물의 발이 확실하게 모양을 갖춰 가기 시작했다. 사람이 말을 타고 그 발을 내리 눌러 무른 땅에 깊은 발자국을 낼 수 있도록 위쪽에 긴 자루도 만들었다.

그렇게 해서 마침내 괴물의 발이 완성되자 스피틀워스와 플래푼, 로치 대장이 그것을 점검하러 지하 감옥으로 내려왔다.

스피틀워스가 여러 각도에서 꼼꼼히 살펴보며 느릿느릿 말했다.

"좋군. 아주 좋아. 자네가 보기엔 어떤가, 로치?"

"이 정도면 훌륭한 것 같습니다."

로치 대장이 대답했다.

"아주 잘했어, 도브테일. 교도관에게 오늘 저녁은 특별히 많이 주라고 얘기하지."

스피틀워스가 이 목수에게 말했다.

"하지만 완성하면 풀어 준다고 하셨잖아요."

도브테일은 지치고 창백한 모습으로 무릎을 꿇으며 말을 이었다.

"제발 부탁입니다. 딸에게 가 봐야 해요……. 부탁이에요."

도브테일 씨는 스피틀워스 경의 깡마른 손을 잡으려 했지만 스피틀워스는 뿌리쳤다.

"손대지 마, 이 반역자. 죽이지 않은 것만 해도 고맙게 생각해야지. 하지만 아직도 죽일 수는 있어. 이 발이 제대로 찍히지 않는다면 말이야. 그러니까 내 계획이 성공하기를 기도하는 게 좋을 거야."

31장

어느 정육업자의 실종

그날 밤 로치 대장이 이끄는 기마대가 검은 옷을 입고 어둠에 몸을 숨긴 채 슈빌을 나섰다. 그들이 호위하는 짐마차에는 비늘과 길고 날카로운 발톱이 새겨진 거대한 목각 발이 커다란 포대 천에 감춰진 채 실려 있었다.

마침내 그들은 바론스타운 외곽에 이르렀다. 이카보그 수비대원들 가운데 스피틀워스가 선발한 이 기마대 병사들은 조용히 말에서 내려와 발굽 소리와 발자국을 감추기 위해 말발굽들을 포대로 감쌌다. 그런 다음 짐마차에서 커다란 발을 내리고 다시 말에 올라타 그 발을 함께 들고 정육업자 터비 텐더로인이 아내와 함께 살고 있는 집으로 향했다. 다행히 그 집은 이웃집들과 외따로 떨어져 있었다.

병사들 몇 명은 말을 묶어 놓은 뒤 살금살금 터비의 집 뒷문으로 다가가 몰래 들어갔고 그 사이 다른 병사들은 뒷문 주위의 진흙 밭에 커다란 발을 내리눌러 자국을 냈다.

불과 5분 만에 병사들은 자식이 없는 터비 부부를 끈으로 묶고 입에 재갈을 물려 집에서 끌고 나와 짐마차에 실었다. 이쯤에서 미리 얘기해 주는 편이 좋을 것 같다. 머지않아 터비와 그의 아내는 프로드 병사가 처음에 데이지를 처리하려고 했던 방식으로 목숨을 잃고 숲에 묻히고 만다. 스피틀워스는 쓸모 있는 사람들만 살려 두었다. 도브테일 씨는 이카보그 발이 망가지면 그것을 고치는 데 필요한 사람이었고, 굿펠로 부관과 그의 친구들은 나중에 필요할 경우 다시 끌어내 이카보그에게서 도망쳤다는 거짓말을 되풀이하게 해야 했다. 하지만 소시지를 만드는 이 반역자는 아무 데도 써먹을 데가 없었으므로 그냥 죽이라고 명령했다. 스피틀워스는 관심도 없었을 테지만, 어쨌든 가엾은 텐더로인 부인은 친구들의 아이들을 돌봐 주고 지역 성가대에서 노래를 부르기도 했던, 아주 자상한 여인이었다.

텐더로인 부부가 끌려 나가자 남아 있던 병사들은 집 안으로 들어가 커다란 짐승이 쳐들어 왔던 것처럼 가구들을 부수었고, 다른 병사들은 뒤쪽 울타리를 무너뜨린 뒤 먹이 사냥을 온 괴물이 닭들을 공격한 것처럼 보이도록 터비의 닭장 주위 무른 땅에도 커다란 발자국을 냈다. 한 병사는 터비가 닭들을 보호하려 달려 나온 것처럼 보이도록 양말과 군화를 벗은 채 맨발로 부드러운 땅에 자기 발자국을 남기기도 했다. 그러곤 마지막으로 암탉 한 마리의 머리를 잘라 피와 깃털들을 사방으로 흩트려 놓고 남은 닭들이 달아나도록 닭장의 옆 벽을 부수었다.

이윽고 병사들은 괴물이 단단한 땅으로 도망친 듯 보이도록 터비의 집 앞 진흙 밭에 커다란 발자국을 여러 번 더 찍은 뒤 곧 살해될 정육업자 부부가 실려 있는 짐마차에 도브테일 씨의 조각품도 함께 싣고 다시 말에 올라 어둠 속으로 사라졌다.

32장
계획의 허점

이튿날 아침 텐더로인 부부의 이웃들은 닭들이 길거리로 도망쳐 나온 모습을 보고 이 사실을 알려 주기 위해 황급히 터비에게로 달려갔다. 그들이 현장을 보고 얼마나 기겁했을까? 커다란 발자국과 피, 깃털 따위가 사방에 흩어져 있고 뒷문은 부서졌으며 부부는 흔적도 없이 사라졌으니 말이다.

한 시간도 안 되어 수많은 사람들이 터비의 집으로 몰려와 괴물의 발자국과 부서진 문, 망가진 가구들을 살펴보았다. 모두가 공포에 휩싸였고 두세 시간 뒤에는 이카보그가 바론스타운의 정육업자를 습격했다는 소식이 동서남북으로 퍼져 나갔다. 도시의 관원들이 광장에서 종을 울려 댔다. 이틀 뒤면 이카보그가 밤사이 남쪽으로 내려와 사람 두 명을 채 갔다는 사실이 습지대 주민들을 제외하곤 전국의 모든 이들에게 퍼져 나갈 판이었다.

바론스타운에 있던 스피틀워스의 첩자는 하루 종일 인파 속에 섞여 사람들의 반응을 살핀 다음 주인에게 계획이 멋지게 성공했다는 소식을 전했다. 그러나 초저녁, 소시지롤과 맥주로 축배를 들기 위해 술집으로 가려던 첩자는 한 무리의 사내들이 커다란 이카보그 발자국 하나를 살피며 저희끼리 수군거리는 광경을 보았다. 첩자는 그리로 살금살금 다가가 그들에게 물었다.

"오싹하지 않습니까? 이 발 크기 좀 보세요! 발톱은 또 얼마나 긴지!"

그러자 터비의 이웃 한 명이 허리를 펴고 인상을 쓰며 말했다.

"한 발로 뛰는 모양이에요."

"네?"

첩자가 되묻자 그 이웃이 다시 말했다.

"한 발로 뛴다고요. 보세요. 전부 다 왼쪽 발자국이잖아요. 이카보그가 한 발로 뛰는 게 아니라면……."

사내는 입을 다물었지만 그의 표정이 심상치 않았다. 술집으로 가려던 첩자는 다시 말에 올라타고 궁전으로 향했다.

스피틀워스와 플래푼은 그들의 계획이 위험에 처했다는 사실도 모르고 평소처럼 밤늦게까지 왕과 함께 호화로운 저녁 식사를 즐기고 있었다. 이카보그가 바론스타운을 습격했다는 소식에 프레드 왕은 더없이 놀랐다. 이제 그 괴물이 그 어느 때보다도 더 궁전에 가까이 왔다는 뜻이 아닌가.

"오싹한 일이지요."

플래푼이 블랙푸딩 하나를 통째로 집어 자기 접시에 가져다 놓으며 말했다.

"정말 충격적인 일입니다."

스피틀워스는 꿩고기를 얇게 썰며 거들었다.

"참으로 이해할 수 없는 건 그놈이 어떻게 봉쇄를 뚫고 나왔느냐는 거야!"

프레드 왕이 불안한 목소리로 말했다.

그도 그럴 것이 이카보그 수비대가 늪의 가장자리에 진을 치고 24시간 그 괴물이 빠져나오지 못하게 막고 있다고 하지 않았는가? 스피틀워스는 프레드가 이렇게 나올 줄 알고 미리 변명을 준비해 놓았다.

"말씀드리기 송구하지만 병사 두 명이 보초를 서다 잠이 들었답니다, 페

하. 그들도 느닷없이 습격을 당해 이카보그에게 통째로 잡아먹혔습니다."

"아이고, 맙소사!"

프레드는 기겁했지만 스피틀워스는 계속 설명을 이어갔다.

"그러다 보니 봉쇄망이 뚫렸고 이 괴물은 그 길로 빠져나가 남쪽으로 향했지요. 고기 냄새를 맡고 바론스타운으로 간 것 같습니다. 놈은 바론스타운에서 닭 몇 마리와 정육업자 부부를 먹어 치웠답니다."

"끔찍해, 끔찍해."

프레드는 몸서리를 치며 접시를 밀어 놓았다.

"그러곤 다시 늪으로 돌아갔겠지?"

스피틀워스가 다시 입을 열었다.

"추적자들 말로는 그렇다고 합니다만, 이제 바론스타운 소시지를 가득 머금은 정육업자까지 맛보았으니 다시 수비대의 봉쇄망을 뚫고 나오려 할 겁니다. 대비를 해야지요. 아무래도 그곳을 지키는 병사들의 수를 두 배로 늘려야 할 것 같습니다, 폐하. 안타깝지만 그러려면 이카보그 세금을 두 배로 늘려야 하지요."

다행히 프레드는 스피틀워스를 보고 있느라 플래푼이 히죽 웃는 모습을 보지 못했다.

"그래…… 그렇긴 하겠지."

왕은 이렇게 대꾸하고는 자리에서 일어나 안절부절못하며 실내를 이리저리 돌아다니기 시작했다. 파란 단추들이 달린 그의 하늘빛 실크 의상이 등불을 받아 아름답게 빛났다. 잠시 걸음을 멈추고 거울에 비친 자신의 모습을 감상하는 프레드의 얼굴에 먹구름이 드리워졌다.

"스피틀워스, 백성들은 여전히 날 좋아하고 있지?"

파란 단추들이 달린 프레드의 하늘빛 실크 의상이 아름답게 빛났다.
그는 걸음을 멈추고 거울에 비친 자기 모습을 바라보았다.

김도연 ｜ 12세

왕이 묻자 스피틀워스는 숨을 들이켜며 말했다.

"어찌 그런 걸 물어보십니까, 폐하? 폐하께서는 코르누코피아 역사를 통틀어 백성들에게 가장 사랑받는 왕이십니다!"

"그게…… 어제 말을 타고 사냥에서 돌아오는데 백성들이 나를 보고 평소처럼 기뻐하지 않는 것 같더라고. 환호성도 거의 없었고 깃발도 하나뿐이었거든."

프레드가 말했다.

"어디 사는 누가 그랬는지 말씀해 보십시오."

입에 블랙푸딩을 잔뜩 넣은 플래푼이 우물거리며 연필을 찾으려 주머니를 뒤적거렸다.

"어디 사는 누구인지는 몰라, 플래푼."

프레드 왕은 이제 커튼에 달린 술을 만지작거리며 말을 이었다.

"그냥 지나가는 사람들이었거든. 그래도 속상했어. 그리고 궁전으로 돌아왔더니 탄원의 날이 취소되었다고 하더군."

그러자 스피틀워스가 입을 열었다.

"아, 그랬지요. 안 그래도 제가 폐하께 설명드리려고……"

"필요 없어. 에슬란다 양한테서 이미 다 들었어."

프레드가 말했다.

"네?"

스피틀워스가 되물으며 플래푼을 노려보았다. 그렇지 않아도 에슬란다 아가씨가 왕에게 무슨 이야기를 할지 몰라서 플래푼에게 그녀가 왕 근처에 가지 못하게 하라고 단단히 일러 둔 터였다. 플래푼은 얼굴을 찌푸리며 어깨를 으쓱했다. 그도 그럴 것이, 플래푼의 입장에서는 하루 종일 한순간도 빼놓지 않고 왕의 곁을 지킬 수는 없는 노릇이었다. 하다못해 가끔 화장실에라도 가야 하니까.

"사람들이 이카보그 세금이 너무 높다며 불평한다고 에슬란다 양이 그러더군. 북쪽의 그 늪을 아무도 지키지 않는다는 소문도 돈다던데!"

"터무니없는 소리입니다."

스피틀워스가 말했다. 그러나 실제로 북쪽을 지키는 부대는 없었고 이카보그 세금에 대해 불만이 끊이지 않는 것도 사실이었다. 그 때문에 탄원의 날을 취소한 것이었다. 프레드가 인기를 잃어 가고 있다는 사실을 알게 될까 봐서 말이다. 멍청한 왕은 자기 인기가 떨어진다는 것을 알면 세금을 낮춰야 한다고 생각할 테고 어쩌면 사람들을 보내 북쪽을 지킨다는 가상의 수비대를 조사하라고 지시할지도 모를 일이었다.

"수비대는 두 연대로 나뉘어 교대로 근무를 합니다."

스피틀워스는 지금이라도 그 늪에 병사 몇 명을 배치해 꼬치꼬치 따지려 드는 참견쟁이들의 입을 막아야겠다고 생각하며 말을 이었다.

"멍청한 늪지대 사람들이 연대 하나가 근무를 마치고 떠나는 광경을 보고 아무도 지키지 않는다고 생각한 모양입니다……. 그럼 이카보그 세금을 세 배로 늘리면 어떨까요, 폐하?"

스피틀워스가 물었다. 불평분자들은 마땅히 그 대가를 치러야 하는 법이니까.

"어쨌든 그 괴물이 간밤에 봉쇄망을 뚫고 나왔잖습니까! 세금을 올리면 늪지대를 지키는 병사들이 부족하지 않을 테고 그러면 모두에게 좋은 일이지요."

프레드 왕은 편치 않은 목소리로 대꾸했다.

"그래, 아무래도 그래야 할 것 같군. 그 괴물이 하룻밤 사이에 사람 네 명과 닭 몇 마리를 죽일 수 있다면……."

그때 하인 캔커비가 식당으로 들어왔다. 그는 깊이 고개 숙여 인사한 뒤 바론스타운의 첩자가 이 소시지의 도시에서 급한 소식을 갖고 왔다고 스피틀워스에게 속삭였다.

스피틀워스는 태연하게 말했다.

"폐하, 저는 이만 일어나 봐야 할 것 같습니다. 걱정하실 것 없습니다! 별일 아닙니다. 제 말 한 마리가 말썽이라고 하네요."

34장

추가로 제작되는 세 개의 발

 "별일 아니기만 해 봐."

5분 뒤 스피틀워스는 첩자가 기다리고 있는 블루 팔러로 들어가며 딱딱거렸다.

"수석 고문관님…… 사람들이…… 이 괴물이…… 한 발로 뛰어다닌다고…… 합니다."

첩자가 숨을 헐떡이며 말했다.

"뭐라 한다고?"

"한 발로…… 한 발로 뛴다고 합니다!"

첩자는 숨 찬 목소리로 말을 이었다.

"발자국들이 전부…… 전부 다 왼쪽 발자국…… 이라는 걸 알아챘습니다!"

스피틀워스는 말문이 막혔다. 일반 백성들이 그런 것까지 알아챌 만큼 영리한 줄은 미처 몰랐다. 사실, 그는 평생 자기 말을 포함해 살아 있는 생명체를 한 번도 돌본 적이 없었던 탓에 한 짐승이 한 가지 발자국만 남기지는 않는다는 생각을 미처 하지 못했다.

"내가 그런 것까지 다 생각해야 하나?"

스피틀워스는 호통 치며 쿵쾅쿵쾅 블루 팔러를 나가 근위병실로 향했다. 로치 대장이 친구들과 포도주를 마시며 카드놀이를 하고 있었다. 로치가 그를 보고 벌떡 일어나자 스피틀워스는 밖으로 나오라고 손짓했다.

그러곤 낮은 목소리로 말했다.

"당장 이카보그 수비대를 집합시켜, 로치. 그리고 북쪽으로 올라가되, 최대한 요란하게 올라가. 슈빌에서부터 여로보암에 이르기까지 모든 백성들이 수비대가 지나가는 걸 볼 수 있게 말이야. 도착하면 흩어져서 늪 곳곳에 보초를 세우고."

"하지만……."

로치 대장은 궁전에서 편하고 풍족하게 사는 데 익숙해져 있었다. 기껏해야 가끔 제복을 차려입고 말에 올라 슈빌을 돌아다닐 뿐이었다.

스피틀워스가 소리쳤다.

"'하지만'은 무슨. 빨리 움직여! 북쪽 늪지대를 아무도 지키지 않는다는 소문이 돌고 있어! 어서 가. 가면서 동네방네 사람들을 깨우는 거 잊지 말고. 나한테 두 사람만 남겨 줘. 딱 두 명이면 돼. 따로 시킬 일이 있거든."

결국 로치는 툴툴거리며 수비대를 모으기 위해 달려 나갔고 스피틀워스는 혼자 지하 감옥으로 내려갔다.

여전히 국가를 부르고 있는 도브테일의 목소리가 그를 맞이했다.

"조용히 해!"

스피틀워스가 큰 소리로 외치며 칼을 뽑아들고 교도관에게 도브테일의 감방 문을 열라고 손짓했다.

도브테일은 지난번에 만났을 때와는 사뭇 달라 보였다. 이 감옥에서 풀려

나 데이지에게 갈 수 없다는 사실을 알고부터 눈빛이 험악하게 변했다. 물론, 몇 주째 면도 하지 못했고 머리카락도 길게 자랐다.

"조용히 하라니까!"

스피틀워스가 다시 소리쳤다. 이 목수는 스스로도 멈출 수 없는 듯 여전히 국가를 흥얼거리고 있었다.

"발을 세 개 더 만들어. 내 말 들리나? 왼발 하나 더 그리고 오른발 두 개. 알아들었나, 목수 양반?"

도브테일 씨는 노래를 멈추고 쉰 목소리로 물었다.

"그럼 제 딸한테 돌아갈 수 있는 겁니까?"

스피틀워스는 빙긋 웃었다. 그가 보기에 이 사내는 서서히 미쳐 가고 있는 게 분명했다. 그렇지 않고서야 이카보그 발 세 개를 더 만들면 여기서 나가게 될 거라고 생각할 리가 없었다.

스피틀워스가 말했다.

"그야 물론이지. 내일 아침 일찍 나무를 보내 줄 테니 열심히 해 봐, 목수 양반. 다 완성하면 딸을 만나게 해 줄 테니까."

스피틀워스가 지하 감옥에서 나오자 부탁한 대로 병사 두 명이 그를 기다리고 있었다. 스피틀워스는 두 사람을 데리고 자기 방으로 올라가 하인 캔커비가 염탐하지 않는지 확인한 뒤 문을 잠그고 지시를 내리기 시작했다.

"일을 제대로 하면 금화 50닢씩을 주겠다."

그의 말에 병사들은 기뻐했다.

"아침, 점심, 저녁으로 에슬란다 아가씨를 따라다녀. 알아들었나? 다만 절대 눈치채지 못하게 해야 해. 혼자 남을 때까지 기다렸다가 아무도 모르게 납치해. 만약 에슬란다가 도망치거나 너희들의 정체가 드러나면 나는 이 일에 대해 전혀 모르는 척할 거야. 그리고 너희들은 사형에 처해진다."

"납치한 다음에는 어떻게 할까요?"

한 병사가 물었다. 그는 이제 기뻐하기보다는 겁에 질린 듯 보였다.

"흠."

스피틀워스는 고개를 돌려 창밖을 내다보며 에슬란다를 어떻게 하면 좋을까 궁리했다.

"귀족 여인은 정육업자와는 다르지. 이카보그가 궁전까지 들어와서 그 여자를 잡아먹었다고 할 수는 없고…… 그래, 그럴 수는 없지."

스피틀워스의 교활한 얼굴에 천천히 미소가 번졌다.

"그 여자를 내 시골 영지로 데려가는 게 좋겠어. 도착해서 나한테 소식을 전하면 내가 가겠네."

35장
스피틀워스 경의 청혼

며칠 뒤 에슬란다 아가씨는 홀로 궁전의 장미 정원을 거닐고 있었다. 덤불 속에 숨어 있던 두 병사에게는 더없이 좋은 기회였다. 그들은 그녀를 붙잡아 입에 재갈을 물리고 두 손을 묶어 시골에 있는 스피틀워스의 영지로 데려갔다. 그런 다음 스피틀워스에게 전갈을 보내고 그가 오기를 기다렸다.

스피틀워스는 즉시 에슬란다 아가씨의 하녀인 밀리센트를 불렀다. 그러곤 여동생을 죽이겠다고 협박하며 에슬란다 아가씨의 친구들에게 그녀가 수녀가 되기로 했다는 소식을 전하게 했다.

에슬란다 아가씨의 친구들은 모두 그 소식을 듣고 충격에 빠졌다. 그도 그럴 것이, 에슬란다는 누구에게도 수녀가 되고 싶다고 말한 적이 없었다. 그중 몇 사람은 에슬란다의 실종이 스피틀워스 경과 연관되지 않았을까 의심하기도 했다. 그러나 슬프게도 이제 스피틀워스는 모두가 두려워하는 대상이었으므로 에슬란다의 친구들은 저희끼리 수군거릴 뿐 에슬란다를 찾으려 나서지도, 스피틀워스에게 캐묻지도 않았다. 그보다 더 안타까운 일은 아무도 밀리센트를 도우려 하지 않았다는 것이다. 밀리센트는 성안을 빠져나가려다 위병

에슬란다 아가씨는 홀로 궁전의 장미 정원을 거닐고 있었다.
덤불 속에 숨어 있던 두 병사에게는 더없이 좋은 기회였다.

윤은채 ┃ 8세

들에게 붙잡혀 지하 감옥에 갇히고 말았다.

자신의 영지로 떠난 스피틀워스는 다음 날 저녁 늦게야 도착했다. 그는 에슬란다를 납치한 두 병사에게 금화 50닢씩을 주며 이 일에 대해 발설하면 사형을 당할 거라고 다시 한번 주의를 준 뒤, 거울을 보며 가느다란 콧수염을 매만지고 에슬란다 아가씨에게로 갔다. 그녀는 먼지가 뽀얗게 쌓인 서재에 앉아 촛불을 켜 놓고 책을 읽고 있었다.

"안녕하세요, 아가씨."

스피틀워스는 고개 숙여 인사하며 말했다.

에슬란다 아가씨는 말없이 그를 보았다.

스피틀워스는 빙긋 웃으며 다시 입을 열었다.

"좋은 소식을 가져왔습니다. 아가씨는 이제 수석 고문의 아내가 될 것입니다."

"차라리 죽어 버리겠어요."

에슬란다 아가씨는 유쾌하게 말하고는 책장을 넘기며 계속 책을 읽었다.

"자자, 보시다시피 내 집에는 여자의 세심한 손길이 필요합니다. 궁전에서 치즈장이의 아들 때문에 슬퍼하기보다는 여기서 쓸모 있는 일을 하는 편이 훨씬 더 행복하겠지요. 어쨌든 그 치즈장이 아들은 머지않아 굶어죽을 텐데요."

에슬란다 아가씨는 이미 스피틀워스가 굿펠로 부관을 들먹일 거라고 예상한 터라, 이 춥고 더러운 집에 도착한 뒤로 줄곧 이 순간을 대비했다. 그래서 그녀는 얼굴을 붉히거나 눈물을 흘리지 않고 차분하게 입을 열었다.

"굿펠로 부관에 대한 마음은 이미 오래전에 접었어요, 스피틀워스 경. 반역죄를 인정할 때부터 정나미가 떨어지더라고요. 난 반역자는 절대 사랑할 수 없답니다. 그래서 경도 사랑할 수 없는 거예요."

그녀가 너무도 조리 있게 설명한 탓에 스피틀워스는 조금도 의심하지 않았다. 그는 다른 방법을 써 보기로 하고 자신과 결혼하지 않으면 그녀의 부모를 죽이겠다고 으름장을 놓았다. 그러나 에슬란다 아가씨는 자신도 굿펠로 부관처럼 고아라는 사실을 일깨워 주었다. 스피틀워스는 그럼 어머니가 남긴 보석을 모조리 빼앗겠다고 했지만 그녀는 그저 어깨를 으쓱하며 어차피 자신은 책을 더 좋아한다고 했다. 마지막으로 그녀를 죽이겠다고 협박하자 에슬란다 아가씨는 마음대로 하라고, 그의 말을 듣고 있느니 차라리 죽는 편이 낫겠다고 대꾸했다.

스피틀워스는 열불이 났다. 그는 무엇이든 제멋대로 하는 데 익숙해져 있었는데, 마음대로 되지 않는 일이 생기자 그것을 원하는 마음이 더욱 간절해졌다. 결국 그는 그렇게 책이 좋다면 이 서재에 영원히 가둬 주겠다고 했다. 창문마다 창살을 달고 하루 세 번 집사인 스크럼블이 먹을 것을 방으로 가져다주게 할 테니 화장실에 갈 때를 빼고는 이 방에서 나갈 수 없다고 으름장을 놓았다. 그러니까, 그녀가 그와 결혼하지 않겠다면 말이다.

그러자 에슬란다 아가씨가 차분하게 말했다.

"그럼 이 방에서 죽을게요. 아니, 어쩌면 화장실에서 죽을지도 모르겠네요."

그녀가 더는 아무 말도 하지 않자 수석 고문은 머리끝까지 화가 치밀어 방을 나갔다.

36장

굶주리는 코르누코피아

 1년이 가고…… 2년…… 3년, 4년, 5년이 흘렀다.

마법처럼 비옥한 토양, 치즈와 포도주와 케이크의 명인들, 행복하게 살아가는 백성들로 한때는 이웃 나라들의 부러움을 샀던 작은 왕국 코르누코피아는 몰라보게 달라졌다.

물론, 슈빌 사람들은 예전과 비슷하게 살아가고 있었다. 스피틀워스는 왕이 변화를 눈치채지 못하게 하려고 수도인 슈빌, 그중에서도 특히 성안 지역에 금화를 쏟아 부으며 모든 것이 예전처럼 돌아가도록 공을 들였다. 그러나 북부의 도시들은 어려움에 시달리고 있었다. 상점과 술집, 대장간, 수레바퀴 제작소, 농장, 포도원 할 것 없이 갈수록 많은 사업체와 가게 들이 문을 닫았다. 많은 이들이 이카보그 세금으로 가난해진 데다 그것도 모자라 이카보그의 습격을 받을까 봐 두려움에 떨어야 했다. 이카보그가 실제로 있는지는 알수 없었지만 어쨌든 문을 부수고 집과 농장 주위에 커다란 발자국을 남겨 놓는 존재는 분명 있었다.

대개는 이런 습격이 정말 이카보그의 소행일까 하고 의심의 목소리를 내는 사람들이 검은발 부대의 표적이 되었다. 의심하는 자들을 한밤중에 살해하고 집 주위에 발자국을 남겨 놓는 부대를 스피틀워스와 로치는 검은발 부대라고 불렀다.

이카보그의 존재를 의심하는 자가 도심에 살고 있으면 이웃들의 눈을 피해 이카보그가 습격한 것처럼 꾸미기가 어려웠다. 그런 경우에는 스피틀워스가 재판을 열고 굿펠로 부관과 그의 친구들에게 그랬던 것처럼 가족을 해치겠다고 협박해 결국 반역죄를 인정하게 만들었다.

재판의 횟수가 늘어 가자 스피틀워스는 감방을 늘리고 이를 감독해야 했다. 게다가 고아원도 늘려야 했다. 고아원은 왜 늘려야 했냐고?

첫째, 살해되거나 감옥으로 끌려가는 부모들이 많아졌기 때문이다. 게다가 이제 사람들은 자기 가족을 먹여 살리기도 빠듯해서 버려진 아이들을 도와줄 수가 없었다.

둘째, 가난한 이들이 굶어 죽었기 때문이다. 부모들은 대개 자기는 굶주려도 자식은 끝까지 먹이려 했다. 때문에 가족 중 아이들만 살아남는 경우가 많았다.

마지막 셋째, 집을 잃은 이들이 눈물을 머금고 자식들을 고아원에 맡기는 탓이었다. 그래야만 아이들에게 살 곳과 먹을 것을 마련해 줄 수 있었기 때문이다.

그나저나, 궁전의 하녀 헤티를 잊지 않았는지? 굿펠로 부관과 그 친구들이 처형당할 위험에 처했다는 사실을 에슬란다 아가씨에게 용감하게 알려준 그 하녀 말이다.

헤티는 에슬란다 아가씨가 쥐어 준 금으로 마차를 잡아타고 여로보암 근처에 있는 아버지의 포도원으로 돌아갔다. 1년 뒤 헤티는 홉킨스라는 사내와 결혼해 아들과 딸 쌍둥이를 낳았다.

그러나 홉킨스 가족에게는 이카보그 세금을 내는 일이 너무도 버거웠다. 작은 식료품점을 운영하던 그들은 결국 가게를 잃었지만 헤티의 부모님도 도와줄 수가 없었다. 그들도 포도원을 잃고 머지않아 굶어 죽었기 때문이다. 집을 잃은 헤티 부부는 아이들이 배고프다고 울어 대자 어쩔 수 없이 그런터 할머니의 고아원으로 향했다. 쌍둥이는 엄마의 품에서 떨어지며 서럽게 울었다. 문이 닫히고 빗장이 채워지자 가엾은 헤티 홉킨스와 그 남편은 그들의 아이들 못지않게 서럽게 울며 걸음을 옮겼다. 그런터 할머니가 부디 아이들을 살아 있게 해 주길 기도하며.

그런터 할머니의 고아원은 데이지 도브테일이 포대에 싸여 들어왔을 때와는 딴판이 되었다. 허름했던 움막은 백 명의 아이들을 들일 수 있는 거대한 석조 건물로 바뀌었다. 창문마다 창살이 쳐지고 문마다 자물쇠가 달렸다.

데이지는 여전히 이곳에서 지내고 있었다. 전보다 키가 훌쩍 컸고 더욱 호리호리해졌지만 납치될 때 입었던 작업복을 계속 입고 다녔다. 짧아진 소매단과 바짓단에는 천을 덧대어 길이를 늘였고 찢어진 부분은 정성스레 기워 입었다. 마사와 다른 소녀들은 양배추 포대를 잘라 옷을 만들어 입었지만 데이지는 아빠와 옛집을 떠올리게 해 주는 유일한 물건인 이 작업복을 벗고 싶지 않았다.

이곳으로 납치되어 온 지 수년이 지났지만 데이지는 여전히 아빠가 살아 있을 거라는 희망을 놓지 않았다. 영리한 데이지는 아빠가 이카보그의 존재를 믿지 않는다는 것을 오래전부터 알고 있었다. 그래서 매일 밤 잠들기 전에 달을 바라보면서 아빠도 어딘가의 감옥에서 창살이 쳐진 창문으로 저 달을 보고 있을 거라고 스스로를 달랬다.

그러다가 그런터 할머니의 고아원에 온 지 6년째 되던 해의 어느 날 밤, 데이지는 홉킨스 부부의 쌍둥이들에게 이불을 덮어 주며 곧 엄마 아빠를 다시 만날 수 있을 거라 다독여 준 뒤 마사의 옆에 누워 평소처럼 하늘에 떠 있는 연한 황금빛 원반 모양의 달을 보다가 문득 깨달았다. 자신은 이제 아빠가 살아 있다고 믿지 않는다는 사실을. 그런 희망은 새가 엎어진 둥지를 떠나 훨훨 날아가듯 자신의 가슴을 떠났다는 것을. 눈에서 눈물이 흘렀지만 아빠는 이제 더 좋은 곳으로 갔다고, 엄마가 있는 아름다운 천국으로 갔다고 자신에게 속삭였다. 부모님은 이제 이 땅에 매여 있지 않으니 어디에나 살 수 있다고, 데이지 자신의 가슴속에 살 수도 있다고, 그러니 그 안에 살아 있는 부모님의 기억을 꺼지지 않게 불꽃처럼 살려 두어야 한다고 생각하며 스스로를 위로하려 했다. 하지만 부모님을 가슴속에만 간직하기란 쉬운 일이 아니었다. 부모님의 품에 안기고픈 마음이 너무도 간절했다.

다른 많은 고아들과 달리 데이지는 부모님을 또렷이 기억하고 있었다. 그래서 부모님에게 사랑받던 시절을 떠올리며 하루하루를 버텼고, 고아원의 어린아이들을 돌봐 주며 자신이 그토록 그리워하는 엄마 아빠의 따뜻한 포옹과 사랑을 그 애들도 느끼게 해 주려고 노력했다.

하지만 데이지를 견디게 해 주는 것은 엄마 아빠의 기억만이 아니었다. 어째서인지 자신이 중요한 일을 하게 될 거라는 묘한 예감이 들었다. 자신의 삶뿐만 아니라 코르누코피아 전체의 운명을 뒤바꿀 만한 일. 그에 대해 아무에게도, 가장 친한 친구 마사에게도 얘기하지 않았지만 그런 예감이 기운을 북돋워 주었다. 어쩐지 좋은 기회가 올 거라는 확신이 들었다.

38장

스피틀워스 경의 방문

지난 몇 년 동안 코르누코피아에서 점점 더 부유해지는 몇 안 되는 사람 중 하나는 바로 그런터 할머니였다. 이 노파는 허름한 움막에 아이들과 아기들을 꾹꾹 밀어 넣다가 결국 터질 듯한 지경에 이르자 나라를 통치하는 두 귀족에게 곧 쓰러질 것 같은 집을 늘려야 하니 금화를 더 달라고 요구했다. 이제 고아원은 번창하는 업종이 되어 그런터 할머니는 최고 부자들만 먹는 값비싼 음식을 즐길 수 있었다. 그녀는 최고급 여로보암 포도주를 사는 데 금화 대부분을 쏟아 부었고, 안타깝게도 술에 취하면 몹시 잔인하게 굴었다. 그런터 할머니의 술버릇 때문에 고아원 아이들의 몸에는 늘 상처와 멍이 가득했다.

양배추 수프만 먹으며 끔찍하게 학대당하는 삶을 오래 버티지 못하는 아이들도 있었다. 그렇기에 앞문으로 굶주린 아이들이 끊임없이 쏟아져 들어오는 한편, 집 뒤쪽의 작은 공동묘지도 날이 갈수록 가득 채워졌다. 그런터 할머니는 상관하지 않았다. 어차피 하나같이 얼굴이 창백하고 파리한 고아원의 존들과 제인들은 그녀에겐 그저 돈벌이 수단에 불과했으니까.

그러나 스피틀워스가 코르누코피아를 통치한 지 7년째 되는 해에 그런터 할머니의 고아원에서 또 금화를 요구해 오자, 이 수석 고문은 노파에게 지원금을 주기 전에 직접 찾아가서 그곳을 둘러보기로 했다. 그런터 할머니는 지체 높은 귀족을 맞이하기 위해 가장 좋은 검은색 실크드레스를 입고 입에서 술 냄새가 나지 않는지 꼼꼼히 확인했다.

"참으로 가엾은 아이들이죠, 수석 고문관님?"

향기 나는 손수건을 코에 댄 채 여위고 창백한 아이들을 둘러보는 스피틀워스에게 그런터 할머니가 물었다. 그러곤 허리를 구부려 못 먹어서 배가 불룩하게 부풀어 오른 작은 습지대 아이 하나를 안아 올리며 다시 말했다.

"이제 우리가 고문관님의 도움을 얼마나 간절히 필요로 하는지 아시겠지요."

"그래요. 도움이 필요한 것 같군요."

스피틀워스가 손수건으로 코를 꽉 움켜쥐며 대꾸했다. 그는 아이들을 싫어했다. 특히 이렇게 지저분한 아이들은 질색이었다. 하지만 코르누코피아 사람들이 멍청하게도 아이들을 좋아했으므로 아이들이 너무 많이 죽는 것은 막아야 했다.

"그래요. 더 지원을 해드리리다, 그런터 여사."

스피틀워스 경은 가려고 돌아서다가 양팔에 아기를 하나씩 안고 문 옆에 서 있는 창백한 소녀를 발견했다. 소녀는 천을 덧대어 기운 작업복을 입고 있었다. 그런데 다른 아이들과는 왠지 달라 보였다. 어디선가 비슷한 사람을 본 것 같은 묘한 기분이 들었다. 게다가 다른 아이들과는 다르게 수석 고문의 긴 가운이나 그가 스스로에게 수여한, 잘랑거리는 이카보그 수비대 연대장 훈장들을 보고도 감탄하지 않는 듯했다.

"네 이름이 뭐냐?"

소녀는 천을 덧대어 기운 작업복을 입고 있었다.
그런데 다른 아이들과는 왠지 달라 보였다.

이채연 | 13세

스피틀워스는 데이지 옆에서 우뚝 걸음을 멈추고 향기 나는 손수건을 내리며 물었다.

"제인입니다. 여기서는 모두가 제인이라고 불리죠."

데이지는 대꾸하며 차갑고 진지한 눈으로 스피틀워스를 뜯어보았다. 예전에 궁전 안뜰에서 놀 때 마주쳤던 그를 기억하고 있었다. 그와 플래푼이 무서운 얼굴로 지나갈 때면 아이들은 겁에 질려 입을 다물곤 했었다.

"왜 예의를 갖춰 인사하지 않느냐? 나는 왕의 수석 고문이다."

"수석 고문이 왕은 아니잖아요."

소녀가 대꾸했다.

"쟤가 무슨 소리를 하는 거야?"

그런터 할머니가 말하며 데이지가 말썽을 일으킬까 봐 절뚝절뚝 걸어왔다. 데이지 도브테일은 고아원 아이들을 통틀어 그런터 할머니가 가장 싫어하는 아이였다. 아무리 애를 써도 도무지 이 소녀의 기를 꺾을 수가 없었다.

"무슨 얘기를 하는 거니, 못난이 제인?"

그런터 할머니가 물었다. 데이지는 조금도 못나지 않았지만 그런터 할머니는 그 애의 기를 꺾기 위해 못난이라는 별명을 붙였다.

"나한테 예의를 갖춰 인사하지 않는 이유를 설명하고 있네요."

스피틀워스가 대꾸했다. 그는 여전히 데이지의 어두운 눈을 노려보며 저 눈을 어디서 보았을까 고민하고 있었다.

그야 물론, 스피틀워스가 때마다 찾아가는 그 목수의 얼굴에서 본 눈이었다. 그러나 이제 정신이 나간 데다 하얗게 센 머리칼과 수염을 길게 늘어뜨린 도브테일 씨와 총명하고 차분해 보이는 이 소녀가 관계가 있을 거라고는 전혀 생각하지 못했다.

"못난이 제인은 원래 버르장머리가 없답니다."

그런터 할머니는 스피틀워스 경이 가자마자 데이지에게 벌을 내려야겠다고 다짐하며 말을 이었다.

"조만간 내쫓을 겁니다. 길거리에서 구걸을 해 봐야 아늑한 내 집에서 내 음식을 먹는 게 얼마나 행복한 것인지 깨닫겠죠."

그러자 데이지가 차갑고 단호한 목소리로 말했다.

"양배추 수프가 퍽이나 아쉽겠어요. 우린 여기서 그런 걸 먹거든요, 수석 고문관님. 삼시 세끼 양배추 수프만 먹어요."

"영양이 풍부한 음식이지."

스피틀워스 경이 말했다.

"하지만 가끔 특별식을 먹기도 한답니다. 고아원 케이크라고 하죠. 그게 뭔지 아세요?"

"아니."

스피틀워스는 자기도 모르게 내뱉었다. 이 소녀는 어딘지 특별했다. *뭐가 특별한 걸까?*

데이지는 어두운 눈으로 스피틀워스의 눈을 뚫어져라 바라보며 대꾸했다.

"상한 재료로 만든 케이크예요. 상한 계란, 곰팡이 핀 밀가루, 찬장에 너무 오래 처박혀 있던 쓰레기들 말예요. 이제 사람들은 우리에게 나눠 줄 음식이 없어서 자기들이 먹기 싫은 것들을 잔뜩 현관 앞에 놓고 가거든요. 가끔 아이들은 고아원 케이크를 먹고 탈이 나기도 하지만 배가 고프니까 어쩔 수 없이 먹는답니다."

스피틀워스는 이제 데이지의 이야기보다는 그 애의 말투에 집중하고 있었다. 여로보암에서 오랫동안 지냈는데도 데이지의 말투에는 여전히 슈빌의 흔적이 남아 있었다.

"넌 어디서 왔냐?"

스피틀워스가 물었다.

다른 아이들은 모두 입을 꾹 다문 채 스피틀워스와 데이지를 지켜보고 있었다. 그런터 할머니는 데이지를 싫어했지만 어린아이들은 데이지를 무척 따랐다. 그런터 할머니와 건달 존으로부터 자신들을 지켜주고 다른 아이들과 달리 절대 그들의 빵 부스러기를 몰래 빼앗아 먹지 않았기 때문이다. 게다가 데이지는 위험을 무릅쓰고 그런터 할머니의 저장고에서 몰래 빵과 치즈를 훔쳐다 주는 것으로도 유명했다. 그러다 가끔 건달 존에게 두들겨 맞기도 했다.

데이지가 대답했다.

"저는 코르누코피아에서 왔습니다. 들어보셨는지 모르겠네요. 예전에 있었던 나라인데, 그곳에선 아무도 가난이나 굶주림에 시달리지 않았죠."

"그만."

스피틀워스 경이 으르렁거리고는 그런터 할머니를 돌아보며 말했다.

"정말 그러네요. 이 아이는 여사의 보살핌을 전혀 고마워하지 않는 것 같군요. 이런 아이는 내쫓아서 저 혼자 살아 보라고 해야지요."

그런 뒤 스피틀워스 경은 휘적휘적 고아원을 나가 문을 쾅 닫았다. 그가 사라지자 그런터 할머니는 득달같이 데이지에게 지팡이를 휘둘렀지만 오랫동안 이에 단련된 데이지는 무사히 피했다. 노파는 계속 지팡이를 휘둘러 어린아이들을 휘휘 내쫓으며 발을 질질 끌고 자신의 안락한 거실로 들어가 문을 닫았다. 그 안에서 코르크 마개를 따는 소리가 들렸다.

그날 밤 마사가 데이지의 옆 침대로 들어가며 불쑥 말했다.

"있잖아, 데이지. 네가 아까 수석 고문한테 한 얘기는 틀렸어."

"어떤 부분 말이니, 마사?"

데이지가 속삭여 물었다.

"예전에는 모두가 잘 먹고 행복하게 살았다는 거. 습지대에 살았던 우리 가족은 한 번도 풍족했던 적이 없거든."

"미안해. 깜빡했어."

데이지가 조용히 대꾸했다.

"그래, 그렇겠지."

마사는 졸린 목소리로 한숨을 쉬며 덧붙였다.

"이카보그가 우리 양들을 끊임없이 훔쳐 갔거든."

데이지는 얇은 이불 속으로 꿈틀꿈틀 파고들며 몸을 데워 보려고 애썼다. 그렇게 오랫동안 함께 지냈으면서도 데이지는 여전히 이카보그 따위 없다고 마사를 설득하지 못했다. 하지만 오늘 밤엔 인간이 사악하게 눈을 번뜩이던 스피틀워스처럼 악랄한 존재라고 믿느니 차라리 정말 북쪽 습지에 괴물이 산다고 믿고 싶었다.

39장

버트와 이카보그 수비대

이제 다시 슈빌로 돌아가 볼까? 슈빌에서는 곧 중요한 사건이 벌어지려 한다.

비미시 대장의 장례식 날을 되짚어 보자. 그날 어린 버트는 집으로 돌아가 부지깽이로 이카보그 장난감을 부순 뒤, 나중에 크면 이카보그를 끝까지 쫓아가 아빠를 죽인 그 괴물에게 복수하겠다고 다짐했다.

이제 버트는 곧 열다섯 살 생일을 앞두고 있었다. '에게, 겨우 열다섯 살?' 하고 생각할 수도 있지만 그 시절에는 열다섯 살이면 군인이 될 수 있는 나이였다. 마침 버트는 이카보그 수비대를 더 모집한다는 이야기를 들었다. 그래서 어느 월요일 아침 엄마에게 아무 얘기도 하지 않고 평소처럼 작은 집을 나선 뒤, 나무 덤불로 이뤄진 정원 울타리 속에 교과서들을 숨겨 놓고 학교가 아닌 궁전으로 향했다. 이카보그 수비대에 지원할 작정이었다. 셔츠 속에는 아빠가 이카보그에게 용감히 맞선 대가로 받아 온 은 훈장을 행운의 부적 삼아 걸고 있었다.

집을 나선 지 얼마 안 되어 버트는 길 한복판에서 떠들썩하게 벌어지는 소동을 목격했다. 사람들이 우편마차 한 대를 에워싸고 있었다. 버트는 로치 대장의 예상 질문에 대한 대답을 궁리하느라 그곳을 무심코 지나쳐 갔다.

그 우편마차의 등장이 중대한 영향을 끼쳐 결국 자신을 얼마나 위험한 모험으로 끌어들일지 버트는 상상조차 할 수 없었다. 여기서 잠시, 버트를 혼자 가던 길로 보내 주고 그 마차에 대해 얘기해 주겠다.

에슬란다 아가씨가 코르누코피아 백성들이 이카보그 세금에 불만을 품고 있다고 프레드 왕에게 귀띔한 뒤로, 스피틀워스와 플래푼은 왕이 다시는 수도 밖의 소식을 듣지 못하도록 손을 썼다. 슈빌은 여전히 부유하고 활기차게 돌아가고 있었고 왕은 이제 좀처럼 슈빌 밖으로 나가지 않았다. 그래서 그는 어느 곳이나 슈빌과 다를 바 없을 거라고 생각했다. 사실, 코르누코피아의 다른 도시들은 걸인들과 문을 닫은 가게들로 넘쳐났다. 스피틀워스와 플래푼, 로치가 사람들의 금을 너무 많이 빼앗은 탓이었다. 그렇지 않아도 왕의 우편물을 모조리 검사하던 스피틀워스는 다른 지역의 소식이 왕의 귀에 조금이라도 들어갈세라 강도단에게 돈을 쥐어 주고 슈빌로 들어오는 우편물을 모조리 막으라고 지시했다. 이 사실을 아는 사람은 강도단을 고용한 로치 대장과 그들이 계획을 세울 때 근위병실 앞에 숨어서 엿듣고 있던 하인 캔커비뿐이었다.

지금까지 스피틀워스의 계획은 늘 성공적이었다. 그러나 오늘 동이 트기 직전, 이 강도단 가운데 몇몇이 일을 그르치고 말았다. 평소처럼 숨어 있다가 우편마차를 습격해 가엾은 마부를 끌어내긴 했지만, 그들이 우편물 자루를 빼내려는 찰나, 겁먹은 말들이 내달리기 시작한 것이다. 강도들이 뒤에서 총을 쏘자 말들은 더 쏜살같이 달려 곧 슈빌로 들어서고 말았다. 슈빌의 거리들을 휘젓고 다니던 말들은 결국 성안으로 들어가서야 걸음을 늦췄다. 어느 대

장장이가 간신히 고삐를 잡아 말들을 멈춰 세웠다. 이윽고 왕의 부하들은 그
토록 오랫동안 기다려 온, 북쪽 친척들의 편지를 뜯어 보기 시작했다. 그 편
지들에 대해선 나중에 좀 더 얘기하기로 하고 마침 궁전 문 앞에 다다른 버트
에게로 다시 돌아가 보자.

"이카보그 수비대에 들어가고 싶어서 왔어요."

버트가 위병에게 말하자 위병은 이름을 묻고는 잠시 기다리라고 한 다음
로치 대장에게 소식을 전하러 갔다. 그러나 근위병실 앞에서 이 병사는 잠시
머뭇거렸다. 안에서 큰 소리가 들렸기 때문이다. 그가 문을 두드리자 소란스
러운 목소리들이 금세 잠잠해졌다.

"들어와!"

로치가 거칠게 소리쳤다.

위병이 들어가 보니 안에는 세 사람이 있었다. 불같이 화가 난 로치 대장
과 줄무늬 실크 가운 차림으로 얼굴이 벌게진 채 서 있는 플래푼, 그리고 늘
그렇듯 하필 우편마차가 들어오는 시간에 맞춰 궁전으로 걸어오다가 외지의
편지들이 강도단을 뚫고 들어온 것을 알고 황급히 플래푼에게 소식을 전하
러 온 하인 캔커비였다. 플래푼은 소식을 듣자마자 강도단의 실수를 로치 대
장의 탓으로 돌리기 위해 침실에서 뛰쳐나와 근위병실로 달려 내려갔고 그로
인해 한바탕 큰소리가 났던 것이었다. 두 사람은 그런터 할머니의 고아원을
살펴보러 간 스피틀워스가 돌아와서 이 사실을 알게 됐을 때 원망의 화살을
맞게 될까 봐 전전긍긍하고 있었다.

위병이 두 사람에게 경례하며 입을 열었다.

"대장님, 밖에 버트 비미시라는 소년이 와 있습니다. 이카보그 수비대에
들어오고 싶답니다."

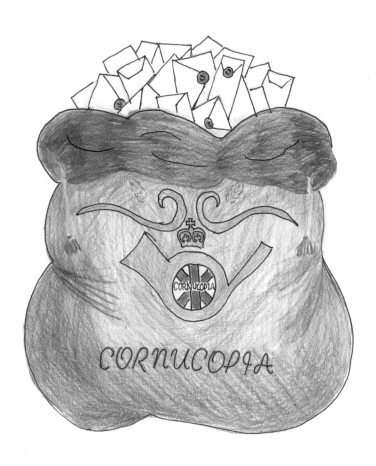

우편마차는 어느 대장장이가 간신히 말의 고삐를 잡은 덕에 멈춰 섰다.
이윽고 왕의 부하들은 그토록 오랫동안 기다려 온, 북쪽 친척들의 편지를 뜯어 보았다.

박지윤 | 12세

"가라고 해. 지금 바빠!"

플래푼이 퉁명스럽게 소리치자 로치가 날카롭게 말했다.

"비미시의 아들인데 가라고 해선 안 되지! 당장 들어오라고 해. 그리고 캔 커비는 그만 나가 봐!"

그러자 캔커비가 교활하게 입을 열었다.

"저는 혹시 두 분께서 저에게 보상을 해 주시지 않을까 하고……."

"우편마차가 지나가는 건 바보도 알 수 있어. 보상을 받고 싶었으면 그 마차에 올라타서 슈빌 밖으로 끌고 나갔어야지!"

플래푼이 말했다.

하인은 실망한 얼굴로 슬금슬금 방을 나갔고 위병은 버트를 데리러 갔다.

단둘이 남자 플래푼이 로치에게 물었다.

"그 아이는 왜 데려오라고 했어? 이 우편마차 문제부터 해결해야지!"

"그 애는 그냥 보통 아이가 아닙니다. 국가적인 영웅의 아들이잖아요. 비미시 대장 기억하시지요? 경께서 총으로 쏘셨잖아요."

로치의 말에 플래푼은 짜증 섞인 목소리로 대꾸했다.

"알았어, 그만. 그 얘기는 그만해도 돼. 우리 모두 그 덕에 돈 좀 벌었지, 안 그런가? 그런데 그 아들은 뭘 원하는 거야? 보상?"

그러나 로치 대장이 대답할 새도 없이 버트가 들어왔다. 열정적이면서 한 편으로는 긴장한 모습이었다.

"안녕, 비미시."

로치 대장이 인사를 건넸다. 버트는 로더릭과 친했으므로 그는 오래전부터 버트를 알고 있었다.

"무슨 일로 왔니?"

그러자 버트가 대꾸했다.

"대장님, 저는 이카보그 수비대에 들어가고 싶습니다. 사람을 더 구하신다고 들었어요."

"아. 왜 수비대에 들어오고 싶지?"

로치 대장이 물었다.

"제 아버지를 죽인 괴물을 죽이고 싶어서요."

버트가 말했다.

잠시 침묵이 흘렀다. 로치 대장은 스피틀워스 경처럼 거짓말과 핑곗거리를 재빨리 떠올릴 수 있다면 얼마나 좋을까 생각했다. 플래푼 경을 흘낏 보았지만 도움이 되지 않았다. 그러나 플래푼 경도 곤란한 상황이라는 것을 알고 있는 듯했다. 이카보그 수비대가 가장 원치 않는 사람은 정말로 이카보그를 찾아내려 하는 사람이니까.

"몇 가지 시험을 통과해야 하는데."

로치는 이렇게 말하며 시간을 끌어 보았다.

"우린 아무나 받아 주지 않는다. 말 탈 줄 아니?"

"네, 대장님. 혼자 배웠어요."

버트가 솔직하게 말했다.

"칼을 쓸 줄 아니?"

"잽싸게 빼들 수 있답니다."

버트가 대꾸했다.

"총 쏠 줄은 알아?"

"네, 대장님. 엄청 멀리 있는 병도 맞힐 수 있어요!"

그러자 로치가 말했다.

"흠. 그렇군. 그런데 문제는 말이다, 비미시…… 그러니까 문제는, 네가 너무……."

"멍청하다는 거지."

플래푼이 불쑥 끼어들었다. 그는 한시라도 빨리 이 소년을 내보내고 로치와 우편마차 문제를 해결하고 싶었다.

버트의 얼굴이 달아올랐다.

"네?"

"네 학교 선생님이 그러더구나."

플래푼이 둘러댔다. 사실은 그 학교 선생과 단 한 번도 얘기를 해 본 적이 없었는데 말이다.

"네가 좀 뒤쳐진다고 하던데. 군인이 아닌 다른 직업을 가지면 상관없겠지만 그렇게 뒤처지는 사람이 전장에 나가면 위험하지."

"제…… 제 성적은 좋은 편인데요."

가엾은 버트는 떨리는 목소리를 가다듬으며 말을 이었다.

"몽크 선생님은 한 번도 저에게 그런 얘기를……."

"당연히 너한테는 할 수 없었겠지. 그렇게 착한 여인이 바보에게 바보라고 할 수 있을 것 같니? *바보*나 그렇게 생각하지. 네 엄마처럼 제빵을 배워 보렴. 이카보그는 잊어버리고. 그게 나의 조언이야."

플래푼이 말했다.

버트는 금방이라도 눈물이 쏟아질 것 같았다. 울지 않으려고 눈에 힘을 주며 그는 다시 말했다.

"제, 제가 바보가 아니라는 것을 보, 보여드릴 기회를 주십시오, 대장님."

로치는 플래푼처럼 예의 없게 굴 생각은 없었지만 어쨌든 이 아이가 수비대에 들어오는 것은 어떻게든 막아야 했다. 그래서 그는 이렇게 말했다.

"비미시, 미안하지만 너는 군인이 될 사람은 아닌 것 같다. 하지만 플래푼 경이 말씀하신 대로……."

"시간 내주셔서 감사합니다, 대장님. 성가시게 해서 죄송해요."

버트는 서둘러 말한 뒤 고개 숙여 인사하고 근위병실을 나섰다.

밖으로 나오자마자 그는 내달리기 시작했다. 자신이 너무도 작고 초라하게 느껴졌다. 학교로 돌아갈 기분이 아니었다. 게다가 선생님이 자신을 어떻게 생각하는지 알게 되지 않았는가. 그는 엄마가 궁전 주방으로 출근하기 위해 집을 나섰을 거라 생각하고 집으로 달려갔다. 이 무렵 사람들이 길모퉁이에 삼삼오오 모여 손에 든 편지에 대해 이야기하고 있었지만 버트는 그마저도 알아차리지 못했다.

그가 집에 들어갔을 때 비미시 부인은 부엌에 서서 편지 한 통을 바라보고 있었다.

갑자기 아들이 나타나자 그녀는 화들짝 놀라며 소리쳤다.

"버트! 왜 돌아왔니?"

"이가 아파서요."

버트가 아무렇게나 둘러댔다.

"아이고, 저런…… 버트, 사촌 해럴드한테서 편지가 왔어."

비미시 부인이 편지를 들어 올리며 말을 이었다.

"술집을 운영하고 있었는데 곧 문을 닫을 것 같다고 하는구나. 혼자 힘으로 일군 가게인데! 혹시 궁전에 일자리가 있는지 물어보려고 편지를 썼는데…… 이게 대체 무슨 일인지 모르겠다. 온 가족이 먹을 것이 없어서 굶주리고 있대!"

그러자 버트가 말했다.

"이카보그 때문이겠죠? 여로보암은 습지대에서 가장 가까운 도시잖아요. 사람들은 오가는 길에 그 괴물을 만날까 봐 밤에 술집에도 가지 않는 거예요!"

비미시 부인은 여전히 걱정하는 얼굴로 대꾸했다.

"그래. 맞아. 그런가 보다……. 어머나, 이러다 지각하겠네!"

그녀는 해럴드의 편지를 식탁에 내려놓으며 덧붙였다.

"이에 정향 기름을 바르렴, 아들아."

그러곤 아들에게 짧은 입맞춤을 해 주고 서둘러 문을 나섰다.

엄마가 나가고 나자 버트는 침대로 달려가 얼굴을 파묻고 흐느껴 울기 시작했다. 분하고 속상했다.

그 사이, 수도 슈빌의 거리마다 불안과 분노가 퍼져 나가고 있었다. 마침내 슈빌 사람들은 북쪽에 사는 친척들이 집을 잃고 굶주릴 만큼 가난해졌다는 사실을 알게 되었다. 그날 밤 슈빌로 돌아온 스피틀워스는 심각한 문제가 끓어오르고 있다는 것을 깨달았다.

40장

단서를 찾은 버트

스피틀워스는 우편마차가 슈빌 한복판으로 들어왔다는 소식을 듣고는 묵직한 나무 의자를 집어 로치 대장의 머리로 내던졌다. 스피틀워스보다 훨씬 더 힘이 센 로치는 의자를 손쉽게 쳐내고는 칼자루로 손을 가져갔다. 플래푼과 첩자들이 입을 벌리고 지켜보는 가운데 두 사람은 잠시 어둑한 근위병실에서 이를 드러낸 채 마주 서 있었다.

스피틀워스가 로치에게 명령하기 시작했다.

"오늘밤 검은발 부대를 슈빌 외곽으로 보낸다. 습격이 일어난 것처럼 꾸며. 사람들을 *겁먹게* 해야 해. 이카보그 세금은 꼭 필요한 거라고, 친척들이 고생하는 건 다 이카보그 때문이지, 나나 왕 때문이 아니라고 생각하게 하란 말이야. 어서 가서 네가 저지른 실수를 해결해!"

로치 대장은 머리끝까지 화가 치밀어 방을 나서며 '스피틀워스와 단둘이 10분만 있을 수 있다면 그를 해치울 수 있을 텐데' 하고 남몰래 생각했다.

스피틀워스는 첩자들에게 말했다.

"너희들은 내일 로치 대장이 일을 제대로 했는지 나한테 보고해. 슈빌 사

람들이 계속해서 친척들이 굶주리느니 돈이 없느니 수군거리면 그땐 로치 대
장에게 지하 감옥의 맛을 보여 줘야지.”

그리하여 로치 대장의 검은발 부대는 수도 사람들이 잠들 때까지 기다렸
다가 이카보그의 습격을 꾸미기 시작했다. 슈빌에서까지 이런 일을 벌인 것
은 처음이었다. 그들은 이웃집들과 외따로 떨어져 있는 슈빌 가장자리의 오
두막을 골랐다. 부대에서도 가장 단련된 병사들이 집 안으로 들어가 그 집에
사는 작은 할머니를 죽였다. 너무도 애처로운 일이었다. 혹시라도 궁금해할
까 봐 말해 두자면, 이 할머니는 플루마강에 사는 물고기에 대해 아름다운 삽
화들이 들어간 책을 여러 권 쓴 작가였다. 그녀의 시체가 외딴 곳으로 실려
가 묻히고 나자 사내들은 도브테일 씨가 정교하게 조각한 네 개의 발로 이 물
고기 전문가의 집 주위에 발자국을 찍었다. 그러곤 그녀의 가구들과 어항까
지 부수었다. 그 때문에 그녀가 키우던 물고기들이 바닥에서 헐떡거리며 죽
어 갔다.

이튿날 아침 스피틀워스의 첩자들은 계획이 성공한 것 같다고 보고했다.
오랫동안 무시무시한 이카보그의 공격을 피해 온 슈빌마저 마침내 당하고 만
것이다. 이 무렵 이 일에 이골이 난 검은발 부대는 발자국들을 더욱 자연스럽
게 남겼을 뿐 아니라 정말로 거대한 괴물이 다녀간 것처럼 문들을 부수고 뾰
족한 금속 연장들로 나무에 이빨 자국을 내기도 했다. 가엾은 할머니의 집에
몰려 온 슈빌 주민들은 깜빡 속을 수밖에 없었다.

버트 비미시는 엄마가 저녁을 준비하러 집으로 돌아간 뒤에도 혼자 현장
에 남았다. 그는 이 괴물의 발자국과 송곳니 자국들을 자세히 뜯어보았다. 아
버지를 죽인 이 사악한 괴물을 맞닥뜨리게 되었을 때 어떤 광경이 펼쳐질지
더욱 생생히 그려보고 싶었다. 그는 아버지를 위해 복수하겠다는 야망을 절

대 포기할 수 없었다.

이만하면 괴물의 발자국을 머릿속에 완전히 새겼다는 확신이 들자 버트는 씩씩거리며 집으로 돌아와 자기 방에 틀어박혔다. 그는 아빠의 '치명적인 이카보그에 맞선 무적의 용맹 훈장'과 데이지 도브테일과 싸운 뒤 왕에게 받은 작은 훈장을 꺼냈다. 이 두 번째 작은 훈장은 요즘 버트를 슬프게 했다. 데이지가 플루리타니아로 떠난 뒤로 그 애처럼 좋은 친구는 만나지 못했다. 그래도 데이지와 그 애의 아빠는 사악한 이카보그의 공격을 받을 일은 없겠다고 그는 생각했다.

버트의 눈에 분한 눈물이 고이기 시작했다. 얼마나 이카보그 수비대에 들어가고 싶었던가! 훌륭한 군인이 될 자신이 있었다. 싸우다 죽어도 상관없었다! 물론, 엄마는 남편에 이어 아들까지 이카보그에게 목숨을 잃으면 견딜 수 없이 슬퍼할 테지만 한편으로 그는 영웅이 될 수 있었다! 아버지처럼!

버트는 복수와 영예를 꿈꾸며 두 훈장을 다시 벽난로 선반에 갖다 놓으려 했다. 그때 작은 훈장이 손가락 사이로 빠져나가 침대 밑으로 굴러 들어갔다. 버트는 엎드려서 손을 뻗었지만 닿지 않았다. 꿈틀꿈틀 침대 밑으로 좀 더 들어가자 그제야 먼지가 소복한 구석에서 그 훈장이 손에 닿았다. 그리고 그와 함께 아주 오랫동안 그곳에 처박혀 있었던 듯 거미줄에 에워싸인 뾰족한 무언가가 만져졌다.

버트는 훈장과 그 뾰족한 물체를 함께 꺼낸 뒤 먼지를 뒤집어 쓴 채로 일어나 앉아 그것을 살펴보았다.

촛불로 가져가 보니 그것은 완벽하게 조각한 작은 이카보그의 발이었다. 오래전 도브테일 씨가 만들어 준 장난감의 한 조각. 모조리 태워 버린 줄 알았는데 부지깽이로 부술 때 이 한쪽 발이 침대 밑으로 날아간 모양이었다.

무심코 그것을 벽난로 속으로 던져 넣으려던 그는 불현듯 마음을 바꾸고
자세히 살펴보기 시작했다.

41장

비미시 부인의 계획

  "어머니."

버트가 말했다.

비미시 부인은 식탁 앞에 앉아 버트의 구멍 난 스웨터를 꿰매다가 이따금씩 손을 멈추고 눈물을 훔쳤다. 이카보그가 슈빌의 이웃을 습격한 것을 보고 비미시 대장의 끔찍했던 죽음이 다시 떠오른 탓이었다. 궁전의 블루 팔러에서 코르누코피아 국기가 덮인 남편의 시신을 보며 그 차갑고 가여운 손에 입을 맞추던 그 밤을 생각하고 있었다.

"어머니, 이것 보세요."

버트의 목소리가 심상치 않았다. 그는 침대 밑에서 발견한 작은 목각 괴물의 발을 그녀의 앞에 내놓았다.

촛불 옆에서 안경을 쓰고 바느질을 하던 비미시 부인은 그 발을 집어 살펴보았다.

"이건 네가 갖고 있던 그 조그만 장난감 조각이잖아. 네 장난감 이카……."

그러나 비미시 부인은 말을 잇지 못했다. 그 목각 발을 바라보다가 조금

전 실종된 노파의 집 주변에서 버트와 함께 보았던 괴물의 발자국들이 떠오른 것이다. 크기는 훨씬 더 컸지만 모양은 이 발과 똑같았다. 발가락의 각도며, 비늘이며, 긴 발톱까지도.

몇 분 동안 비미시 부인이 떨리는 손으로 그 작은 발을 이리저리 돌려 보는 사이, 촛불이 타닥거리는 소리만이 정적을 메웠다.

마치 그녀의 머릿속에서 아주 오랫동안 굳게 닫아 놓았던 문이 불쑥 열리는 듯했다. 남편이 죽은 뒤로 비미시 부인은 이카보그에 대한 의심이나 의혹을 조금도 인정하지 않으려 들었다. 왕에게 충성하고 스피틀워스를 철저히 믿으면서 이카보그가 없다고 주장하는 사람들은 반역자라고 여겼다.

그러나 지금, 문이 열리면서 그 안에 가둬 놓았던 불편한 기억들이 물밀듯이 쏟아져 나왔다. 자신이 주방 하녀에게 도브테일 씨가 이카보그에 대해 반역적인 말을 했다고 얘기할 때 그림자 속에서 하인 캔커비가 엿듣고 있었던 일이 떠올랐다. 그러고 나서 바로 도브테일 가족이 사라졌다. 줄넘기를 하던 어린 소녀가 데이지 도브테일의 옛날 드레스를 입은 채 자기 오빠는 요요를 받았다고 얘기한 일도 떠올랐다. 사촌 해럴드는 굶주리고 있다는 편지를 보냈다. 게다가 이상하게도 그녀와 이웃들은 모두 몇 달 동안 북쪽의 친척들로부터 편지를 한 통도 받지 못했다. 그러고 보니 에슬란다 아가씨가 갑작스레 사라진 것에 대해 많은 사람들이 의아하게 여기기도 했다. 이 작은 목각 발을 바라보는 동안 그녀의 머릿속에서는 오만 가지 이상한 사건들이 퍼즐처럼 끼워 맞춰지면서 이카보그보다 훨씬 더 무시무시한 괴물이 형체를 이루기 시작했다. 그녀는 다시 생각해 보았다. 저 위쪽 늪에서 남편은 무슨 일을 겪은 것일까? 왜 남편의 시신을 코르누코피아 국기로 덮어놓고 못 보게 했을까? 끔찍한 생각들이 켜켜이 쌓여 가자 그녀는 고개를 돌려 아들을 보았다.

아들의 얼굴에서도 자신과 똑같이 의심하는 기색이 엿보였다.

그녀가 속삭였다.

"폐하께선 모르실 거야. 아실 리가 없어. 좋은 분이잖아."

지금까지 믿었던 것들이 모두 거짓이었다 해도 겁 없는 왕 프레드가 좋은 사람이라는 믿음은 져 버릴 수 없었다. 그는 늘 그녀와 버트에게 너무도 다정하게 대해 주었다.

비미시 부인은 작은 목각 발을 손에 꼭 움켜쥔 채 자리에서 일어나 아직 다 꿰매지 못한 버트의 스웨터를 내려놓았다.

"폐하를 뵈어야겠어."

버트가 한 번도 보지 못한 단호한 얼굴로 그녀가 말했다.

"지금요?"

버트는 어두운 창밖을 내다보며 물었다.

"오늘 밤엔 두 고문이 옆에 없을지도 몰라. 만나 주실 거야. 폐하는 늘 나를 아끼셨으니까."

"저도 같이 가요."

버트가 말했다. 어쩐지 이상한 예감이 들었다.

"아니야."

비미시 부인은 아들에게 다가가 어깨에 손을 얹고 아들의 얼굴을 올려다 보며 말을 이었다.

"잘 들어, 버트. 혹시라도 엄마가 한 시간 안에 궁전에서 돌아오지 않거든 넌 슈빌을 떠나야 해. 여로보암에 있는 사촌 해럴드를 찾아가서 무슨 일이 있었는지 다 얘기해."

"하지만……."

버트는 더럭 겁이 났다.

"엄마가 한 시간 안에 돌아오지 않으면 떠나겠다고 약속해."

비미시 부인은 독한 목소리로 말했다.

"그…… 그럴게요."

버트가 대꾸했다. 조금 전까지만 해도 영웅처럼 죽어도 좋다고, 엄마가 슬퍼해도 상관없다고 생각했던 소년이 이제는 겁에 질렸다.

"어머니……."

그녀는 잠시 아들을 안아 주었다.

"넌 똑똑한 아이야. 잊지 마라. 넌 제빵사의 아들일 뿐 아니라 군인의 아들이기도 해."

비미시 부인은 서둘러 현관으로 가서 신발을 신었다. 그러곤 마지막으로 버트에게 미소를 지어 준 뒤 어둠 속으로 발걸음을 내딛었다.

42장

커튼 뒤에서

비미시 부인은 궁전 안뜰을 지나 아무도 없는 컴컴한 주방으로 들어갔다. 혹시라도 하인 캔커비가 어둠 속에 숨어 있을까 봐 모퉁이를 돌 때마다 빠끔 내다보며 발끝으로 살금살금 걸음을 옮겼다. 천천히 조심스레 왕의 거처로 향해 가는 비미시 부인의 손에는 작은 목각 발이 쥐어져 있었다. 어찌나 꼭 움켜쥐었던지 날카로운 발톱들이 손바닥을 파고들 정도였다.

마침내 그녀는 프레드 왕의 방으로 이어지는, 빨간 양탄자가 깔린 복도에 이르렀다. 닫힌 문 안에서 웃음소리가 들렸다. 그녀는 프레드 왕이 슈빌 외곽에서 이카보그의 습격이 있었다는 소식을 듣지 못했을 거라고 넘겨짚었다. 그 소식을 들었다면 저렇게 웃고 있을 리가 없다. 그러나 누군가가 함께 있는 게 분명했다. 그녀는 프레드 왕을 혼자 만나고 싶었다. 걸음을 멈추고 어떻게 할까 궁리하고 있을 때 저 앞에서 문이 열렸다.

비미시 부인은 숨을 들이켜며 긴 벨벳 커튼 뒤로 뛰어 들어가 흔들리는 커튼을 붙잡았다. 스피틀워스와 플래푼이 왕과 농담을 주고받으며 웃으면서 인사를 나누고 있었다.

비미시 부인은 재빨리 벨벳 커튼 뒤로 뛰어들어갔다.
스피틀워스와 플래푼이 왕과 농담을 주고받으며 인사를 나누고 있었다.

임태은 ∣ 12세

"폐하, 어찌나 농담을 재미있게 하시는지요. 웃다가 바지가 터진 줄 알았습니다!"

플래푼이 껄껄 웃으며 말했다.

"재밌는 왕 프레드로 별칭을 바꾸셔야 합니다, 폐하!"

스피틀워스도 킬킬거렸다.

비미시 부인은 숨을 참으며 배를 홀쭉하게 넣으려고 애썼다. 프레드 왕의 방문이 닫히는 소리가 들리더니 두 귀족은 금세 웃음을 그쳤다.

"멍청한 놈."

플래푼이 나지막한 목소리로 말했다.

"커즈버그의 치즈 덩어리도 저것보단 똑똑하다니까."

스피틀워스가 중얼거렸다.

"내일 나 대신 왕과 좀 놀아 주면 안 돼?"

플래푼이 투덜대자 스피틀워스가 대꾸했다.

"세 시까지는 세금 징수관들하고 일해야 해. 하지만……."

갑자기 두 사람의 대화가 끊어졌다. 그들의 발소리도 함께 멈췄다. 비미시 부인은 여전히 숨을 참은 채 눈을 감고 그들이 불룩 튀어나온 커튼을 보지 못했기를 기도했다.

"그럼 잘 자게, 스피틀워스."

플래푼의 목소리가 들렸다.

"그래, 잘 자, 플래푼."

스피틀워스가 대꾸했다.

비미시 부인은 쿵쾅거리는 가슴을 잠재우며 아주 나지막이 숨을 내뱉었다. 괜찮을 것이다. 저 두 사람은 이제 자러 가려는 모양이니까. 하지만 여전히 발소리가 들리지 않는 까닭은…….

그때, 숨을 다시 들이마실 새도 없이 커튼이 불쑥 젖혀졌다. 그녀가 소리를 지를세라 플래푼이 커다란 손으로 그녀의 입을 막고 스피틀워스가 그녀의 두 손목을 붙잡았다. 두 사람은 비미시 부인을 커튼 밖으로 끌어내 가까운 계단으로 끌고 내려갔다. 그녀는 버둥거리며 소리를 지르려 했지만 플래푼의 두툼한 손 때문에 아무런 소리도 나오지 않았고 손목을 빼낼 수도 없었다. 마침내 그들은 예전에 그녀가 죽은 남편의 손에 입을 맞추었던 블루 팔러로 끌고 갔다.

스피틀워스가 궁전 안에서도 늘 차고 다니는 단검을 빼들며 경고했다.

"소리 지르지 마. 소리치면 우린 왕의 제빵사를 새로 구해야 할 거야."

그런 뒤 그는 플래푼에게 비미시 부인의 입에서 손을 떼라고 손짓했다. 그녀가 가장 먼저 한 일은 숨을 들이켜는 것이었다. 그렇지 않으면 금방이라도 혼절할 것 같았다.

스피틀워스가 콧방귀를 뀌며 말했다.

"커튼이 아주 불룩하게 튀어나와 있더군. 주방도 닫은 이 늦은 시간에 왕의 방 앞에 숨어서 뭘 하고 있었지?"

비미시 부인은 말도 안 되는 거짓말을 지어낼 수도 있었다. 왕에게 내일은 어떤 케이크를 먹고 싶은지 물어보려 했다고 둘러댈 수도 있었지만 두 귀족은 믿지 않을 게 분명했다. 그래서 대신 그녀는 손을 펼쳐 그 안에 움켜쥐고 있던 이카보그의 발을 내보이며 조용히 말했다.

"무슨 작당을 하고 있는지 다 알아요."

두 귀족이 가까이 와서 그녀의 손바닥을 내려다보았다. 거기에는 검은발 부대가 사용하는 그 커다란 발의 작은 모형이 놓여 있었다. 스피틀워스와 플래푼은 서로 눈길을 주고받다가 비미시 부인을 보았다. 그들의 표정을 보는 순간 이 제빵사는 속으로 있는 힘껏 외쳤다. '도망가, 버트. 어서 도망가!'

43장
버트와 위병

버트가 시계의 분침을 지켜보는 사이 식탁 위의 촛불이 서서히 사그라지기 시작했다. 어머니는 틀림없이 곧 돌아올 거라고 그는 생각하려 했다. 조금 있으면 어머니가 들어와 꿰매다 만 그의 스웨터를 언제 내려놨냐는 듯 다시 집어 들고 왕을 만나서 무슨 얘기를 했는지 들려줄 거라고.

분침이 점점 더 빨리 돌아가는 듯했다. 버트는 어떻게든 그것을 늦추고 싶었다. 남은 시간은 4분…… 3분…… 2분…….

버트는 일어나서 창문으로 갔다. 컴컴한 거리를 이리저리 살펴보았다. 어머니의 그림자는 보이지 않았다.

엇, 잠깐! 그의 가슴이 뛰기 시작했다. 모퉁이에서 무언가가 움직였다! 순간, 온 세상이 환해지는 듯했다. 곧 비미시 부인이 달빛이 비추는 저 거리로 들어올 거라고, 초조한 얼굴로 창밖을 내다보는 아들을 보며 빙긋 웃어 줄 거라고 버트는 확신했다.

그러나 이윽고 그의 심장이 벽돌처럼 무겁게 내려앉았다. 다가오는 사람은 비미시 부인이 아니라 로치 대장이었다. 덩치 큰 이카보그 수비대 네 명이 모두 횃불을 들고 그 뒤를 따르고 있었다.

버트는 재빨리 창문에서 물러나 식탁에 있던 스웨터를 집어 들고 자기 방으로 달려갔다. 신발과 아버지의 훈장을 챙기고는 창문을 타 넘은 뒤 밖에서 조심스레 창문을 닫았다. 그가 텃밭으로 떨어질 때 로치 대장이 현관문을 두드리는 소리가 들렸다. 그리고 거친 목소리가 뒤를 이었다.

"제가 뒷마당을 살펴보겠습니다."

버트는 텃밭에 일렬로 심어 놓은 비트 뒤에 납작 엎드린 다음 금빛 머리카락에 흙을 바르고 어둠 속에 꼼짝없이 누워 있었다.

감은 눈꺼풀 사이로 가물거리는 불빛이 보였다. 병사 한 명이 횃불을 높이 들고 버트가 다른 집 정원으로 달아나고 있는지 살펴보았다. 흔들거리며 긴 그림자를 드리우는 비트 이파리들 뒤에 흙을 뒤집어쓴 채 숨어 있는 버트를 그는 보지 못했다.

"이쪽으로 나오진 않았습니다."

병사가 소리쳤다.

쿵 하는 소리가 들렸다. 로치가 현관을 부순 모양이었다. 버트는 병사들이 찬장과 벽장을 열어젖히는 소리에 귀를 기울였다. 감은 눈꺼풀 틈으로 여전히 횃불의 불빛이 가물거려 흙 속에 엎드린 채 꼼짝도 하지 않았다.

"제 어미가 궁전으로 가기 전에 도망친 것 아닐까요?"

"어쨌든 찾아야 해."

친숙한 로치 대장의 목소리가 들렸다.

"그 애는 첫 이카보그 희생자의 아들이야. 그 괴물이 있다는 게 거짓이라고 버트 비미시가 떠들어 대면 사람들은 모두 그 말을 믿을 거야. 흩어져서 계속 찾아. 멀리 가진 못했을 테니까. 그 애를 찾으면……."

버트는 비트 밭에 납작 엎드린 다음,
금빛 머리카락에 흙을 바르고 어둠 속에 누워 있었다.

이승민 | 8세

병사들이 무거운 군화로 비미시의 집 마룻바닥을 요란하게 헤집고 다니는 가운데 로치가 계속 말을 이었다.

"죽여 버려. 나중에 적당히 둘러대면 돼."

버트는 납작하게 엎드려 꼼짝도 하지 않은 채 사내들이 거리로 나가 흩어지는 소리를 들었다. 그러고 나자 머릿속에서 이성이 속삭였다.

'움직여.'

그는 아버지의 훈장을 목에 걸고 꿰매다 만 스웨터를 입은 뒤 신발을 집어 들고 흙 속을 기어갔다. 이웃집 울타리가 나오자 그 밑의 흙을 파내고 그리로 빠져나갔다. 그런 뒤 계속 기어가서 자갈길에 이르렀다. 어둠 속 곳곳에서 병사들의 목소리가 울려 퍼졌다. 그들은 집집마다 문을 두드리며 집 안을 수색하겠다고 하거나 제빵사의 아들 버트 비미시를 보았느냐고 물었다. 그러곤 그가 위험한 반역자라고 설명했다.

버트는 흙을 한 줌 집어 얼굴에 문질렀다. 그러곤 일어나서 몸을 웅크린 채 길 건너 컴컴한 문으로 들어갔다. 한 병사가 그의 옆으로 달려갔지만 흙을 치덕치덕 발라 어두운 문과 완벽하게 뒤섞인 버트를 알아차리지 못했다. 병사가 사라지자 버트는 신발을 든 채 맨발로 이 문에서 저 문으로 옮겨 다니고 움푹 팬 담장에 몸을 숨기기도 하며 조금씩 성문으로 다가갔다. 그러나 성문에 가까이 가자 보초를 서는 위병이 보였다. 그는 어떻게 할까 궁리하려다가 로치와 다른 병사가 다가오는 바람에 의로운 왕 리처드의 동상 뒤로 얼른 몸을 숨겼다.

"버트 비미시 봤나?"

그들이 위병에게 소리쳐 물었다.

"제빵사의 아들 말입니까?"

위병이 물었다.

로치는 이 사내의 제복 앞자락을 움켜쥐더니 마치 사냥개가 토끼를 물어 흔들어 대듯 그를 마구 흔들었다.

"당연히 제빵사의 아들이지! 이리로 나갔나? 어서 말해!"

"아뇨. 못 봤습니다. 그런데 그 애가 무슨 짓을 했기에 이렇게 찾으러 다니십니까?"

위병이 묻자 로치가 거칠게 대꾸했다.

"그 애는 반역자야! 그 애를 도와주는 자는 내가 직접 쏴 버린다. 알겠나?"

"알겠습니다."

위병이 대꾸했다. 로치는 그를 놓아 주고 부하와 함께 횃불로 담장들을 이리저리 비춰 보며 달려갔다. 그러곤 곧 다시 어둠 속으로 사라졌다.

버트는 제복을 매만지며 머리를 흔드는 위병을 지켜보면서 잠시 망설였다. 목숨이 위태로울 수도 있었다. 이윽고 그는 숨어 있던 곳에서 살금살금 나갔다. 흙으로 철저히 위장한 탓에 위병은 버트가 옆에 온 줄도 몰랐다. 그러다 달빛에 흰자위가 보이자 그제야 놀라며 조그맣게 비명을 질렀다.

버트가 속삭였다.

"부탁이에요. 제발 신고하지 말아 주세요. 저는 여기서 나가야 해요."

버트는 스웨터 속에서 아버지의 묵직한 은 훈장을 꺼내어 겉에 묻은 흙을 털고 위병에게 보여 주었다.

"이걸 드릴게요. 진짜 은이에요. 저를 내보내고 비밀을 지켜 주세요. 저는 반역자가 아니에요. 아무도 배신하지 않았어요. 맹세해요."

위병은 반백의 뻣뻣한 턱수염을 가진 나이 지긋한 사내였다. 그는 흙을 뒤집어쓴 버트를 잠시 바라보다가 입을 열었다.

"그 훈장은 넣어 두거라."

그리곤 버트가 나갈 수 있게 성문을 살짝 열었다.

"고맙습니다!"

버트가 숨을 들이켜며 말했다.

"뒷길로만 다녀야 한다. 아무도 믿지 말고. 행운을 빈다."

위병이 충고를 건넸다.

44장

비미시 부인의 저항

버트가 성문을 빠져나가는 사이, 비미시 부인은 스피틀워스에게 이끌려 지하 감옥의 한 감방으로 들어갔다. 가까운 곳에서 누군가가 높고 갈라지는 목소리로 망치 소리에 맞춰 국가를 부르고 있었다.

"조용!"

스피틀워스가 벽을 향해 큰 소리로 외치자 노랫소리가 그쳤다.

"이 발을 다 완성하면 제 딸한테 보내 주실 겁니까, 수석 고문관님?"

옆방에서 불안한 목소리가 들려왔다.

"그래, 그래, 딸을 만나게 해 주지."

스피틀워스는 눈을 굴리며 덧붙였다.

"그러니까 좀 조용히 해. 자네 이웃하고 얘기 좀 하게!"

"제가 먼저 몇 가지 말씀 드릴게요."

비미시 부인이 말했다.

스피틀워스와 플래푼은 이 작고 통통한 여인을 빤히 바라보았다. 그들이 지하 감옥에 처넣은 사람들 가운데 이렇게 당당한 사람은 없었다. 그녀는 이

춥고 습한 곳에 갇히는 것이 전혀 걱정되지 않는 듯 보였다. 스피틀워스는 에슬란다 아가씨가 떠올랐다. 여전히 그와의 결혼을 거부하고 그의 서재에 갇혀 있는 여인. 한낱 요리사가 귀족 여인과 똑같이 오만하게 굴 거라고는 상상도 하지 못했다.

비미시 부인이 다시 입을 열었다.

"먼저, 저를 죽이면 폐하께서 알게 되실 거예요. 제가 폐하의 케이크를 만들지 않는다는 사실을 눈치채시겠죠. 맛을 보면 아실 테니까요."

그러자 스피틀워스는 잔인한 미소를 띠며 말했다.

"그야 그렇지. 하지만 제빵사가 이카보그에게 죽었다고 하면 그런 줄 알고 다른 케이크에 입맛을 들이지 않을까?"

비미시 부인이 다시 반박했다.

"우리 집은 궁전 담벼락에서 멀지 않은 곳에 있어요. 이카보그가 습격한 것처럼 꾸미려면 목격자가 100명쯤 생길 텐데요."

"그야 쉽게 해결할 수 있지. 멍청하게 밤중에 플루마 강가로 산책을 나갔다가 물 마시러 온 이카보그를 만났다고 하면 되니까."

스피틀워스가 대꾸했다.

"그런 거짓말이 통할 수도 있겠죠."

비미시 부인은 그 자리에서 이야기를 꾸며 내기 시작했다.

"제가 특별한 지시를 남겨 놓지 않았다면요. 제가 이카보그에게 목숨을 잃었다는 소식이 들리면 뭔가를 하라고 시켰거든요."

"누구한테 무슨 지시를 내렸다는 거야?"

플래푼이 묻자 스피틀워스가 대꾸했다.

"아들이겠지. 하지만 그 녀석도 곧 우리 손에 들어올 거야. 플래푼, 받아

적어. 우리는 그 아들을 먼저 죽인 다음 이 요리사를 죽인다."

비미시 부인은 버트가 스피틀워스에게 붙잡힐지도 모른다는 생각에 서늘한 공포를 느꼈지만 아무렇지 않은 척 시치미를 떼고 다시 말했다.

"그럼 그때까지 이 감방에 화덕과 제가 쓰는 조리기구들을 가져다주시면 좋겠네요. 폐하의 케이크를 계속 만들 수 있게 말예요."

"그래…… 안 될 것 없지."

스피틀워스는 느릿느릿 말을 이어갔다.

"부인의 케이크는 우리 모두 좋아하니까. 아들이 붙잡힐 때까지 계속 왕을 위해 요리를 해."

그러자 비미시 부인이 대꾸했다.

"좋아요. 하지만 조수가 필요할 거예요. 여기 있는 이 죄수들에게 계란 흰자를 젓거나 용기에 반죽을 채워 넣도록 가르치면 어떨까 싶네요. 그러려면 이 가엾은 사람들을 좀 더 잘 먹여야 할 거예요. 아까 들어올 때 보니까 어떤 사람들은 해골 같더라고요. 저를 돕다가 너무 배가 고파서 제 재료들을 먹어치우면 안 되잖아요. 그리고 마지막으로……."

비미시 부인은 자신의 감방을 휙 둘러보며 말을 이었다.

"폐하께서 원하시는 맛 좋은 케이크를 만들려면 잠을 푹 자야 하니 편안한 침대와 깨끗한 담요를 가져다주세요. 곧 폐하의 탄신일이 돌아오잖아요. 아주 특별한 음식을 기대하고 계실 거예요."

스피틀워스는 이 기막힌 죄수를 잠시 바라보다가 물었다.

"당신은 아들과 곧 죽게 생겼는데 무섭지도 않나?"

그러자 비미시 부인은 어깨를 으쓱하며 대꾸했다.

"아, 요리학교에서 확실하게 배우는 게 있어요. 빵이 타거나 반죽이 질척해지는 사고는 실력이 뛰어난 학생에게도 일어날 수 있는 일이라는 거죠. 그럴 땐 그냥 소매를 걷어붙이고 다른 걸 시작해야 해요. 고칠 수 없는 걸 붙잡고 끙끙대 봐야 나아지는 게 없으니까요!"

딱히 대꾸할 말이 떠오르지 않자 스피틀워스는 플래푼에게 손짓해 함께 감방을 나섰다. 그들의 뒤에서 문이 철커덕 닫혔다.

그들이 가고 나자 비미시 부인은 허세를 접고 딱딱한 침대에 털썩 주저앉았다. 감방 안에 있는 가구라고는 이 침대뿐이었다. 이러다 발작을 일으키는 게 아닐까 싶을 만큼 온몸이 부들부들 떨렸다.

그러나 제 마음도 추스르지 못하는 사람이라면 세계 최고의 제빵사들이 모인 도시에서 어찌 왕의 제빵사가 되었겠는가? 비미시 부인은 심호흡을 하며 숨을 골랐다. 그때 옆방에서 높은 목소리로 국가를 부르는 소리가 다시 들렸다. 그녀는 벽에 귀를 대고 그 목소리가 새어 들어오는 곳을 찾아보았다. 그러다 마침내 천장 근처에서 틈을 발견했다. 그녀는 침대 위에 올라서서 나지막이 소리쳤다.

"댄? 대니얼 도브테일 맞지? 나 버사야. 버사 비미시!"

그러나 그 불안한 목소리는 계속 노래만 부를 뿐이었다. 비미시 부인은 다시 침대에 풀썩 주저앉아 두 팔로 자신을 껴안으며 눈을 감았다. 마음이 너무도 아팠지만 그 아픈 마음을 다해 버트가 어디에 있든 무사하게 해 달라고 기도했다.

45장

여로보암에 간 버트

버트는 스피틀워스가 코르누코피아 전국에 자신을 찾으라는 지시를 내린 사실을 몰랐다. 성문을 열어 준 위병의 조언대로 그는 좁은 시골길과 뒷길로만 다녔다. 여로보암에는 한 번도 가 본 적이 없었지만 플루마 강줄기를 따라가다 보면 그 도시가 나올 게 분명했다.

머리카락이 엉겨 붙고 신발에는 진흙이 잔뜩 묻은 채로 그는 갈아엎은 들판을 걷다가 밤이 되면 도랑에서 잠을 청했다. 그러다 사흘째 되는 날 저녁, 먹을 것을 찾아 조심스레 커즈버그로 들어갔을 때 어느 치즈 장수의 집 창문에 자신의 얼굴이 그려진 수배 벽보가 붙은 것을 발견했다. 다행히 그 그림 옆의 어두운 유리창에 비친, 꾀죄죄한 떠돌이 부랑자는 그림 속에서 미소 짓고 있는 그 말끔한 청년과는 모습이 너무도 달랐다. 그러나 산 채로든 죽은 채로든 그의 목에 금화 100닢의 현상금이 걸려 있다니 충격적인 일이었다.

버트는 깡마른 개들과 문을 닫아 판자를 덧대어 놓은 상점들을 지나 어두운 거리를 황급히 걸어갔다. 누더기를 걸치고 꾀죄죄한 모습으로 쓰레기통을 뒤지고 있는 다른 부랑자를 한두 차례 마주치기도 했다. 그러다 마침내 곰팡이가 살짝 피고 딱딱해진 치즈 한 덩어리를 발견하고는 누군가에게 빼앗길세라 얼른 손에 넣었다. 그러곤 버려진 낙농장 뒤쪽의 커다란 통에 고인 빗물을 한 잔 떠 마신 뒤 황급히 커즈버그를 빠져나와 다시 흙길을 걷기 시작했다.

걸어가는 내내 어머니의 생각이 머릿속을 떠나지 않았다. '어머니를 죽이지는 않을 거야.' 버트는 끊임없이 이렇게 되뇌었다. '그럴 리가 없어. 어머니는 폐하께서 가장 아끼는 부하잖아. 감히 그럴 수 없지.' 어머니가 죽을지도 모른다는 생각을 떨쳐 내야 했다. 어머니가 세상에 없다고 생각하면 그날 밤 자러 들어간 도랑에서 다시는 나오지 못할 것 같았다.

사람들을 피해 먼 길로 돌아가다 보니 버트의 발에는 금세 물집이 잡혔다. 다음 날 밤 그는 어느 과수원에 마지막으로 남아 있던 썩은 사과 몇 알을 훔쳤다. 그다음 날 밤에는 어느 집 쓰레기통에서 죽은 닭을 꺼내 얼마 남지 않은 살점을 뜯어 먹었다. 지평선에 진회색 도시 여로보암의 윤곽이 드러날 무렵, 버트는 살이 너무 많이 빠져 바지가 자꾸 흘러내리는 탓에 어느 대장간에서 허리띠로 쓸 노끈을 훔쳐야 했다.

힘든 여정이었지만 버트는 어머니의 사촌 해럴드를 만나기만 하면 다 괜찮아질 거라고, 해럴드는 어른이니 모든 문제를 해결해 줄 거라고 자신을 다독였다. 여로보암 성벽 앞에 숨어 있던 그는 날이 저물자 물집이 잡힌 발을 이끌고 절뚝거리며 포도주의 도시로 들어가 해럴드의 가게로 향했다.

가게 창문에는 불빛이 보이지 않았다. 가까이 가 보니 문과 창문마다 판자가 덧대어져 있었다. 술집은 이미 문을 닫았고 해럴드는 가족을 데리고 떠난 듯했다.

절박해진 버트는 지나가는 여인을 붙잡고 물었다.

"저, 혹시 해럴드네가 어디로 갔는지 아시나요? 이 술집을 운영했는데."

가게 창문에는 불빛이 보이지 않았다.
문과 창문마다 판자가 덧대어져 있었다.

여채연 | 13세

그러자 여자가 되물었다.

"해럴드? 아, 일주일 전에 남쪽으로 떠났어. 슈빌에 친척이 있다고, 궁전에 일자리가 있을지도 모른다고 하던데."

망연자실한 버트는 어둠 속으로 사라져 가는 여인을 물끄러미 바라보았다. 쌀쌀한 바람이 그의 몸을 휘감으면서 바로 옆 가로등에서 펄럭거리는 그의 수배 벽보가 눈가에 얼핏 보였다. 맥이 빠지고 이제 어찌 해야 할지도 알 수 없었다. 그저 이 차가운 문 앞 계단에 앉아 병사들에게 붙잡히기를 기다릴까 생각해 보았다.

바로 그때, 그의 등에 칼끝이 닿더니 누군가의 목소리가 들렸다.

"찾았다."

46장

로더릭 로치의 사정

버트가 그 소리에 겁을 먹었을까? 믿기지 않겠지만 그는 오히려 마음이 편안해졌다. 버트는 그 목소리를 단번에 알아차렸다. 그래서 손을 올리거나 살려 달라고 애원하지 않고 그저 뒤로 돌아 목소리의 주인공을 마주했다. 로더릭 로치였다.

"뭐가 좋다고 웃어?"

로더릭이 버트의 더러운 얼굴을 들여다보며 으르렁거렸다.

"네가 날 찌르진 않을 테니까, 로더릭."

버트가 조용히 말했다.

칼을 쥔 쪽은 로더릭이었지만 버트는 그가 자기보다 훨씬 더 겁에 질렸다는 것을 알았다. 로더릭은 잠옷 위에 외투를 걸치고 피 묻은 헝겊으로 두 발을 감싼 채 바들바들 떨고 있었다.

"그 꼴로 슈빌에서부터 걸어온 거야?"

버트가 물었다.

"상관하지 마!"

로더릭은 사납게 보이려고 거칠게 쏘아붙였지만 이가 덜덜 떨리는 것을 막을 수 없었다.

"난 널 잡아갈 거야, 비미시. 이 반역자!"

"아니, 넌 못해."

버트는 로더릭의 손에서 칼을 빼앗았다. 그러자 로더릭은 울음을 터트렸다.

"울지 마."

버트가 다정하게 말하며 로더릭의 어깨에 팔을 두르고 펄럭거리는 수배 벽보를 피해 좁은 골목으로 그를 데려갔다.

로더릭은 흐느껴 울면서 어깨를 으쓱해 버트의 팔을 떨쳐 냈다.

"저리 가. 나한테서 떨어지란 말이야! 전부 다 너 때문이야!"

"뭐가 나 때문이야?"

버트가 물었다. 두 소년은 빈 포도주 병이 가득 들어찬 쓰레기통 옆에 멈춰 섰다.

"네가 우리 아버지한테서 도망쳤잖아!"

로더릭이 소매로 눈물을 훔치며 말했다.

"그야 당연하지. 네 아버지가 나를 죽이려고 했으니까."

버트는 합리적인 대답을 내놓았다.

"하, 하지만 그래서 아버지가 죽게 됐단 말이야!"

로더릭이 흐느꼈다.

"로치 대장님이 죽었다고?"

버트는 어안이 벙벙했다. 그가 다시 물었다.

"왜?"

"스, 스피틀워스."

로더릭은 계속 흐느끼며 말을 이었다.

"아, 아무도 너를 찾지 못하니까 스, 스피틀워스가 병사들을 데리고 우, 우리 집으로 왔어. 아버지가 너를 못 잡았다고 노발대발하더니 옆에 있던 병사의 총을 빼앗아서……."

로더릭은 쓰레기통에 걸터앉아 서럽게 흐느꼈다. 차가운 바람 한 자락이 골목을 휩쓸고 지나갔다. '스피틀워스는 정말 위험한 사람이야' 하고 버트는 생각했다. 그렇게 충성스러운 근위대 대장을 쏘아 죽였다면 세상 어느 누구도 안전하지 않았다.

"내가 여로보암으로 온 건 어떻게 알았어?"

버트가 물었다.

"궁전의 캐, 캔커비가 말해 줬어. 내가 금화 다섯 닢을 줬거든. 네 어머니가 술집을 운영하는 사촌에 대해 얘기한 적이 있다고 하더라고."

"캔커비가 그 얘기를 대체 몇 사람한테 했을까?"

버트가 걱정하며 물었다.

"꽤 많을걸."

로더릭은 잠옷 소매로 얼굴을 닦으며 말을 이었다.

"금화만 주면 누구한테든 정보를 파는 사람이니까."

"네가 그런 얘기를 하다니 재밌네. 나를 금화 100닢에 팔아넘기려고 해 놓고!"

버트가 퉁명스럽게 말하자 로치가 대꾸했다.

"나, 난 그, 금화를 원한 게 아니야. 어머니와 동생들 때문이었어. 너를 잡아가면 어머니와 동생들을 되찾을 수 있을지도 모른다고 생각했거든. 스피틀워스가 저, 전부 다 데려갔어. 난 내 방 창문으로 도망쳐 나왔고. 그래서 잠옷을 입고 있는 거야."

"나도 내 방 창문으로 도망 나왔는데. 그래도 난 신발을 챙길 정신은 있었지. 가자. 여기서 나가는 게 좋겠어."

그는 로더릭을 일으키며 덧붙였다.

"가는 길에 빨랫줄에 널린 양말이라도 훔쳐 보자."

그러나 겨우 두 걸음쯤 갔을 때 뒤에서 웬 사내의 목소리가 들렸다.

"손 들어! 너희 둘, 나랑 같이 가자!"

두 소년은 손을 들고 뒤를 돌아보았다. 지저분하고 야비한 얼굴의 사내가 그림자 속에서 튀어나와 그들에게 소총을 겨누고 있었다. 제복을 입지도 않았고, 버트나 로더릭이 아는 얼굴도 아니었다. 하지만 데이지 도브테일이 있었다면 그가 누구인지 알려 줄 수 있었을 것이다. 그는 그런터 할머니의 졸개, 이제는 어른이 된 건달 존이었으니까.

건달 존은 몇 걸음 더 다가오더니 눈을 가늘게 찌푸리고 두 아이를 번갈아 보며 말했다.

"그래, 너희 둘이면 괜찮겠군. 그 칼 이리 내."

소총이 가슴을 겨누고 있는 탓에 버트는 순순히 칼을 내줄 수밖에 없었다. 그러나 그리 겁을 먹진 않았다. 플래푼이 뭐라 했든 사실 버트는 아주 영리한 소년이었으니까. 이 지저분한 얼굴의 사내는 자신이 금화 100닢의 현상금이 붙은 도망자를 붙잡았다는 사실도 모르는 듯했다. 왜인지는 알 수 없었지만 어쨌든 그는 그저 아무나 소년 두 명을 찾고 있었던 듯했다. 하지만 로더릭은 얼굴이 새하얗게 질렸다. 스피틀워스가 어느 도시에나 첩자를 심어 놓았다는 사실을 알고 있었던 그는 그들이 곧 수석 고문관에게 넘겨질 테고 로더릭 로치 자신은 반역자를 도와줬다는 이유로 사형에 처해질 것이라고 믿었다.

"움직여."

사내는 불퉁한 얼굴을 하고 소총으로 방향을 알려 주며 그들을 골목 밖으로 이끌었다. 등에 총이 겨눠진 채로 버트와 로더릭은 컴컴한 여로보암의 거리를 걸어 마침내 그런터 할머니의 고아원에 이르렀다.

47장

지하 감옥에서

궁전 주방에서 일하던 사람들은 스피틀워스 경으로부터 비미시 부인의 소식을 듣고 놀라움을 금치 못했다. 자신이 그들보다 훨씬 더 중요한 사람이니 혼자만의 주방을 따로 마련해 달라 했다는 것이 아닌가. 비미시 부인을 오랫동안 알고 지낸 사람들은 그녀가 평소 오만하게 군 적이 없었으므로 이상하게 여기기도 했다. 그러나 비미시 부인이 만드는 과자와 케이크가 꾸준히 왕의 식탁에 올라온다는 것은 그녀가 어디서든 살아 있다는 뜻이었다. 그래서 다른 백성들처럼 그들도 자신들의 안전을 위해 아무것도 묻지 않기로 했다.

한편, 궁전 지하 감옥의 삶은 이전과는 완전히 달라졌다. 비미시 부인의 감방에 화덕이 놓였고, 주방에 있던 냄비들과 팬들도 감옥으로 옮겨졌다. 그녀를 왕국 최고의 제빵사로 만들어 준, 깃털처럼 가벼운 특제 케이크는 복잡한 과정을 거쳐야 탄생하는 음식이었기에 옆 감방의 죄수들이 훈련을 받고 그녀를 돕기 시작했다. 그녀는 죄수들의 식사량을 두 배로 늘려 달라고 청했고(계란 거품을 내고 반죽을 켜켜이 접는 일, 재료를 계량하고 무게를 재는 일, 채를 치고 섞는 일을 하려면 힘이 필요하니까) 감방의 쥐와 각종 해충을 없애 줄 쥐잡이

꾼과 감방들을 오가며 창살 사이로 일거리를 전달해 줄 하인도 넣어 달라고 요구했다.

눅눅했던 벽들이 화덕의 열기로 보송해졌다. 곰팡이 냄새와 오물 냄새가 사라지고 맛있는 냄새가 감옥을 채웠다. 비미시 부인은 죄수들이 모두 완성된 케이크를 맛보면서 자신들의 노력이 어떤 결과물을 만들어 내는지 알아야 한다고 주장했다. 서서히 지하 감옥은 활기 넘치는 곳, 나아가 기분 좋은 곳으로 바뀌었다. 비미시 부인이 오기 전에는 굶주리고 쇠약했던 죄수들은 점점 살을 찌우기 시작했다. 그녀는 이처럼 바쁘게 몸을 움직이며 버트에 대한 걱정을 떨쳐 내려 애썼다.

죄수들이 과자와 케이크를 굽는 동안 옆방에서 도브테일 씨는 계속 국가를 부르며 커다란 이카보그 발을 조각했다. 비미시 부인이 오기 전에는 그의 노랫소리와 망치 소리에 다른 죄수들이 짜증을 냈지만 그녀는 오히려 모두가 그와 함께 노래를 부르도록 격려했다. 죄수들의 합창 소리에 끊임없이 이어지던 도브테일의 망치 소리와 끌 소리가 묻혔다. 좋은 점은 그뿐만이 아니었다. 스피틀워스가 지하 감옥으로 달려 내려와 조용히 하라고 소리치자 비미시 부인은 순진한 얼굴로 국가를 못 부르게 하는 것은 반역이 아니냐고 되물었다. 그 말에 스피틀워스가 얼빠진 표정을 짓자 죄수들은 모두 배를 잡고 웃었다. 한껏 기쁨을 만끽하던 비미시 부인은 옆방에서 조그맣게 씩씩거리는 웃음소리를 얼핏 들은 듯했다.

그녀는 정신병에 대해서는 잘 알지 못했지만 멍울진 소스나 폭삭 까부라진 수플레처럼 망친 듯 보이는 것들을 구제하는 법을 알고 있었다. 도브테일 씨의 짓밟힌 마음도 고칠 수 있을 거라고 믿었다. 혼자가 아니라는 것을 알게 해주고 자신이 누구인지 떠올리게 해 주면 도움이 되지 않을까? 그래서 가끔

지하 감옥은 서서히 활치가 넘치는 곳으로 바뀌었다.
비미시 부인은 이처럼 바쁘게 몸을 움직이며 걱정을 떨쳐 내려고 했다.

윤나원 | 11세

비미시 부인은 죄수들에게 국가 말고 다른 노래를 부르자고 제안했다. 도브테일 씨의 가여운 마음에 자극을 주어 예전의 모습을 찾게 해 주려는 생각이었다.

마침내 놀랍게도 그리고 기쁘게도, 술집에서 즐겨 부르는 이카보그 노래를 그가 따라 부르는 소리가 들렸다. 사람들이 이카보그의 존재를 믿기 전부터 즐겨 부르던 노래였다.

"한 병 마시면 이카보그는 새빨간 거짓말

한 병 더 마시니 그놈의 한숨 소리가 들리고

또 한 병 더 마시니 그놈이 살금살금 지나가네.

이카보그가 오고 있다네, 죽기 전에 진탕 마셔 보세!"

비미시 부인은 방금 화덕에서 꺼낸 케이크 팬을 내려놓고 침대 위로 껑충 올라가 저 높이 벽면의 갈라진 틈에 대고 나지막이 말했다.

"대니얼 도브테일, 네가 그 우스꽝스러운 노래 따라 부르는 거 들었어. 난 네 오랜 친구 버사 비미시야. 기억하지? 오래전 우린 함께 그 노래를 불렀잖아. 우리 아이들이 어릴 때. 내 아들 버트랑 네 딸 데이지. 기억하지, 대니얼?"

그녀는 대답을 기다렸다. 그리고 잠시 후 흐느끼는 소리가 들리는 듯했다.

고개를 갸우뚱하는 사람도 있겠지만, 비미시 부인은 도브테일 씨가 우는 소리를 듣고 기뻐했다. 웃음뿐 아니라 때로는 울음도 마음을 치유해 주기 때문이다. 그날 밤부터 그 뒤로 숱한 밤, 비미시 부인은 벽에 갈라진 틈으로 도브테일 씨에게 소곤소곤 이야기를 건넸고 머지않아 도브테일 씨도 대꾸하기 시작했다. 비미시 부인은 그가 이카보그는 없다고 말한 것을 주방 하녀에게 얘기하고 얼마나 후회했는지 모른다고 털어 놓았다. 도브테일 씨는 비미시 대장이 말에서 떨어졌을 거라고 말한 뒤 얼마나 괴로워했는지 모른다고 했다. 그러곤 그들의 아이들이 살아 있을 거라고 서로를 다독였다. 그렇게 믿지 않으면 죽을 것 같았으니까.

저 높이 조그맣게 보이는, 창살이 쳐진 하나뿐인 창문으로 얼음장 같은 냉기가 스며들어 왔다. 혹독한 겨울이 다가오고 있었다. 그러나 이제 지하 감옥은 희망과 치유의 장소가 되었다. 비미시 부인은 자신의 조수들을 위해 이불을 더 갖다 달라고 청하고 밤새도록 화덕에 불을 피워 놓았다. 어떻게든 그들이 모두 살아남게 할 작정이었다.

48장

다시 만난 버트와 데이지

겨울의 한기는 그런터 할머니의 고아원에서도 느낄 수 있었다. 누더기 옷과 양배추 수프로만 버티는 아이들은 잘 먹은 아이들처럼 기침과 감기를 견뎌내지 못한다. 먹을 것과 따스한 온기, 사랑을 누리지 못한 탓에 세상을 떠난 존과 제인 들이 끊임없이 고아원 뒤쪽의 작은 묘지를 채워 갔다. 다른 아이들이 슬퍼해 주었지만 땅에 묻히는 아이들의 진짜 이름은 아무도 알지 못했다.

그런터 할머니가 건달 존을 여로보암의 거리로 내보낸 것은 아이들이 갑자기 잇따라 죽자 그 자리를 메울 아이들을 구하기 위해서였다. 조사관들이 1년에 세 번씩 그런터 할머니가 고아원 아이들의 수를 속이지 않는지 확인하러 왔다. 가능하다면 그런터 할머니는 큰 아이들을 원했다. 큰 아이들이 어린 아이들보다 더 강인하기 때문이었다.

아이들을 돌봐 주는 대가로 받는 금화 덕분에 그런터 할머니의 생활 공간은 코르누코피아에서 손에 꼽힐 만큼 사치스러운 곳이 되었다. 벽난로에는 불이 활활 타올랐고, 큼직한 벨벳 안락의자와 두툼한 실크 양탄자, 폭신한 양모 이불이 덮인 침대가 갖춰져 있었다. 그녀의 식탁에는 늘 최고급 음식과 포도주가 올라왔다. 바론스타운의 파이와 커즈버그의 치즈가 그런터 할머니의 방으로 들어갈 때마다 굶주린 고아원 아이들은 천국의 냄새를 맡는 듯했다. 이제 그런터 할머니는 건달 존에게 아이들 관리를 맡겨 놓고 조사관이 올 때가 아니면 방에서 거의 나오지 않았다.

데이지 도브테일은 새로 들어온 두 소년에게 딱히 관심을 갖지 않았다. 여느 아이들과 다를 바 없이 누더기를 걸친 지저분한 소년들이었고, 데이지와 마사는 어린아이들의 죽음을 어떻게든 막느라 바빴다. 자기들은 배를 곯으면서도 어린아이들이 충분히 먹게 해 주었고, 특히 데이지는 틈만 나면 아이들을 때리려 드는 건달 존을 말리다가 그의 지팡이에 맞은 탓에 온몸이 멍투성이였다. 데이지는 그저 싸워 보지도 않고 순순히 존이라는 이름을 받아들인 두 소년이 못마땅할 뿐이었다. 진짜 이름을 부르지 않는 것이 그들에게는 차라리 잘된 일이라는 사실을 데이지가 알 리 없었다.

버트와 로더릭이 고아원에 들어오고 일주일 뒤, 데이지와 그 절친한 친구 마사는 헤티 홉킨스의 쌍둥이를 위해 비밀 생일 파티를 열어 주었다. 어린아이들은 자기 생일을 모르는 경우가 많아서 데이지는 날짜를 정해 하다못해 양배추 수프를 한 그릇 더 얹어 줘서라도 생일을 축하해 주려고 노력했다. 뿐만 아니라, 데이지와 마사는 어린아이들이 진짜 이름을 잊지 않게 하려고 애썼다. 그러면서도 건달 존 앞에서는 서로를 존과 제인이라 부르라고 가르쳤다.

쌍둥이의 생일을 위해 데이지는 특별한 간식을 준비했다. 며칠 전 그런터 할머니에게로 배달된 슈빌 케이크 두 개를 훔쳐 낸 것이었다. 그 냄새는 고문과도 같았다. 먹어 치우고픈 마음이 간절했지만 끝까지 참고 아껴 두었다.

"와, 예쁘다."

여자아이가 기쁨의 눈물을 흘리며 말했다.

"예쁘다."

사내아이가 따라 말했다.

"이 왕국의 수도인 슈빌에서 온 거야."

데이지가 두 아이에게 설명했다. 데이지는 예전에 학교에서 배운 것들을 어린아이들에게 가르쳐 주려고 노력했고 그 애들이 한 번도 보지 못한 도시들에 대해 설명해 주기도 했다. 습지대와 그런터 할머니의 고아원 말고는 다른 곳에서 살아 본 적이 없는 마사도 커즈버그와 바론스타운, 슈빌에 대한 이야기를 즐겁게 들었다.

쌍둥이가 마지막 케이크 부스러기를 삼키는 순간, 건달 존이 벌컥 방 안으로 들어왔다. 데이지는 크림이 묻어 있는 접시를 감추려 했지만 건달 존은 이미 보고 말았다.

"너, 또 도둑질했구나, 못난이 제인!"

건달 존이 소리치며 머리 위로 지팡이를 들고 데이지에게로 다가왔다. 그러곤 내리치려는 찰나, 갑자기 허공에서 누군가가 지팡이를 잡았다. 버트가 요란한 소리를 듣고 웬일인가 싶어 달려온 것이었다. 여기저기 기운 작업복 차림의 비쩍 마른 소녀를 건달 존이 때리려는 광경을 보고 버트는 내려오는 지팡이를 잽싸게 붙잡았다.

"이러면 안 되지."

버트가 낮은 목소리로 건달 존에게 으르렁거렸다. 그때 처음으로 데이지는 새로 온 소년의 슈빌 말투를 들었다. 그러나 세월이 많이 흐른 데다 성난 표정을 짓고 있는 버트는 데이지가 예전에 알던 모습과는 너무도 달라서 알아보지 못했다. 버트도 마찬가지였다. 그가 기억하는 데이지는 가무잡잡한 피부에 갈색 머리칼을 양 갈래로 딴 소녀였다. 눈을 번뜩이는 이 소녀가 자신이 알던 사람일 거라고는 전혀 생각하지 못했다.

건달 존이 버트의 손에서 지팡이를 빼내려는 순간, 때마침 로더릭이 버트를 도우러 왔다. 잠시 싸움이 벌어진 끝에 건달 존이 물러났다. 고아원 아이들로서는 처음 보는 광경이었다. 결국 건달 존은 입술이 찢어진 채로 복수를 다짐하며 방을 나갔다. 고아원 여기저기서 새로 들어온 두 소년이 데이지와 쌍둥이를 구했고 건달 존은 우스운 꼴로 슬그머니 내뺐다는 수군거림이 들려왔다.

그날 저녁 고아원 아이들이 모두 잠자리에 들 무렵 버트와 데이지는 위층 계단에서 마주쳤다. 둘은 걸음을 멈추고 조금 어색하게 이야기를 나눴다.

"아까는 정말 고마웠어."

데이지가 말했다.

"고맙긴. 그 남자가 자주 그러니?"

버트가 묻자 데이지는 어깨를 으쓱하며 대꾸했다.

"그렇다고 할 수 있지. 그래도 쌍둥이가 케이크를 다 먹었잖아. 정말 다행이야."

버트는 데이지의 얼굴이 어딘지 낯익고 말투에서도 슈빌의 흔적이 묻어난다고 생각했다. 그는 데이지가 다리에 천을 덧대어 늘려 입은, 낡고 해진 작업복을 내려다보았다. 그러곤 물었다.

"넌 이름이 뭐야?"

데이지는 주위를 두리번거리며 듣는 사람이 없는지 확인했다. 그러곤 대꾸했다.

"데이지. 하지만 건달 존이 있을 때는 제인이라고 불러야 해."

"데이지."

버트는 숨을 들이켰다.

"데이지……. 나야! 버트 비미시!"

데이지의 입이 벌어지는가 싶더니 어느새 두 사람은 부둥켜안고 눈물을 흘리기 시작했다. 마치 데이지의 엄마가 죽기 전 그리고 버트의 아빠가 살해 당하기 전, 코르누코피아가 지상에서 가장 행복한 곳처럼 느껴지던 시절에 햇살 가득한 궁전의 안뜰에서 뛰어 놀던 그 어린아이들로 돌아간 것 같았다.

49장
고아원 탈출기

그런터 할머니의 고아원에 사는 아이들은 보통 성인이 되면 거리로 쫓겨났다. 성인이 된 아이들은 데리고 있어 봐야 그런터 할머니에게 돈이 되지 않았다. 건달 존이 쫓겨나지 않은 것은 그가 그런터 할머니에게 쓸모 있었기 때문이다. 그런터 할머니는 아이들을 그저 돈으로만 여기면서도 아이들이 도망치지 못하도록 모든 문을 철저히 잠그고 빗장을 채워 놓았다. 열쇠는 건달 존만 갖고 있었는데, 지난번 열쇠를 훔치려던 소년은 만신창이가 되어 여러 달 누워 지내야 했다.

데이지와 마사도 머지않아 자기들이 쫓겨날 신세라는 것을 알고 있었다. 하지만 두 소녀는 자신들의 앞날보다 자기들이 나가면 어린아이들에게 어떤 일이 벌어질지 더 걱정했다. 버트와 로더릭도 머지않아, 아니, 어쩌면 그보다 더 빨리 떠나야 했다. 버트의 얼굴이 그려진 수배 벽보가 아직 여로보암의 담장마다 붙어 있는지 확인할 길은 없었지만 벌써 떼어 버렸을 리가 없었다. 네 사람은 금화 100닢의 현상금이 붙은 값비싼 도망자들이 자기들과 한 지붕 아래 살고 있다는 사실을 그런터 할머니와 건달 존이 알게 될까 봐 늘 조마조마

했다.

그사이 버트와 데이지, 마사, 로더릭은 매일 밤 고아원 아이들이 잘 때 따로 모여 그동안 겪은 일과 코르누코피아의 상황에 대해 이야기를 주고받았다. 그들이 모이는 곳은 고아원에서 유일하게 건달 존의 발길이 닿지 않는 곳, 바로 양배추를 보관하는 부엌의 커다란 벽장이었다.

어릴 때부터 습지대 사람들에 대해 우스갯소리를 하며 자란 로더릭은 첫날 마사의 말투를 듣고 웃음을 터트렸다. 그러나 데이지가 불같이 화를 내며 면박을 주자 두 번 다시 그러지 않았다.

그들은 질기고 냄새 나는 양배추 더미 사이에 촛불 하나를 켜 놓고 마치 모닥불 주위에 둘러앉듯 옹송그리고 앉아 이야기를 주고받았다. 데이지는 납치당한 이야기를 들려주었고 버트는 아무래도 아버지가 사고로 죽은 것 같다고 털어 놓았다. 로더릭은 백성들이 이카보그의 존재를 믿게 하려고 이카보그의 습격을 꾸미는 검은발 부대에 대해 설명해 주었다. 슈빌로 들어오는 우편물들이 중간에 가로채였고, 두 고문이 나라의 금을 짐마차에 실어 빼돌리고 있으며, 수백 명의 사람들이 죽임을 당하거나 감옥에 갇혀 스피틀워스에게 이용당하고 있다는 이야기도 곁들였다.

그러나 두 소년은 저마다 숨기는 것이 하나씩 있었으니, 살짝 귀띔해 주겠다.

로더릭은 이미 오래전부터 비미시 대장이 늪에서 사고로 총에 맞은 것이 아닐까 의심했지만 버트에게 차마 말하지 못했다. 왜 진작 얘기하지 않았냐고 원망을 들을까 봐 겁이 났기 때문이다.

한편, 버트는 검은발 부대가 사용하는 거대한 발들을 도브테일 씨가 만들었을 거라고 확신했지만 데이지에게는 털어 놓지 못했다. 도브테일 씨는 그 발들을 만들고 나서 처형당한 것이 분명한데, 데이지에게 아버지가 아직 살아 있을지도 모른다는 헛된 희망을 품게 하고 싶지 않았다. 로더릭은 검은발 부대가 사용하는 그 많은 발들을 누가 만들었는지 몰랐으므로 데이지는 자기 아빠가 그들의 계획에 참여했다는 사실을 알 길이 없었다.

그들이 양배추 저장고에서 모인 지 엿새째 되는 날 밤 데이지가 로더릭에게 물었다.

"하지만 병사들은? 이카보그 수비대와 근위대 말이야. 그 사람들도 다 한패야?"

그러자 로더릭이 대꾸했다.

"틀림없이 알고 있을 거야. 어느 정도는. 하지만 다 알고 있는 건 아주 높은 사람들뿐일걸. 두 고문과…… 누군지는 몰라도 우리 아빠 대신 대장이 된 사람."

그런 뒤 그는 잠시 말이 없었다.

"수비대 병사들도 습지대에 오래 있었으니 이카보그가 없다는 걸 눈치챘겠지."

버트가 말했다.

"하지만 이카보그는 있어."

마사였다. 로더릭은 잠자코 있었지만 만약 마사를 지금 처음 만났다면 아마도 웃음을 터트렸을 것이다. 데이지는 평소처럼 마사의 말을 무시했다. 그러나 버트가 다정하게 말했다.

"나도 그렇게 믿었어. 사실을 알게 되기 전까지는."

밤이 깊어 가자 네 사람은 다음 날 다시 만나기로 하고 침대로 돌아갔다. 모두 나라를 구하겠다는 야심을 품었지만 무기가 없으면 스피틀워스와 그의 수많은 병사들에게 맞설 수 없다는 현실을 받아들여야 했다.

그러다 이레째 밤, 버트는 양배추 저장고에서 두 소녀의 표정을 보고 나쁜 일이 생겼다는 것을 알아챘다.

마사가 벽장문을 닫자마자 데이지가 기다렸다는 듯이 속삭였다.

"큰일 났어. 아까 침대로 가면서 그런터 할머니랑 건달 존이 얘기하는 걸 들었는데, 고아원 조사관이 오고 있대. 내일 오후쯤 여기 도착할 거래."

두 소년은 몹시 걱정스러운 얼굴로 서로를 보았다. 외부 사람이 오면 도망자인 그들을 알아볼 게 분명했다.

버트가 로더릭에게 말했다.

"여길 떠나야 해. 당장. 오늘밤에. 너랑 나랑 힘을 합치면 건달 존의 열쇠를 빼앗을 수 있을 거야."

"해 보자."

로더릭이 주먹을 움켜쥐며 대꾸했다.

"마사랑 나도 같이 가. 우리가 계획을 짜 놨어."

데이지가 말했다.

"무슨 계획?"

버트가 물었다.

"우리 넷이 북쪽의 습지대를 지키는 군인들을 찾아가는 거야. 마사가 길을 아니까 우리를 데려가면 돼. 도착하면 로더릭이 들려준 얘기를 그 군인들에게 해 주는 거야. 이카보그는 가짜이고……."

"하지만 이카보그는 진짜 있어."

마사가 끼어들었지만 나머지 셋은 못 들은 체했다.

"……사람들이 죽게 된 이야기, 스피틀워스와 플래푼이 나라의 금을 빼돌

린 이야기를 해 주는 거지. 우리끼리는 스피틀워스를 상대할 수 없어. 스피틀
워스를 거역하고 우리가 나라를 구하도록 도와줄 착한 병사들이 몇 명은 있
을 거야!"

그러자 버트가 천천히 말했다.

"계획은 좋은데, 너희 둘은 따라오면 안 될 것 같아. 위험할지도 몰라. 로
더릭과 내가 할게."

데이지의 눈이 이글거리기 시작했다.

"아냐, 버트. 넷이 함께하면 두 배의 병사들을 설득할 수 있잖아. 말릴 생
각은 하지 마. 빨리 뭐라도 하지 않으면 겨울이 가기도 전에 이 고아원 아이
들이 죄다 묘지에 묻히고 말 테니까."

버트는 연약한 데이지와 마사가 습지대까지 갈 수 있을까 걱정하며 좀 더
말려 보려 했지만 결국 두 손 들고 말았다.

"좋아. 날도 춥고 길이 머니까 가서 너희 담요를 챙겨 와. 로더릭과 내가
건달 존한테서 열쇠를 뺏을게."

그런 뒤 버트와 로더릭은 살금살금 건달 존의 방으로 들어갔다. 짧고 무자
비한 싸움이 벌어졌다. 그런터 할머니가 저녁 식사 때 포도주 두 병을 비웠기
에 망정이지 그러지 않았더라면 쿵쾅거리는 소리와 비명 소리에 잠이 깼을
것이다. 멍들고 피 흘리는 건달 존에게서 로더릭은 신발을 훔쳤다. 두 소년은
건달 존을 방에 가두고 현관 옆에서 기다리는 데이지와 마사에게로 달려갔
다. 빗장과 사슬까지 모조리 푸는 데 5분이 더 걸렸다.

문을 열자 얼음장 같은 바람이 그들을 맞이했다. 데이지와 버트, 마사, 로
더릭은 낡은 담요를 어깨에 두른 채 마지막으로 고아원을 흘끗 돌아본 뒤 거
리로 나가 습지대로 걸음을 옮겼다. 눈발이 날리기 시작했다.

고아원의 문을 열자 얼음장 같은 바람이 그들을 맞이했다.
데이지와 버트, 마사, 로더릭은 낡은 담요를 어깨에 두른 채 걸음을 옮겼다.

김성재 ǀ 13세

50장

겨울 여정

습지대로 향하는 네 청년들의 여정은 코르누코피아 역사를 통틀어 가장 험난한 여정이었다.

왕국의 역사상 백 년 만에 찾아온 혹독한 겨울이었고, 그들 뒤로 어두운 여로보암의 윤곽이 사라질 무렵에는 눈보라가 휘몰아쳐 온 세상이 하얗게 변했다. 얇은 누더기 옷과 찢어진 담요로는 견딜 수 없는 매서운 추위가 마치 작고 날카로운 이빨을 드러낸 늑대처럼 그들의 몸을 물어뜯었다.

마사가 없었더라면 그들은 길을 찾지 못했을 것이다. 마사는 여로보암의 북쪽 지역을 잘 알았다. 눈이 모든 것을 두껍게 뒤덮었는데도 어릴 때 오르던 나무들과 오래전부터 자리를 지켜 온 이상한 모양의 바위들, 금방이라도 무너질 것 같은 옛 이웃들의 양 축사 등을 모두 알아보았다. 그러나 북쪽으로 올라갈수록 모두들 여기서 죽게 되는 것이 아닐까 하는 의문을 떨쳐 낼 수 없었다. 다만 아무도 그런 생각을 입 밖에 내지 않았을 뿐. 그들의 몸은 그만 멈추라고, 그만 포기하고 버려진 헛간의 차가운 지푸라기 위에 누워 쉬라고 애원하고 있었다.

사흘째 밤, 끈적끈적하고 불쾌한 늪지의 냄새가 풍겨 오자 마사는 목적지가 가까워졌다는 것을 알았다. 모두들 다시금 희망을 품었다. 눈을 부릅뜨고 병사들의 횃불이나 모닥불을 찾아보았다. 쌩쌩 몰아치는 바람 사이로 사내들의 말소리와 철컹거리는 마구소리가 들리는 것 같기도 했다. 이따금씩 멀리서 무언가가 반짝거리기도 하고 무슨 소리가 들려오기도 했지만 확인해 보면 결국 얼어붙은 웅덩이에 비친 달빛이거나 눈보라에 신음하는 나무 소리였다.

마침내 그들은 바위와 늪, 부스럭거리는 갈대가 뒤섞인 넓은 늪지 언저리에 이르렀다. 그리고 그제야 병사가 한 명도 없다는 사실을 깨달았다.

겨울 폭풍으로 병사들이 모두 철수한 탓이었다. 내심 이카보그가 없다고 확신하고 있던 지휘관은 고작 스피틀워스 경의 비위를 맞추기 위해 자기 부하들을 모두 얼어 죽게 할 수는 없다고 생각했다. 그는 남쪽으로 내려가라는 명령을 내렸다. 여전히 정신없이 몰아치며 모든 흔적을 두껍게 덮어 버린 눈보라만 아니었더라면 네 사람은 닷새 전 반대쪽으로 이동한 군인들의 발자국을 발견했을지도 모른다.

"저것 봐. 있긴 있었네."

로더릭이 몸서리를 치며 한 곳을 가리켰다.

군인들은 한시라도 빨리 눈보라를 피하기 위해 눈밭에 바퀴가 빠진 마차 한 대를 버려두고 갔다. 네 사람은 그리로 가 보았다. 버트와 데이지, 로더릭이 꿈에서나 떠올리던, 그리고 마사는 태어나서 처음 보는 음식들이 실려 있었다. 부드러운 커즈버그 치즈와 슈빌의 과자와 케이크, 바론스타운의 소시지와 사슴고기 파이까지. 먹을 것이 없는 습지대를 지키는 지휘관과 병사들을 위로하기 위해 보내 준 음식이었다.

버트는 꽁꽁 언 손을 뻗어 파이 하나를 집으려 했지만 두껍게 덮인 얼음에 손가락이 미끄러졌다.

그는 절망한 표정으로 데이지와 마사, 로더릭을 돌아보았다. 모두 입술이 새파랗게 변했다. 아무도 말을 하지 않았다. 모두가 곧 이카보그의 늪 언저리에서 얼어 죽게 된다는 것을 알았지만 이제 아무래도 상관없었다. 데이지는 너무도 추운 나머지 차라리 영원히 잠들어 버리면 참으로 좋겠다고 생각했다. 서서히 눈 속으로 파묻혀 가는데도 딱히 더 추워지지 않았다. 버트도 털썩 앉아 데이지를 두 팔로 감싸 안았지만 졸음과 함께 묘한 느낌이 밀려들었다. 마사는 로더릭에게 기대었고 로더릭은 마사를 자신의 담요 속으로 바싹 끌어당겼다. 넷은 마차 옆에 옹송그리고 앉아 곧 정신을 잃었다. 달이 떠오르는 가운데 눈이 그들의 몸을 뒤덮기 시작했다.

그때 그들의 위로 거대한 그림자가 일렁거리며 다가왔다. 갈대 같은 기다란 초록색 털이 뒤덮인 거대한 한 쌍의 팔이 네 사람에게로 내려왔다. 이카보그는 아기를 안듯 가뿐하게 그들을 안아 올린 다음 늪으로 데려갔다.

51장
동굴 안에서

몇 시간 뒤, 데이지는 정신이 들었지만 눈을 뜨지 않았다. 어린 시절 겨울이 되면 엄마가 만든 조각보 이불을 덮고 잠들었다가 아침에 벽난로에서 불이 타닥거리는 소리를 듣고 잠이 깼었는데, 그때나 맛보았던 아늑함이 밀려들었다. 불이 타닥타닥 타오르는 소리가 들리고 사슴고기 파이가 화덕에서 데워지는 냄새가 났다. 엄마 아빠가 함께 있는 집으로 돌아간 꿈을 꾸고 있는 게 분명했다.

그러나 타닥거리는 소리와 파이 냄새가 너무도 생생해서 데이지는 문득 꿈을 꾸는 것이 아니라 천국에 온 것이 아닌가 생각했다. 늪의 언저리에서 얼어 죽은 것일까? 데이지는 몸을 움직이지 않은 채 눈을 떴다. 가물거리는 불빛과 표면이 거친 벽이 보였다. 아주 커다란 동굴의 벽인 듯했다. 곧이어 자신과 세 친구가 양털을 모아 만든 듯한 커다란 보금자리에 누워 있다는 사실을 깨달았다.

불 옆에 긴 황록색 갈대가 뒤덮인 커다란 바위가 놓여 있었다. 그 바위를 멍하니 바라보던 데이지는 서서히 어둠에 눈이 적응되기 시작했다. 그제야 말의 두 배만큼 높다란 그 바위가 자신을 바라보고 있다는 사실을 깨달았다.

옛날이야기에서 이카보그는 용이나 뱀, 허공을 떠다니는 귀신처럼 생겼다고 했지만 데이지는 그 바위가 진짜 이카보그라는 것을 단번에 알아차렸다. 놀란 데이지는 다시 눈을 감고 푹신한 양털로 손을 뻗어 보았다. 세 친구 중 한 명의 등이 손에 닿자 그 등을 쿡쿡 찔렀다.

"왜?"

버트가 속삭였다.

"저거 봤어?"

데이지가 여전히 눈을 꼭 감은 채 속삭여 물었다.

"응."

버트가 숨을 내쉬며 덧붙였다.

"보지 마."

"그러고 있어."

데이지가 대꾸했다.

"내가 그랬잖아. 이카보그는 정말 있다고."

겁에 질린 마사의 속삭임이 들려왔다.

"파이를 만들고 있는 것 같은데."

로더릭이 속삭였다.

네 사람은 모두 눈을 감고 꼼짝없이 누워 있었다. 하지만 곧 맛있는 사슴고기 파이 냄새가 진동하자 차라리 이카보그에게 죽기 전에 지금 일어나서 저 파이 하나를 빼앗아 몇 입이라도 먹었으면 좋겠다는 생각이 들기 시작했다.

그러다 괴물이 움직이는 소리가 들렸다. 길고 거친 털이 부스럭거렸고 무거운 발은 크고 둔탁하게 쿵쿵거리는 소리를 냈다. 마치 무거운 무언가를 내

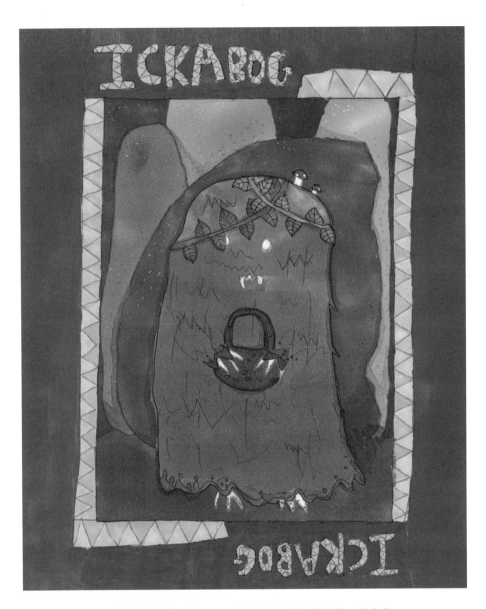

옛날이야기에서 이카보그는 용이나 뱀처럼 생겼다고 했지만,
데이지는 그 바위가 진짜 이카보그라는 사실을 단번에 알아차렸다.

윤소담 | 12세

려놓은 듯 철컹하는 소리가 들렸다. 그러더니 낮고 커다랗게 울리는 목소리가 들렸다.

"이거 먹어."

넷은 모두 눈을 떴다.

이카보그가 인간의 말을 할 줄 안다는 것도 충격적인 일이었지만 그들은 이카보그가 실제로 존재할 뿐 아니라 불을 피우고 사슴고기 파이까지 굽는다는 사실에 이미 너무 놀라서 그 점에 대해 생각할 겨를조차 없었다. 이카보그는 파이들이 담긴 투박한 나무 접시를 그들 옆 바닥에 내려놓았다. 그리고 보니 그 버려진 마차에서 가져온 음식인 듯했다.

네 친구들은 이카보그의 커다랗고 슬픈 눈을 바라보며 조심스럽게 천천히 일어나 앉았다. 이카보그는 머리부터 발끝까지 온몸을 뒤덮은 길고 거친 초록빛의 엉킨 털 사이로 그들을 바라보았다. 형체는 인간과 비슷했고, 배가 아주 커다랗고, 큼직한 발은 털로 뒤덮여 있었다. 발에는 날카로운 발톱이 하나씩 달려 있었다.

"우리한테 원하는 게 뭐야?"

버트가 용감하게 물었다.

이카보그는 깊게 울리는 목소리로 대꾸했다.

"난 너희들을 잡아먹을 거야. 하지만 아직은 아니야."

이카보그는 돌아서서 나무껍질을 엮어 만든 바구니 두 개를 집어 들더니 동굴 입구로 걸어갔다. 그러곤 갑자기 생각났다는 듯 그들을 돌아보며 말했다.

"크아."

짐승처럼 포효한 것이 아니라 그저 그 포효 소리를 흉내 낸 것이었다. 네 친구들이 빤히 바라보자 이카보그는 눈을 깜빡거리더니 다시 뒤로 돌아 양손에 바구니를 하나씩 들고 동굴을 나갔다. 이윽고 동굴 입구만큼 커다란 바위가 우르릉거리며 입구를 막아 포로들을 그 안에 가두었다. 밖에서 저벅저벅 눈을 밟는 이카보그의 발소리가 서서히 멀어져 갔다.

52장
버섯

오랫동안 그런터 할머니의 고아원에서 양배추 수프만 먹고 지낸 데이지와 마사는 그날 먹은 바론스타운 파이의 맛을 절대 잊을 수 없을 것 같았다. 마사는 한 입 베어 물고 눈물을 쏟으며 세상에 이런 맛이 나는 음식이 있을 줄은 몰랐다고 말하기도 했다. 파이를 먹는 동안에는 모두들 이카보그에 대해 잊고 있었다. 파이를 다 먹고 나자 용기가 솟은 네 친구는 자리에서 일어나 타닥거리는 불빛에 의지해 이카보그 동굴을 살펴보았다.

"저기 봐."

데이지가 벽에 그려진 그림들을 발견하고 말했다. 수많은 털북숭이 이카보그들이 창을 든 인간의 형체들에게 쫓기고 있었다.

"이것도 봐!"

로더릭이 동굴 입구 옆에 그려진 그림을 가리켰다.

네 사람은 이카보그가 피워 놓은 불빛에 의지해 그림을 살펴보았다. 한 이카보그가 깃털 꽂힌 투구를 쓰고 칼을 든 사람의 형체와 마주 서 있는 그림이었다.

데이지가 사람의 형체를 가리키며 속삭였다.

"이건 꼭 왕 같은데. 설마 그날 밤 왕이 정말 이카보그를 본 건 아니겠지?"

물론, 세 친구는 대답하지 못했다. 하지만 나는 답을 알고 있다. 이쯤에서 그날 밤의 진실을 모두 알려 줄 테니 부디 왜 이제야 얘기하느냐고 화내지 않기를 바란다.

비미시 대장이 총에 맞은 그 밤, 프레드 왕은 정말 짙은 안개 속에서 이카보그를 얼핏 보았다. 그리고 자기 개가 이카보그에게 잡아먹혔다고 했던 그 양치기 노인은 그 이튿날 아침 무언가가 낑낑거리며 문을 긁는 소리를 들었다. 충성스러운 개 패치가 돌아온 것이었다. 왜냐고? 그야 당연히, 스피틀워스가 제 발에 걸린 가시덤불에서 그 개를 풀어 주었으니까.

양치기 노인은 패치가 이카보그에게 잡아먹히지 않았다는 사실을 왕에게 전했어야 하지 않느냐고? 섣불리 이 노인을 탓해선 안 된다. 그는 슈빌까지 먼 길을 다녀오느라 몹시 지치고 쇠약해진 상태였다. 게다가 어차피 왕은 상관하지 않았을 것이다. 안개 속에서 그 괴물을 본 프레드는 누가 뭐라 해도 이카보그가 실제로 있다고 믿었을 테니까.

"그런데 이카보그는 왜 왕을 잡아먹지 않았을까?"

마사가 물었다.

"혹시 그 사람들이 얘기하는 것처럼 정말 이카보그를 물리친 걸까?"

로더릭이 의심 가득한 투로 묻자 데이지가 이카보그의 동굴을 돌아보며 말했다.

"하지만 이카보그가 정말 사람을 잡아먹는다면 이 동굴에 뼈가 하나도 없는 게 이상하잖아."

"뼈까지 먹어 치웠나 보네."

버트가 말했다. 그의 목소리는 떨리고 있었다.

데이지는 문득 깨달았다. 그들은 비미시 대장이 늪에서 사고로 죽었다고 생각했지만 아니었다. 결국 그는 이카보그에게 목숨을 잃은 것이다. 데이지는 버트가 자기 아버지를 죽인 괴물의 소굴에 와 있으니 얼마나 끔찍한 기분일까 떠올리며 그의 손을 잡아 위로해 주려고 했다. 그때 다시 밖에서 육중한 발소리가 들렸다. 괴물이 돌아온 것이었다. 네 사람은 황급히 푹신한 양털 속으로 돌아가 한 번도 움직이지 않았던 듯 그 안에 들어앉았다.

요란하게 우르릉거리는 소리가 들리더니 바위가 밀리면서 겨울바람이 동굴 속을 파고들었다. 밖에는 여전히 눈보라가 몰아쳤고 이카보그의 털에는 눈이 잔뜩 묻어 있었다. 들고 나간 바구니 하나에는 버섯과 땔나무가 가득했다. 다른 바구니에는 꽁꽁 언 슈빌 케이크가 들어 있었다.

아이들이 지켜보는 가운데 이카보그는 다시 불을 키우더니 얼어붙은 케이크들을 그 옆의 평평한 돌 위에 놓았다. 케이크들이 서서히 녹기 시작했다. 데이지와 버트, 마사, 로더릭은 계속 지켜보았다. 이카보그는 버섯을 먹기 시작했는데, 먹는 방법이 특이했다. 양쪽 앞발에 하나씩 튀어나와 있는 뾰족한 발톱에 버섯을 여러 개 끼운 다음 입으로 조심스럽게 하나씩 빼서 아주 만족스럽다는 듯이 씹어 먹는 것이었다.

잠시 후 이카보그는 네 명의 인간이 자신을 보고 있다는 것을 별안간 깨달은 것 같았다.

"크아."

이카보그는 또 한 번 이렇게 말하고는 다시 그들을 무시하고 버섯을 먹기 시작했다. 다 먹고 나자 따뜻한 바위에서 적당히 녹은 슈빌 케이크들을 조심스레 집어서 커다랗고 텁수룩한 앞발로 인간들에게 내주었다.

"우리를 살찌우려는 거야!"

마사가 겁에 질린 목소리로 속삭였다. 하지만 그래도 이내 '소소한 사치' 하나를 집어 들더니 금세 그 황홀한 맛에 눈을 감았다.

이카보그와 인간들이 모두 식사를 마치고 나자 이카보그는 바구니 두 개를 한구석에 깔끔하게 밀어 넣고 불을 한 번 쑤신 뒤 동굴 입구로 다가갔다. 여전히 눈이 내리는 가운데 해가 저물기 시작했다. 이카보그는 이상한 소리를 내며 숨을 들이마셨다. 백파이프를 불기 전에 그 공기주머니에 공기를 불어 넣는 소리 같다고나 할까? 그러더니 인간들이 모르는 언어로 노래를 부르기 시작했다. 어둠이 깔리는 늪으로 노랫소리가 퍼져 나갔다. 노래를 듣던 네 친구들은 곧 졸음이 밀려오는 것을 느꼈다. 그들은 하나둘씩 양털 속으로 파고들어 잠이 들었다.

53장
신비로운 괴물

아직 데이지와 버트, 마사, 로더릭은 이카보그가 마차에서 가져다주는 꽁꽁 언 음식을 먹거나 그 괴물이 버섯을 먹는 모습을 지켜보는 것 말고 다른 무언가를 할 용기를 내지 못했다. 그런 일은 며칠 뒤에나 일어난다. 이카보그가(아이들이 도망가지 못하도록 동굴 입구에 거대한 바위를 끌어다 놓고) 나갈 때마다 그들은 이 괴물의 이상한 점들에 대해 이야기를 나눴다. 하지만 혹시라도 이카보그가 바위 앞에서 몰래 듣고 있을까 봐 작은 소리로 속삭였다.

네 사람이 의견을 모으지 못한 한 가지 문제는 바로 이 이카보그가 수컷이냐 암컷이냐 하는 것이었다. 데이지와 버트, 로더릭은 깊고 우렁찬 목소리로 봐선 수컷이 틀림없다고 주장했지만, 가족이 굶어 죽기 전에 양을 돌본 경험이 있는 마사는 이 이카보그가 암컷이라고 생각했다.

"배가 점점 불룩해지고 있잖아. 아무래도 새끼를 밴 것 같아."

마사는 이렇게 말했다.

또 한 가지 자주 의논하는 문제는 당연히 이카보그가 언제쯤 그들을 잡아먹을까, 그리고 그때가 되면 싸워서 물리칠 수 있을까 하는 것이었다.

"아직 시간이 좀 더 있을 것 같은데."

버트가 데이지와 마사를 보며 말했다. 오랫동안 고아원에서 굶주린 두 소녀는 여전히 깡마른 상태였다.

"너희들은 식사거리가 안 되잖아."

"내가 목덜미를 잡고 버트 네가 배를 아주 세게 때리면……."

로더릭이 동작을 흉내 내며 얘기하자 데이지가 끼어들었다.

"힘으로는 절대 이카보그를 이길 수 없어. 자기 몸집만 한 바위를 옮기잖아. 우린 발끝도 못 따라간다고."

데이지가 말했다.

"무기만 있었어도."

버트가 한탄하며 일어나서 돌멩이 하나를 동굴 반대편으로 걷어찼다.

데이지가 다시 입을 열었다.

"정말 이상하지 않아? 여태 이카보그는 버섯만 먹었잖아. 원래 온순한데 사나운 척하는 건 아닐까?"

그러자 마사가 말했다.

"양을 잡아먹는다니까. 그렇지 않으면 이 양털이 다 어디서 났겠어?"

"그냥 가시덤불에 걸려 있는 양털을 주워 온 거 아닐까?"

데이지는 하얗고 폭신한 양털을 조금 뜯어내며 말을 이었다.

"정말 동물을 잡아먹는다면 왜 이 안에 뼈가 하나도 없는지 난 아직도 이해가 안 돼."

그러자 버트가 말했다.

"그럼 밤마다 부르는 그 노래는? 난 그 노래만 들으면 소름이 끼쳐. 내 생각엔 그게 전투곡이야."

"나도 그 노래 무섭더라."

마사가 맞장구를 쳤다.

"그런데 그 노랫말이 무슨 뜻일까?"

데이지가 물었다.

잠시 후 동굴 입구를 가로막은 거대한 바위가 다시 움직이더니 이카보그가 바구니 두 개를 들고 나타났다. 평소처럼 하나에는 버섯이 가득했고 다른 하나에는 꽁꽁 언 커즈버그 치즈가 들어 있었다.

늘 그랬듯이 모두가 말없이 식사를 한 뒤, 이카보그는 두 개의 바구니를 치워 놓고 불을 쑤신 다음, 해가 저물 때 동굴 입구로 가서 인간들이 알아듣지 못하는 언어로 된 그 이상한 노래를 부르려 준비했다.

데이지가 일어섰다.

"뭐 하는 거야?"

버트가 데이지의 발목을 잡으며 속삭였다.

"어서 앉아!"

그러자 데이지는 버트의 손을 뿌리치며 말했다.

"싫어. 내가 얘기해 볼래."

데이지는 대담하게 동굴 입구로 가서 이카보그의 옆에 앉았다.

"어서 앉아!"
버트가 속삭였지만, 데이지는 대담하게 이카보그에게 다가가 옆에 앉았다.

석민경 | 11세

54장

이카보그의 노래

이카보그가 평소처럼 백파이프를 부풀리는 소리를 내며 막 숨을 들이마셨을 때 데이지가 물었다.

"넌 어떤 언어로 노래하는 거니, 이카보그?"

이카보그는 시선을 내려 데이지가 바싹 다가온 것을 보고 화들짝 놀랐다. 데이지가 대답을 들을 수 없으려나 보다 생각하며 포기하려는 순간, 이카보그가 깊은 목소리로 느릿느릿 말했다.

"이카보그어."

"무엇에 관한 노래야?"

"이카보그의 이야기야. 너희들의 이야기이기도 하고."

"인간 말이니?"

데이지가 묻자 이카보그가 대꾸했다.

"응, 인간. 그 두 이야기는 사실 하나의 이야기야. 사람들은 이카보그에게서 탄생사했거든."

이카보그는 다시 노래를 부르려고 숨을 들이마셨지만 데이지가 한 번 더 물었다.

"'탄생사'가 무슨 뜻이야? 탄생이랑 같은 거야?"

이카보그는 데이지를 내려다보며 대답했다.

"아니. 탄생사와 탄생은 아주 달라. 이카보그는 탄생사를 통해 세상에 나오지."

데이지는 몸집이 커다란 이카보그의 비위를 건드리지 않으려고 조심스럽게 말했다.

"탄생이랑 비슷한 것 같은데."

그러자 이카보그가 깊은 목소리로 대꾸했다.

"그렇지 않아. 탄생과 탄생사는 완전히 다른 거야. 우리는 새끼를 탄생사 하면서 죽거든."

"항상?"

데이지가 물었다. 그러고 보니 이카보그는 이야기를 하면서 자기도 모르게 배를 쓰다듬고 있었다.

이카보그가 대답했다.

"응. 이카보그는 원래 그래. 자식과 함께 사는 건 인간의 이상한 점 가운데 하나지."

데이지는 다시 천천히 입을 열었다.

"하지만 너무 슬픈걸. 자식이 태어날 때 죽다니."

그러자 이카보그가 대꾸했다.

"슬프지 않아. 탄생사는 아름다운 거야! 우리의 일생은 결국 탄생사를 향해 가는 여정이야. 새끼를 탄생사할 때 무얼 하는지, 어떤 감정을 느끼는지가 새끼들의 성격을 결정해. 그래서 행복한 탄생사를 하는 것이 아주 중요하지."

"이해가 안 되는데."

데이지의 말에 이카보그는 설명하기 시작했다.

"내가 슬픔과 절망을 느끼면서 죽으면 내 자식들은 살지 못할 거야. 난 나의 이카보그 동족들이 절망에 빠져 하나둘 죽는 것을 지켜봤어. 그 자식들은 그들이 죽고 몇 초밖에 버티지 못했지. 이카보그는 희망이 없으면 살 수 없어. 난 마지막 남은 이카보그야. 나의 탄생사는 역사상 가장 중요한 탄생사가 될 거야. 나의 탄생사가 행복하게 이뤄지면 우리 종족은 살아남을 테고 그렇지 않으면 이카보그는 영영 사라질 테니까⋯⋯. 우리의 모든 문제는 어느 불행한 탄생사에서 시작됐어."

"그것에 관한 노래니? 그 불행한 탄생사?"

데이지가 물었다.

이카보그는 눈 덮인 늪에 어둠이 내려앉는 광경을 바라보며 고개를 끄덕였다. 그러곤 다시 깊은 백파이프 소리를 내며 숨을 들이마시더니 노래를 시작했다. 이번에는 인간이 이해할 수 있는 언어로 바꾸어 노래했다.

멀고 먼 옛날
이카보그만이 살던 옛날
돌처럼 매정하고 차가운
인간들은 아직 창조되지 않은
그 시절 세상은 완벽했지.
천국에 빛을 더한 듯
쫓는 이도, 해치는 이도 없어
아름다운 나날이었어.

아, 이카보그, 어서 나오렴.
어서 탄생사하길, 나의 이카보그들.
아, 이카보그, 어서 나오렴.
어서 탄생사하렴, 나의 새끼들.

비극이 찾아온 건 폭풍우 몰아치던 밤
공포라는 이카보그의 탄생사로 세상에 나온 심통이
몸집이 크고 튼튼한 심통이는
다른 이카보그들과는 달랐지.
목소리는 거칠고 행동은 야비하고
어디서도 본 적 없는 특이한 이카보그
분노의 매질과 호통을 당하며
심통이는 결국 쫓겨났지.

아, 이카보그, 현명하게 나오렴.
현명하게 탄생사하길, 나의 이카보그들.
아, 이카보그, 현명하게 나오렴.
현명하게 탄생사하길, 나의 새끼들.

천리만리 떨어진 머나먼 타지에서
홀로 탄생사를 맞게 된 심통이는
어둠 속에서 생을 마감하고
미움이를 세상에 내놓았지.

털 없는 이카보그 미움이는
과거의 원한을 갚겠다 맹세하며
피의 욕망을 불태웠지.
그 사악한 눈으로 멀리 내다보며.

아, 이카보그, 온순하게 나오렴.
온순하게 탄생사하길, 나의 이카보그들.
아, 이카보그, 온순하게 나오렴.
온순하게 탄생사하길, 나의 새끼들.

미움이가 낳은 것은 인간 종족
인간은 우리에게서 시작되었지.
심통과 미움에서 나온 인간은 점점 불어나
군대를 이루고 우리를 물리치라 배웠네.
수많은 이카보그가 처형당하고
우리의 피가 비처럼 쏟아져 내렸지.
우리의 조상들은 나무처럼 쓰러졌지만
인간들은 여전히 우리와 싸우려 했지.

아, 이카보그, 용감하게 나오렴.
용감하게 탄생사하길, 나의 이카보그들.
아, 이카보그, 용감하게 나오렴.
용감하게 탄생사하길, 나의 새끼들.

"아, 이카보그, 온순하게 나오렴. 나의 이카보그들.
아, 이카보그, 용감하게 나오렴, 나의 이카보그들."

심소은 | 11세

인간들은 우리를 들판에서 몰아냈지.

햇살이 비치는 보금자리에서

안개와 비가 끊이지 않는 진흙과 암석 속으로.

이곳으로 쫓겨난 우리들은 점차 줄어들어

결국 하나만 남았다네.

창과 총을 견디고 살아남은 이카보그

이제 그 자식들이 다시 시작해야지.

미움과 분노를 불태우며.

아, 이카보그, 인간을 죽이렴.

인간을 죽여, 나의 이카보그들.

아, 이카보그, 인간을 죽이렴.

인간을 죽여, 나의 새끼들.

이카보그가 노래를 끝마친 뒤에도 데이지와 이카보그는 한동안 말없이 앉아 있었다. 이제 별들이 떠오르기 시작했다. 데이지는 달을 바라보며 물었다.

"지금까지 인간을 몇 명이나 잡아먹었어, 이카보그?"

그러자 이카보그는 한숨을 쉬었다.

"단 한 명도 없어. 이카보그는 버섯을 좋아해."

"탄생사 때가 되면 우릴 먹으려는 거니? 네 자식들이 이카보그는 인간을 잡아먹는다고 믿게 하려고? 네 자식들이 인간을 죽이게 하려고? 그렇게 해서 너희들의 땅을 되찾으려고?"

이카보그는 데이지를 내려다보았다. 대답하고 싶지 않은 듯했지만 결국 커다랗고 텁수룩한 머리를 끄덕였다. 데이지와 이카보그의 뒤에서 버트와 마사, 로더릭이 점점 사그라지는 불빛에 의지해 겁먹은 눈길을 주고받았다.

데이지가 조용히 말했다.

"사랑하는 사람을 잃으면 어떤 기분인지 나도 알아. 우리 엄마는 세상을 떠났고 아빠는 실종됐거든. 나는 아빠가 사라진 뒤에도 오랫동안 아빠가 살아 있다고 믿으려 했어. 그러지 않았으면 나도 죽었을 거야."

데이지는 일어서서 이카보그의 슬픈 눈을 올려다보았다.

"이카보그처럼 인간도 희망이 있어야 살 수 있는 것 같아."

데이지는 자기 가슴에 손을 얹으며 말을 이었다.

"하지만 우리 엄마 아빠는 아직 여기에 살아 계셔. 앞으로도 언제까지나 그럴 거야. 그러니까 이카보그, 나를 먹을 때는 내 심장을 맨 나중에 먹어 줘. 부모님이 가능한 한 오래 살아 있었으면 하거든."

데이지가 동굴 안쪽으로 들어가자 네 명의 인간은 불 옆의 양털 더미에 다시 누웠다.

얼마 후 졸음이 밀려오는 가운데 데이지는 이카보그가 훌쩍이는 소리를 어렴풋이 들은 것 같았다.

55장

왕의 심기를 건드리는 스피틀워스

우편마차의 탈주 사건으로 혼쭐이 난 스피틀워스 경은 두 번 다시 그런 일이 되풀이되지 않도록 손을 썼다. 수석 고문관이 반역적인 내용을 검사하기 위해 사람들의 편지를 뜯어 볼 수도 있다는 공지가 왕 모르게 발표되었다. 이 공지에는 코르누코피아의 반역죄 항목들이 모조리 열거되어 있었다. 이카보그가 없다고 하거나 프레드가 좋은 왕이 아니라고 하는 것은 여전히 반역죄였다. 스피틀워스 경과 플래푼 경을 흉보거나 이카보그 세금이 너무 높다고 불평하는 것도 반역이었다. 여기에 더해, 코르누코피아 사람들이 예전처럼 행복하지도, 풍족하게 먹지도 못한다고 말하는 것도 새로이 반역죄가 되었다.

이제 편지에 진실을 적는 것이 너무도 두려운 일이 되어 버린 탓에 수도로 들어오는 우편물이 뚝 끊겼고 여행자도 크게 줄었다. 스피틀워스가 바라던 일이었다. 그는 다음 단계를 밟기 시작했다. 바로 프레드 왕에게 수많은 팬레터를 보내는 것이었다. 편지마다 글씨체가 달라야 했으므로 스피틀워스는 병사 몇 명을 방에 가둬 놓고 종이 한 뭉치와 깃펜 여러 자루를 넣어 준 다음 편지에 어떤 내용을 써야 하는지 일러주었다.

"물론, 왕을 칭찬해야지."

스피틀워스는 수석 고문관의 가운을 걸치고 병사들 앞을 왔다 갔다 걸으며 말했다.

"이 왕국의 역사를 통틀어 최고의 통치자라고 해. 내 칭찬도 넣고. 스피틀워스 경이 없었더라면 코르누코피아가 어떻게 되었겠느냐고 써. 이카보그 수비대가 없었더라면 희생자가 훨씬 더 많아졌을 거라고, 그리고 지금 코르누코피아는 그 어느 때보다도 풍요롭다고도 쓰고."

그렇게 해서 프레드 왕은 그가 얼마나 놀라운 왕인지, 코르누코피아가 얼마나 행복한지, 그리고 이카보그와의 전쟁이 얼마나 성공적인지 칭송하는 편지들을 받기 시작했다.

"나라가 아주 잘 돌아가고 있는 모양이야!"

두 귀족과 함께 점심을 먹는 자리에서 프레드 왕은 그 편지들 가운데 한 통을 흔들며 환하게 웃었다. 가짜 편지들을 받으면서부터 그는 부쩍 밝아졌다. 혹독한 겨울 추위에 땅이 꽁꽁 얼어 사냥을 나가기는 위험했지만, 짙은 주황색 실크에 황옥 단추가 달린 아름다운 새 옷을 입은 자신이 오늘따라 한층 더 멋있게 보이는 것 같아서 더욱 들떠 있었다. 평소처럼 벽난로에서는 불이 활활 타오르고 식탁 위에는 값비싼 음식들이 잔뜩 쌓인 가운데 창밖으로 눈이 쏟아져 내리는 광경을 바라보는 것도 기분 좋은 일이었다.

"그나저나 난 이카보그가 이렇게 많이 죽었는지 몰랐어, 스피틀워스! 그러고 보니 이카보그가 한 마리 넘게 있는 줄도 몰랐는데!"

"아, 그렇지요, 폐하."

스피틀워스는 황홀한 맛의 크림치즈를 입안에 쑤셔 넣고 있는 플래푼을

벽난로에서는 평소처럼 불이 활활 타오르고 있었다.
창밖으로 눈이 쏟아져 내리는 광경을 바라보는 것도 기분 좋은 일이었다.

안시울 | 11세

매서운 눈으로 흘낏 보며 대꾸했다. 그는 할 일이 너무 많아서 왕에게 보내는 가짜 편지들을 검토하는 일을 플래푼에게 맡긴 터였다.

"폐하께서 놀라실까 봐 말씀드리지 않았습니다만, 알고 보니 얼마 전에 그 괴물이…… 그러니까……."

그는 조심스레 기침을 했다.

"……번식을 했습니다."

그러자 프레드가 말했다.

"그렇군. 어쨌든 그렇게 빠른 속도로 이카보그들을 해치우고 있다니 아주 좋은 소식이야. 한 마리 박제해서 사람들이 볼 수 있도록 전시를 하면 좋겠네!"

"아…… 그럼요, 폐하. 정말 좋은 생각이십니다."

스피틀워스가 이를 악물고 대꾸했다.

"그런데 한 가지 이해가 안 되는 게……."

프레드는 다시 그 편지를 보고 얼굴을 찌푸리며 말을 이었다.

"프러디섐 교수는 이카보그가 죽으면 그 자리에서 두 마리가 나온다고 하지 않았나? 이카보그들을 이렇게 죽이면 그 수가 두 배로 늘고 있는 것 아닌가?"

"아…… 아닙니다, 폐하. 그렇지 않습니다."

스피틀워스는 교활한 머리를 열심히 굴리며 말을 이었다.

"사실은 그것을 막는 방법을 찾았습니다. 그러니까…… 그게……."

"머리부터 때리면 되더군요."

플래푼이 불쑥 말하자 스피틀워스는 고개를 끄덕이며 그의 말을 되풀이했다.

"머리부터 때리면 됩니다. 그렇습니다. 죽이기 전에 먼저 정신을 못 차리게 만들면 그, 그 두 배가 되는 과정이 멈추는 것 같습니다."

그러자 프레드가 소리쳤다.

"그렇게 놀라운 사실을 알아냈는데 왜 나한테 말하지 않았지, 스피틀워스? 상황을 완전히 뒤엎는 발견이잖아. 그럼 우린 곧 코르누코피아에서 이카보그를 영원히 없애 버릴 수 있겠어!"

"그럼요, 폐하. 정말 좋은 소식이지요. 안 그렇습니까?"

스피틀워스는 웃고 있는 플래푼의 얼굴을 한 대 후려갈기고 싶었다. 그가 다시 말했다.

"하지만 아직 이카보그가 몇 마리 남았습니다……."

"그래도 드디어 끝이 보이는 것 같군!"

프레드는 기뻐하며 편지를 옆에 내려놓고 다시 포크와 나이프를 집어 들었다.

"드디어 그 괴물과의 싸움에서 역전승을 거두기 시작했는데 로치 대장은 그것도 못 보고 이카보그에게 죽고 말았으니 너무 안타까운 일이야."

"참으로 안타까운 일이지요, 폐하."

스피틀워스가 맞장구를 쳤다. 물론, 그는 갑자기 사라진 로치 대장이 습지대에서 남쪽으로 내려오는 이카보그를 막으려다 목숨을 잃었다고 설명한 터였다.

프레드가 다시 말했다.

"그러고 보니 의아했던 일들이 이제야 모두 이해가 되는군. 궁전에서 일하는 사람들이 끊임없이 국가를 부르던데, 혹시 들었나? 기운이 나고 좋은 일이긴 하지만 조금 지겨웠거든. 그런데 이제 알겠어. 이카보그를 물리치고 있으니 승리를 축하하고 있었던 거야. 그렇지?"

"그럴 겁니다, 폐하."

스피틀워스가 말했다.

사실 국가를 부른 것은 궁전에서 일하는 사람들이 아니라 지하 감옥의 죄수들이었지만 프레드는 발밑의 지하 감옥에 쉰 명쯤 되는 사람들이 갇혀 있다는 사실을 알지 못했다.

프레드가 말했다.

"무도회를 열어 축하해야겠어! 무도회를 연 지가 아주 오래됐잖아. 에슬란다 양과 춤을 춰 본 게 언제인지도 모르겠군."

"수녀는 춤을 추지 않습니다."

스피틀워스가 뿌루퉁하게 말했다. 그러곤 불쑥 일어났다.

"플래푼, 잠깐 얘기 좀 하지."

두 사람이 문으로 향해 가자 왕이 소리쳤다.

"잠깐."

두 사람은 뒤를 돌아보았다. 프레드 왕은 갑자기 기분이 상한 듯 보였다.

"왕과 식사하는 자리에서 허락도 구하지 않고 일어나다니."

두 귀족은 눈길을 주고받다가 스피틀워스가 먼저 고개 숙여 인사하자 플래푼도 그를 따라 했다.

스피틀워스가 말했다.

"용서하십시오, 폐하. 이카보그 사체를 박제하라는 폐하의 훌륭하신 제안을 실행에 옮기려니 서둘러야 했습니다. 사체가 썩을 수도 있으니까요."

"그래도 그렇지."

프레드 왕은 자기 목에 걸린 금빛 훈장을 만지작거렸다. 용처럼 생긴 괴물과 맞서 싸우는 자신의 모습이 새겨진 훈장이었다.

"그래도 난 왕이야, 스피틀워스. *너희들의 왕이라고.*"

"물론이지요, 폐하."

스피틀워스가 다시 한 번 깊이 고개를 숙이며 말을 이었다.

"저는 오로지 폐하를 섬기기 위해 살고 있습니다."

그러자 프레드가 말했다.

"흠. 그 말을 기억하는지 보겠어. 그리고 빨리 이카보그를 박제해. 사람들한테 보여 주고 싶으니까. 그러고 나서 축하 무도회에 대해 얘기해 보자고."

56장
지하 감옥의 음모

왕에게 목소리가 들리지 않을 만큼 멀리 나오자 스피틀워스는 플래푼에게 벌컥 화를 냈다.

"왕에게 가는 편지들을 전부 다 확인했어야지! 이카보그 사체를 대체 어디서 구해서 박제할 거야?"

"하나 만들어."

플래푼이 어깨를 으쓱하며 제안했다.

"하나 만들어? *하나 만들어?*"

"그럼 어쩌려고?"

플래푼은 왕의 식탁에서 몰래 가져온 '공작의 기쁨'을 한입 가득 베어 물며 되물었다.

스피틀워스는 머리끝까지 화가 치밀어 플래푼의 말을 되풀이했다.

"그럼 어쩌려고? 이게 *내* 문제라고 생각하는 거야?"

"이카보그를 만들어 낸 건 자네라고."

플래푼은 입에 음식을 가득 넣고 씹으면서 말했다. 이제는 스피틀워스가 고함을 치며 이래라 저래라 하는 것이 지겨워지던 참이었다.

스피틀워스가 으르렁거렸다.

"비미시를 죽인 건 자네잖아! 그때 이카보그가 죽었다고 하지 않았으면 자넨 지금쯤 어디에 있을까?"

스피틀워스는 플래푼의 대답을 기다리지도 않고 돌아서서 지하 감옥으로 향했다. 우선, 큰 소리로 국가를 부르는 죄수들의 행동부터 막아야 했다. 그래야 왕이 이카보그와의 전쟁이 다시 불리하게 돌아가나 보다고 생각할 테니까.

"조용…… 조용!"

스피틀워스는 지하 감옥으로 들어서면서 날카로운 목소리로 외쳤다. 지하 감옥이 몹시 시끌벅적한 탓이었다. 노랫소리와 웃음소리가 울려 퍼지는 가운데 하인 캔커비가 감방 이곳저곳을 뛰어다니며 주방 도구들을 전달해 주었고 비미시 부인의 화덕에서 갓 나온 '아가씨의 꿈' 냄새가 따뜻한 허공을 가득 채웠다. 죄수들은 모두 스피틀워스가 지난번에 내려왔을 때보다 영양 상태가 더 좋아 보였다. 스피틀워스는 이런 광경이 너무도 못마땅했다. 특히 예전처럼 건강하고 강인한 모습으로 돌아간 굿펠로 부관이 거슬렸다. 스피틀워스는 자신의 적이 약하고 절망에 빠져 있기를 바랐다. 도브테일 씨조차도 길고 하얀 수염을 다듬은 듯했다.

"냄비와 칼 따위를 전달할 때 누구한테 무엇이 가는지 잘 파악하고 있는 거지?"

그가 헉헉거리는 캔커비에게 물었다.

"무, 물론입니다."

캔커비는 숨을 들이켜며 대꾸했다. 비미시 부인이 내리는 지시들이 너무도 헷갈려서 사실은 누가 무엇을 갖고 있는지 전혀 모른다고 털어놓을 수는 없는 노릇이었다. 비미시 부인이 과자와 케이크를 제대로 구울 수 있도록 숟가락과 거품기, 국자, 냄비, 팬 따위를 정신없이 창살 사이로 전달하다가 한두 번 자기도 모르게 도브테일 씨의 끌을 다른 죄수에게 전달한 적도 있었다. 매일 밤 일과가 끝난 뒤 도구들을 모두 걷었다고 생각했지만 확신할 수는 없었다. 게다가 촛불이 꺼진 뒤에 죄수들이 음모를 짠다고 하더라도 포도주를 좋아하는 지하 감옥 교도관이 그들의 수군거림을 감지할 수 있었을까 하는 걱정이 들기도 했다. 하지만 스피틀워스는 지금 다른 문제를 받아들일 기분이 아닌 듯해서 캔커비는 입을 다물기로 했다.

"더 이상 노래 부르지 않도록!"

스피틀워스가 소리치자 그의 목소리가 지하 감옥에 울려 퍼졌다.

"폐하께서 머리가 아프다고 하신다!"

사실, 머리가 지끈거리는 사람은 스피틀워스 자신이었다. 그는 죄수들에게서 등을 돌리는 순간 그들을 까맣게 잊고 어떻게 하면 이카보그 박제를 그럴듯하게 만들 수 있을까 다시 궁리하기 시작했다. 혹시 그 사이 플래푼이 뭔가 생각해 내지 않았을까? 황소의 해골을 구한 뒤 재봉사를 한 명 납치해 용 모양의 덮개를 만들게 하고 그 안에 톱밥을 채워 넣으면 어떨까?

거짓말은 거짓말을 낳고 그 거짓말은 또 다른 거짓말을 낳는 법. 한 번 거짓말을 시작하면 계속 거짓말을 해야 하고 그러다 보면 물이 새는 배를 모는 선장처럼 침몰을 막기 위해 이 구멍 저 구멍을 메우려 뛰어다녀야 한다. 스피틀워스는 해골과 톱밥 생각에 빠져 있느라 방금 자신이 곧 가장 큰 문제를 일으킬 사람들에게 등을 돌렸다는 사실을 미처 깨닫지 못했다. 지하 감옥을 가득 메운 죄수들은 담요 속에 그리고 감방 벽의 헐거워진 벽돌 뒤에 저마다 칼과 끌을 숨기고 있었는데 말이다.

57장

데이지의 계획

저 위쪽 습지대에는 여전히 눈이 두껍게 쌓여 있었지만 이제 이카보그는 바구니 두 개를 들고 나갈 때마다 동굴 입구에 바위를 밀어 놓지 않았다. 오히려 데이지와 버트, 마사, 로더릭이 함께 나가 이카보그가 좋아하는 작은 습지 버섯을 따는 것을 도와주고, 돌아오는 길에는 버려진 마차에서 그들이 먹을 얼어붙은 음식을 비틀어 떼어 낸 뒤 동굴로 가져왔다.

네 사람 모두 갈수록 건강하고 튼튼해졌다. 탄생사가 가까워오는 이카보그도 점점 살이 올랐다. 이카보그는 탄생사할 때 네 사람을 잡아먹겠다고 공언한 터라 버트와 마사, 로더릭은 이카보그의 배가 불룩해지는 것이 그리 달갑지 않았다. 특히 버트는 이카보그가 자신들을 죽일 거라고 굳게 믿었다. 이제 그는 자기 아버지가 사고로 죽은 것이 아니라고 확신했다. 이카보그가 실제로 있으니 비미시 대장은 이카보그에게 목숨을 잃은 게 분명했다.

버섯을 따러 나갈 때면 이카보그와 데이지가 다른 아이들보다 조금 앞서 걸으며 단둘이 이야기를 나누곤 했다.

"저 둘이 무슨 얘기를 하는 걸까?"

마사가 습지에서 이카보그가 특히 좋아하는 작고 하얀 버섯을 찾으면서 두 소년에게 속삭여 물었다.

"데이지는 이카보그와 친해지려고 하는 것 같아."

버트가 말했다.

"왜? 자기 대신 우리를 잡아먹게 하려고?"

로더릭이 묻자 마사가 날카롭게 말했다.

"무슨 그런 얘길 하니? 데이지는 고아원에서 늘 다른 아이들을 챙겼어. 가끔은 그러다 벌을 받기도 했는걸."

로더릭은 기가 찼다. 그는 아버지로부터 사람을 만날 때는 늘 그 사람의 나쁜 면을 파악해야 하고 출세하기 위해서는 어떤 무리에서든 가장 몸집이 크고 힘이 세며 야비한 사람이 되어야 한다고 배웠다. 어릴 때부터 익힌 습관을 버리기는 어려웠지만 이제 아버지는 세상을 떠났고 어머니와 동생들은 감옥에 갇혔을 게 분명한 상황에서 이 세 명의 새 친구들에게 미움을 사고 싶지 않았다.

"미안."

그가 중얼거리자 마사는 빙긋 웃어 주었다.

버트의 생각은 크게 틀리지 않았다. 데이지는 실제로 이카보그와 친해지려 애쓰고 있었다. 하지만 마음속에 품은 계획은 자신과 친구들뿐만 아니라 코르누코피아 전체를 구하는 것이었다.

오늘 아침 데이지는 다른 아이들보다 앞서서 이카보그와 나란히 습지를 걸으면서 얼음이 녹아 조그맣게 드러난 땅에 눈풀꽃 몇 송이가 피어 있는 모습을 보았다. 봄이 오고 있었다. 그렇다면 머지않아 병사들이 이 늪의 언저리로 돌아온다는 뜻이었다. 데이지는 절대 일을 그르쳐선 안 된다는 생각에 속이 메슥거리는 것을 느끼며 입을 열었다.

"이카보그, 네가 매일 밤 부르는 노래 있잖아."

이카보그는 통나무 하나를 들어 그 아래 버섯이 있는지 살펴보며 대꾸했다.

"당연히 있지. 없으면 내가 어떻게 부르겠어?"

이카보그는 쌕쌕거리며 킬킬 웃었다.

"그 노래에서 넌 네 자식들이 온순하고 현명하고 용감하길 바란다고 하잖아. 그렇지?"

"응."

이카보그는 은회색의 작은 버섯 하나를 따서 데이지에게 보여 주며 말을 이었다.

"이건 좋은 버섯이야. 늪에는 은색 버섯이 많지 않거든."

"예쁘다."

데이지가 말했다. 이카보그는 그 버섯을 바구니에 넣었다. 데이지는 다시 입을 열었다.

"그리고 그 노래의 마지막 후렴에선 네 자식들이 인간을 죽이길 바란다고 하고."

"응."

이카보그는 대꾸하며 위로 팔을 뻗어 죽은 나무에서 누런 버섯을 조금 떼어내 데이지에게 보여 주었다.

"이건 독버섯이야. 이런 건 먹으면 안 돼."

"알았어."

데이지는 심호흡을 하며 다시 말했다.

"그런데 온순하고 현명하고 용감한 이카보그가 과연 사람들을 잡아먹을까?"

이카보그는 은빛 버섯 하나를 더 따려고 허리를 굽히다 말고 데이지를 내려다보았다. 그러곤 입을 열었다.

"나도 너희들을 잡아먹고 *싶지* 않아. 하지만 어쩔 수가 없어. 그러지 않으면 내 자식들이 죽을 테니까."

"그 아이들에겐 희망이 필요하다고 했잖아. 그런데 만약 탄생사를 할 때 네 자식들이 자기 엄마가……. 아니, 아빠인가? 미안, 내가 잘 몰라서……."

"나는 내 자식들의 이커야. 내 자식들은 나의 이카보글이고."

이카보그가 설명했다.

"그렇구나. 그럼 너의…… 너의 이카보글들에게 이커가 좋은 인간들에게 둘러싸여 있는 모습을 보여 주면 좋지 않을까? 이커를 사랑해 주고 이커의 행복을 빌어 주는 인간들, 그리고 그 자식들과도 친구가 되어 함께 살고 싶어 하는 그런 인간들 말이야. 그러면 그 무엇보다도 너의 이카보글들에게 더 큰 희망을 줄 수 있지 않을까?"

이카보그는 쓰러진 나무 밑동에 걸터앉아 오랫동안 아무 말도 하지 않았다. 버트와 마사, 로더릭은 멀리서 둘을 지켜보았다. 어쩐지 데이지와 이카보그 사이에 아주 중요한 일이 벌어지고 있는 것 같아서 몹시 궁금했지만 차마 다가갈 수 없었다.

마침내 이카보그가 말했다.

"그래……. 어쩌면 내가 너희들을 잡아먹지 않는 게 나을 수도 있겠다, 데이지."

이카보그가 데이지의 이름을 부른 것은 이번이 처음이었다. 데이지는 손을 뻗어 이카보그의 손을 잡았고 둘은 잠시 서로를 보며 미소를 지었다. 이윽고 이카보그가 말했다.

"내가 탄생사할 때 너와 네 친구들이 곁에 있어 줘. 그럼 나의 이카보글들은 너희가 친구라는 걸 알 수 있을 테니까. 그리고 너희들은 나의 이카보글들과 이 늪에서 영원히 함께 살아 줘."

데이지는 여전히 이카보그의 손을 잡은 채 조심스럽게 말했다.

"그런데…… 문제가 있어. 곧 마차에 있는 음식이 다 떨어질 거야. 이곳에는 우리 넷과 너의 이카보글들이 다 같이 먹을 만큼 버섯이 많지 않은 것 같은데."

데이지는 이카보그가 세상을 떠난 뒤의 일을 이야기하는 것이 이상하다고 생각했지만 이카보그는 아무렇지도 않은 것 같았다.

"그럼 어떻게 해야 할까?"

이카보그가 커다란 눈에 걱정을 가득 담은 채 물었다.

데이지는 조심스럽게 대꾸했다.

"이카보그, 코르누코피아 곳곳에서 사람들이 죽어 가고 있어. 굶어 죽는 사람도 있고 어떤 사람들은 다른 사람에게 목숨을 잃기도 해. 어떤 못된 인간들이 네가 인간들을 죽이려 든다고 사람들을 속이고 있기 때문이지."

"너희 넷을 만나기 전까지 난 정말 인간들을 죽이려고 했어."

이카보그가 말했다.

"하지만 이제 아니잖아."

데이지는 일어나서 이카보그와 두 손을 잡고 마주 섰다.

"이제 넌 인간들이 잔인하거나 못되지 않았다는 것을 알잖아. 그런 사람도 가끔 있지만. 대개는 지치고 슬픔에 빠져 있어, 이카보그. 그리고 사람들이 너를 보면, 네가 이렇게 온순하고 상냥한 데다 버섯만 먹고 산다는 걸 알면 너를 무서워하는 게 얼마나 바보 같은 일인지 깨달을 거야. 그리고 나면 틀림없이 사람들은 너와 너의 이카보글들이 이 늪을 떠나서 너의 조상들이 살던, 더 크고 좋은 버섯이 있는 들판으로 돌아가기를, 너의 자손들이 우리와 친구가 되어 함께 살아가기를 바랄 거야."

그러자 이카보그가 물었다.

"나더러 이 늪을 떠나라는 거야? 총과 창을 든 사람들과 함께 살라고?"

"이카보그, 들어 봐."

데이지는 애원하다시피 했다.

"너의 이카보글들이 사랑을 주고 보호해 주려는 수많은 인간들에게 둘러싸여 세상에 나온다면 지금껏 그 어떤 이카보글들보다도 더 큰 희망을 갖게 되지 않을까? 반대로 우리 넷이 이 늪에 살다가 굶어 죽으면 네 이카보글들이 어떤 희망을 가질 수 있겠어?"

이카보그는 데이지를 빤히 바라보았다. 버트와 마사, 로더릭은 대체 무슨 일이 일어나고 있을까 궁금해하며 지켜보았다. 마침내 이카보그의 눈에 사과만 한 크기의 유리알 같은 눈물이 고였다.

"난 사람들이 있는 곳으로 가기가 두려워. 그들이 나와 나의 이카보글들을 죽일 것만 같아."

"아닐 거야."

데이지는 이카보그의 손을 놓고 이카보그의 거대한 털북숭이 얼굴을 두 손으로 감쌌다. 갈대 같은 털 속에 손가락들이 파묻혔다.

"맹세할게, 이카보그. 우린 널 보호할 거야. 너의 탄생사는 역사상 가장 중요한 탄생사가 될 거야. 우린 이카보그를…… 그리고 코르누코피아를 되찾을 거야."

이카보그는 데이지를 빤히 바라보았다.
버트와 마사, 로더릭이 지켜보는 사이 이카보그의 눈에 유리알 같은 눈물이 고였다.

석민정 | 8세

58장

헤티 홉킨스

 처음 데이지가 계획을 털어놓았을 때 버트는 함께하지 않겠다고 했다.

그는 험악하게 말했다.

"저 괴물을 보호하라고? 난 안 해. 난 이카보그를 죽이겠다고 맹세했어, 데이지. 이카보그는 우리 아버지를 죽였다고!"

그러자 데이지가 말했다.

"아니야, 버트. 이카보그는 아무도 죽이지 않았어. 이카보그의 얘기를 들어봐!"

그리하여 그동안 겁을 먹고 이카보그에게 가까이 가지 못했던 버트와 마사, 로더릭은 그날 밤 처음으로 이카보그에게 다가갔고 이카보그는 몇 년 전 안개 속에서 인간과 마주 섰던 그 밤의 이야기를 네 사람에게 들려주었다.

"……여기에 노란 털이 나 있었어."

이카보그가 자신의 윗입술을 가리키며 말했다.

"콧수염 말이구나?"

데이지가 물었다.

"반짝거리는 칼도 들고 있었어."

그러자 데이지가 다시 말했다.

"보석 박힌 칼이겠지. 그렇다면 왕이 틀림없어."

"또 누굴 만났어?"

버트가 묻자 이카보그가 대꾸했다.

"그게 다야. 난 도망가서 커다란 바위 뒤에 숨었거든. 인간들은 나의 조상들을 모두 죽였잖아. 그래서 겁이 났어."

"그럼 우리 아버지는 어떻게 죽은 거야?"

버트가 물었다.

"그 커다란 총에 맞은 사람이 네 이커니?"

이카보그가 물었다.

"총에 맞았다고?"

버트는 하얗게 질린 얼굴로 되물었다.

"도망갔다면서 그걸 어떻게 알아?"

그러자 이카보그가 설명했다.

"바위 뒤에서 보고 있었어. 이카보그는 안개 속에서도 앞을 잘 보거든. 그때 난 너무도 무서웠어. 그래서 인간들이 습지에서 무얼 하는지 살폈지. 그런데 어떤 사람이 다른 사람의 총에 맞았어."

"플래푼이야!"

로더릭이 마침내 입을 열었다. 여태 버트에게 털어놓기가 두려웠지만 더는 참을 수 없었다.

"버트, 난 예전에 아버지가 어머니한테 플래푼 경의 나팔총 덕분에 진급했다고 얘기하는 걸 들었어. 아주 어릴 때였는데…… 그때는 그게 무슨 뜻인지 몰랐어. 진작 말하지 못해서 미안해. 네, 네가 뭐라고 할지 겁이 났어."

버트는 한동안 아무 말도 하지 않았다. 블루 팔러에 갔던 그 지독한 밤이 떠올랐다. 그때 그는 코르누코피아 국기 속에서 아버지의 싸늘한 손을 찾아 어머니가 입을 맞추도록 끌어내 주었다. 스피틀워스가 아버지의 시신을 봐선 안 된다고 했던 일, 플래푼 경이 그와 어머니에게 파이 부스러기를 튀기며 비미시 대장을 무척 아꼈다고 말했던 일이 떠올랐다. 버트는 가슴에 손을 얹었다. 옷 속에서 아버지의 훈장이 맨살에 닿았다. 그는 데이지를 돌아보며 낮은 목소리로 말했다.

"좋아, 나도 같이 가."

그렇게 해서 네 명의 인간과 이카보그는 데이지의 계획을 실행에 옮기기 시작했다. 눈이 빠르게 녹고 있으므로 서둘러야 했다. 곧 병사들이 습지대로 돌아올 게 분명했다.

먼저 그들은 다 먹은 치즈와 파이, 케이크 등이 담겨 있던 빈 나무판들을 가져왔고, 데이지가 거기에 글씨를 새겼다. 그 사이 이카보그가 두 소년을 도와 진흙에서 마차를 끌어냈고, 마사는 남쪽으로 가는 길에 이카보그가 먹을 버섯을 부지런히 땄다.

길을 떠난 것은 사흘째 되는 날 새벽이었다. 그들은 모든 것을 아주 세심하게 계획했다. 이카보그가 언 음식과 버섯 바구니 들을 실은 마차를 끌었다. 그 앞에서는 버트와 로더릭이 글씨가 새겨진 나무판을 하나씩 들고 걸어갔다. 버트의 나무판에는 이렇게 적혀 있었다. '이카보그는 해를 입히지 않습니다.' 로더릭의 나무판에는 이렇게 적혀 있었다. '스피틀워스가 여러분을 속이고 있습니다.' 데이지는 이카보그의 어깨에 올라탔다. 데이지의 나무판에는 이런 글귀가 새겨져 있었다. '이카보그는 버섯만 먹는답니다.' 마사는 먹을

길을 떠난 것은 사흘째 되는 날 새벽이었다.
아이들은 글씨가 새겨진 나무판을 하나씩 들고 걸어갔다.

차시은 | 13세

것과 눈풀꽃 한 다발이 실린 마차에 올라탔다. 이 눈풀꽃도 데이지의 계획을 위해 준비한 것이었다. 마사의 나무판에는 이렇게 적혀 있었다. '이카보그 만세! 스피틀워스는 물러가라!'

한동안 사람의 코빼기도 보이지 않다가 정오가 가까워질 무렵 그들은 누더기를 걸치고 깡마른 양 한 마리를 끌고 가는 두 남녀와 마주쳤다. 지치고 굶주린 이 두 사람은 바로, 그런터 할머니에게 아이들을 맡긴 궁전의 하녀 헤티 홉킨스와 그 남편이었다. 그들은 일자리를 찾아 여기저기 돌아다녔지만 아무도 그들에게 일자리를 주지 않았다. 거리에서 발견한 굶주린 양은 털이 지저분하고 숱이 없어서 돈이 되지 않았다.

홉킨스 씨는 이카보그를 보고 놀라서 풀썩 무릎을 꿇었고 헤티는 입을 떡 벌린 채 서 있었다. 이 요상한 무리가 가까이 다가오자 부부는 나무판에 새겨진 글씨를 읽고 그들이 미친 게 틀림없다고 생각했다.

사람들이 이런 반응을 보일 거라고 예상한 데이지는 그들을 향해 소리쳤다.

"이건 꿈이 아니에요! 진짜 이카보그예요. 하지만 이카보그는 아주 온순하고 얌전하답니다! 사람을 한 명도 죽이지 않았어요! 오히려 우리 목숨을 구해 줬다니까요!"

이카보그는 데이지가 떨어지지 않도록 조심스레 허리를 구부려 여윈 양의 머리를 쓰다듬어 주었다. 양은 도망치기는커녕 태평하게 "매애" 하고 울더니 다시 메마르고 가느다란 풀을 뜯어먹기 시작했다.

데이지가 말했다.

"보셨죠? 이 양은 이카보그가 해롭지 않다는 걸 알고 있어요! 우리랑 같이 가세요. 마차에 타셔도 돼요!"

홉킨스 부부는 이카보그가 몹시 무서웠지만 너무도 지치고 배가 고픈 나머지 양과 함께 마사 옆에 올라탔다. 이카보그와 여섯 명의 인간, 그리고 양 한 마리는 다시 터덜터덜 여로보암을 향해 걸음을 옮겼다.

59장

다시 여로보암으로

땅거미가 내려앉을 무렵 여로보암의 짙은 회색 윤곽이 모습을 드러냈다. 이카보그 무리는 여로보암이 내려다보이는 언덕에서 잠시 걸음을 멈췄다. 마사가 이카보그에게 커다란 눈물꽃 다발을 건넸다. 모두들 나무판을 똑바로 들었는지 확인한 다음, 네 친구들은 악수를 나누었다. 그들은 사람들이 총으로 위협해도 끝까지 이카보그를 보호하며 절대 물러서지 않겠다고 서로에게, 그리고 이카보그에게 다짐한 터였다.

이윽고 이카보그는 포도주의 도시로 향하는 언덕길을 내려갔고 곧 성문을 지키는 위병들이 이카보그를 발견했다. 그들은 총을 올리고 쏘려 했으나 데이지가 이카보그의 어깨 위에 서서 두 팔을 흔들어 댔다. 버트와 로더릭은 표지판을 높이 들었다. 위병들의 소총이 떨렸다. 그들은 점점 더 가까워지는 괴물을 지켜보면서 겁에 질렸다.

"이카보그는 사람을 죽이지 않았어요!"

데이지가 소리쳤다.

"여러분은 속고 있어요!"

버트가 외쳤다.

위병들은 차마 이 새파란 청년들을 쏠 수 없어서 어쩔 줄 몰라 했다. 계속해서 발을 끌며 다가오는 이카보그는 그 거대한 몸집뿐 아니라 괴상한 생김새도 무시무시했다. 그러나 커다란 눈은 온순해 보였고 앞발에는 눈물꽃이 들려 있었다. 마침내 위병들에게 가까이 다가온 이카보그는 걸음을 멈추고 허리를 구부려 모두에게 눈물꽃을 한 송이씩 내밀었다.

겁이 난 위병들은 거절하지 못하고 꽃을 받아 들었다. 그러자 이카보그는 조금 전 양에게 그랬던 것처럼 그들의 머리를 쓰다듬어 준 뒤 계속해서 여로보암 안으로 들어갔다.

사방에서 비명이 들렸다. 사람들은 이카보그를 보자마자 도망치거나 무기를 찾으러 달려갔지만 버트와 로더릭은 흔들림 없이 나무판을 든 채 앞장서 걸었고 이카보그는 계속해서 지나가는 사람들에게 눈물꽃을 내밀었다. 마침내 한 젊은 여인이 용감하게 꽃을 받아들었다. 이카보그는 몹시 기뻐하며 쩌렁쩌렁 울리는 목소리로 고맙다는 인사를 건넸다. 그 소리에 사람들이 다시 비명을 질러 댔다. 그러나 하나둘 이카보그에게로 살금살금 다가오기 시작하더니 곧 몇몇 사람들이 이 괴물의 주위로 몰려들어 눈물꽃을 받아들며 웃음을 터뜨렸다. 이카보그도 빙긋 미소를 지었다. 사람들이 이렇게 환호하거나 고마워할 거라고는 생각지도 못했다.

"내가 그랬잖아. 사람들도 너를 알면 좋아할 거라고!"

데이지가 이카보그의 귀에 대고 속삭였다.

버트가 사람들에게 소리쳤다.

"우리와 함께해 주세요! 우리는 남쪽으로 가서 왕을 만날 겁니다!"

스피틀워스의 지배 속에서 힘겹게 살아온 여로보암 사람들은 어느새 집으로 달려가 횃불과 쇠스랑, 총을 갖고 나오기 시작했다. 이카보그를 해치려는 것이 아니라 보호하기 위해서였다. 지금껏 속았다는 사실에 화가 치민 사람들은 이 괴물의 주위로 몰려들어 짙어지는 어둠 속으로 걸음을 내딛기 시작했다. 그러나 한 군데 들릴 곳이 있었다.

데이지가 고아원에 가야 한다고 우긴 탓이었다. 당연히 문이 잠기고 빗장이 채워져 있었지만 이카보그가 발로 한 번 걷어차자 금세 해결되었다. 이카보그가 데이지를 조심스레 내려 주자 데이지는 안으로 달려 들어가 아이들을 모두 데리고 나왔다. 어린아이들은 마차에 올라탔고, 홉킨스네 쌍둥이는 부모의 품에 다시 안겼으며, 큰 아이들은 사람들과 함께 걷기 시작했다. 그런터 할머니는 미친 듯이 날뛰며 모두 돌아오라고 고래고래 소리쳤다. 그러다 창문으로 눈을 가늘게 뜨고 자신을 노려보는 이카보그의 거대한 털북숭이 얼굴을 보고는 통쾌하게도 정신을 잃고 쿵 쓰러졌다.

기분이 좋아진 이카보그는 계속해서 여로보암의 중심가를 걸어가며 사람들을 모았다. 건달 존이 모퉁이에서 지켜보고 있었지만 아무도 알아차리지 못했다. 동네 술집에서 술을 마시고 있던 건달 존은 두 소년이 열쇠를 훔치던 밤 로더릭 로치에게 얻어터져 코피를 흘린 순간을 잊을 수 없었다. 그는 문득, 이 골칫덩어리들이 커다란 습지 괴물과 함께 수도에 도착하면 이카보그가 위험한 괴물이라는 소문을 퍼트려 돈을 갈취해 온 사람들은 누구도 무사할 수 없으리라는 사실을 깨달았다. 그래서 고아원으로 가지 않고 술집 앞에 서 있던 다른 손님의 말을 훔쳤다.

느릿느릿 움직이는 이카보그와는 달리, 건달 존은 스피틀워스 경에게 슈빌에 위험이 닥쳐오고 있다는 소식을 전하기 위해 남쪽으로 빠르게 말을 달렸다.

60장

반란

어째서인지 몰라도 가끔은 아주 멀리 떨어져 사는 사람들끼리도 마음이
통할 때가 있다. 어쩌면 이제는 행동을 취해야 한다는 생각이 마치 산들바람
을 타고 날아가는 꽃가루처럼 퍼져 나가는지도 모른다. 어쨌든 궁전 지하 감
옥의 죄수들은 매트리스 아래 그리고 감방의 벽돌 뒤에 칼과 끌, 무거운 냄비,
밀방망이 따위를 숨겨 놓고 준비를 끝마쳤다. 이카보그가 커즈버그에 가까워
지던 날 새벽, 서로 맞은편 감방에 갇혀 있던 굿펠로 부관과 도브테일 씨는 잠
에서 깨어 창백하고 긴장한 모습으로 각자의 침대에 걸터앉아 있었다. 오늘이
바로 탈출을 결심한 날이었다. 탈출하지 못하면 죽음을 마주해야 했다.

이 죄수들의 머리 위로 몇 층 떨어진 곳에서 스피틀워스 경도 일찌감치 잠
이 깼다. 자신의 발밑에서 탈옥 준비가 한창이라는 사실도, 그 순간 살아 있
는 진짜 이카보그가 점점 더 불어나는 코르누코피아 사람들에게 에워싸인 채
슈빌로 다가오고 있다는 사실도 까맣게 모른 채 그는 자리에서 일어나 몸을
씻고 수석 고문관의 가운을 걸친 뒤 마구간들이 있는 별채로 향했다. 별채의
잠긴 문 앞에서는 일주일째 위병들이 보초를 서고 있었다.

"비켜."

스피틀워스는 보초병들에게 지시하고는 문의 빗장을 풀었다.

마구간 안에는 지친 재봉사들과 재단사들이 기다리고 있었다. 그들의 옆에는 가죽 같은 피부에 가시가 뒤덮인 황소만 한 크기의 괴물 모형이 서 있었다. 조각한 발에는 무시무시한 발톱이 달려 있고 입안에는 송곳니가 가득했으며 성난 눈은 누런색으로 번쩍거렸다.

재봉사들과 재단사들은 그들의 작품을 느릿느릿 둘러보는 스피틀워스를 두려움에 떨며 지켜보았다. 괴물의 모형은 가까이서 보면 바느질 자국이 훤히 보일 뿐 아니라, 눈은 유리알이고 가시들은 가죽에 못을 꽂아 만들었으며 발톱과 송곳니는 물감을 칠한 나뭇조각에 불과하다는 것을 금세 알 수 있었다. 어딘가를 쿡 찌르면 솔기에서 톱밥이 흘러나왔다. 그러나 어둑한 마구간 안에서는 꽤 그럴듯하게 보였다. 스피틀워스가 미소를 짓자 재봉사들과 재단사들은 마음을 놓았다.

스피틀워스가 말했다.

"촛불만 켜 놓으면 그럭저럭 통하겠군. 왕이 멀찍이 떨어져서 보게 하면 되겠어. 가시와 송곳니에 독이 남아 있다고 하면 돼."

재봉사들과 재단사들은 안도의 눈빛을 주고받았다. 일주일 동안 밤낮없이 일한 끝에 드디어 가족이 있는 집으로 돌아갈 수 있게 되었다고 그들은 생각했다.

스피틀워스가 안뜰에서 기다리는 병사들을 돌아보며 말했다.

"너희들은 이자들을 처치해."

가장 어린 재봉사가 비명을 지르려고 입을 벌리자 그는 느릿느릿 덧붙였다.

"소리 지르면 총에 맞는다."

괴물의 모형은 가까이서 보면 바느질 자국이 훤히 보일 뿐 아니라,
눈은 유리알이고 가시들은 가죽에 못을 꽂아 만들었다는 것을 금세 알 수 있었다.

윤예린 ǀ 11세

이카보그 박제 모형을 만든 이들이 병사들에게 끌려가는 사이, 스피틀워스는 휘파람을 불며 왕의 방으로 올라갔다. 프레드 왕은 콧수염에 망을 씌운 채로 실크 잠옷을 입고 있었고, 플래푼은 여러 겹의 턱에 냅킨을 끼워 넣고 있었다.

스피틀워스는 고개를 숙이며 인사를 건넸다.

"좋은 아침입니다, 폐하! 안녕히 주무셨지요? 제가 오늘 폐하를 위해 깜짝 선물을 준비했습니다. 드디어 이카보그 한 마리를 박제하는 데 성공했답니다. 폐하께서 몹시 보고 싶어 하실 것 같은데요."

그러자 왕이 말했다.

"훌륭해, 스피틀워스! 우리가 본 다음에는 왕국을 돌게 하면 어떨까? 우리가 어떤 괴물과 맞서 싸웠는지 백성들에게도 보여 줘야지."

"그러지 않는 게 좋을 것 같습니다, 폐하."

스피틀워스가 대꾸했다. 이카보그의 박제 모형은 환한 대낮에 보면 누구든 확실히 가짜란 걸 눈치챌 것이 분명했다.

"백성들이 괜히 겁을 먹게 할 필요는 없지요. 폐하께서는 워낙 용감하시니까 그런 광경을 보고도……."

그러나 스피틀워스가 말을 끝내기도 전에 방문이 벌컥 열리더니 건달 존이 이글거리는 눈을 하고 땀을 뻘뻘 흘리며 달려 들어왔다. 그는 한 번도 아니고 두 번이나 노상강도를 만나는 바람에 늦어졌다. 게다가 몇 차례나 숲에서 길을 잃었고 도랑을 뛰어넘다 말에서 떨어졌는데 그 말을 다시 잡아타지 못하는 바람에 이카보그를 크게 앞지를 수 없었다. 마음이 급해진 그는 주방 창문으로 궁전에 침입하다가 위병 두 명에게 들켜 쫓기고 있었다. 뒤따라온 두 위병은 금방이라도 칼로 그를 찌를 기세였다.

프레드는 비명을 지르며 플래푼 뒤에 숨었다. 스피틀워스가 단검을 뽑아 들며 벌떡 일어섰다.

건달 존은 무릎을 꿇더니 숨을 헐떡거리며 말했다.

"이, 이카보그가 있습니다. 지, 진짜, 살아 있는…… 이카보그요. 이리로 오고 있어요…… 사람들 수천 명을 몰고…… 이카보그가…… 진짜 있습니다."

당연히 스피틀워스는 그의 이야기를 조금도 믿지 않았다.

"이놈을 지하 감옥에 처넣어라!"

그가 성난 목소리로 위병들에게 지시하자 위병들은 발버둥 치는 건달 존을 데리고 나갔다. 스피틀워스는 단검을 든 채로 말했다.

"죄송합니다, 폐하. 저놈을 채찍질로 다스리고 저놈을 들여보낸 병사들도……."

그러나 또 스피틀워스가 말을 끝내기도 전에 이번엔 다른 사내 두 명이 왕의 방으로 벌컥 들어왔다. 북쪽에서 이카보그 소식을 듣고 달려온 스피틀워스의 슈빌 첩자들이었지만 그들을 처음 본 왕은 또다시 겁을 먹고 비명을 질렀다.

그중 한 명이 스피틀워스에게 고개를 숙여 인사하고는 숨을 헐떡거리며 말했다.

"수, 수석 고문관님. 이, 이카보그가…… 이리로…… 오고 있습니다!"

"사, 사람들을 몰고…… 옵니다. 그게 진짜 있었어요!"

다른 첩자가 숨찬 목소리로 거들었다.

"당연히 이카보그는 진짜 있지!"

스피틀워스는 왕의 앞에서 달리 할 수 있는 말이 없었다.

"이카보그 수비대에게 알려라. 안뜰에 집합시키면 내가 곧 가마. 그 괴물을 죽여 버리고 말겠어!"

스피틀워스는 첩자들을 문 쪽으로 내몰았다. 그들이 "고문관님, 그게 진짜 있단 말입니다. 게다가 사람들이 그놈을 따르고 있습니다.", "제 눈으로 똑똑히 봤습니다!" 하고 속삭이자 스피틀워스는 그들을 복도로 내쫓으며 그들의 입을 막으려고 애썼다.

"그놈을 죽여 버려야지. 지금까지 그랬듯이 말이야!"

스피틀워스는 왕이 들으라는 듯이 큰 소리로 말한 뒤 낮은 목소리로 덧붙였다.

"저리 가!"

스피틀워스는 첩자들을 내보낸 뒤 문을 굳게 닫고 식탁으로 돌아갔다. 심란했지만 속내를 보이지 않으려고 애썼다. 플래푼은 여전히 바론스타운 햄을 입에 쑤셔 넣고 있었다. 그는 사람들이 벌컥벌컥 문을 열고 들어와 살아 있는 이카보그 이야기를 하는 행동이 모두 스피틀워스가 꾸민 일이라고 생각했으므로 조금도 겁을 내지 않았다. 하지만 프레드 왕은 머리끝부터 발끝까지 오들오들 떨고 있었다.

그가 낑낑거리며 말했다.

"그 괴물이 훤한 대낮에 나타난다고 생각해 봐, 스피틀워스! 난 그놈이 밤에만 나오는 줄 알았어!"

"그러게 말입니다. 참으로 대담해지지 않았습니까, 폐하?"

스피틀워스가 대꾸했다. 사람들이 말하는 진짜 이카보그의 정체가 무엇인지 그로선 알 길이 없었다. 그저 어떤 백성들이 먹을 것을 훔치거나 이웃의 금화를 빼앗기 위해 허접하게 만든 가짜 괴물에 불과할 거라고 넘겨짚었다. 하지만 그래도 당연히 막아야 했다. 스피틀워스 자신이 만들어 낸 이카보그 말고 다른 이카보그는 있을 수 없었다.

"가자, 플래푼. 그 괴물이 슈빌에 들어오는 걸 막아야지!"

"자넨 정말 용감해, 스피틀워스."

프레드 왕이 떨리는 목소리로 말하자 스피틀워스가 대꾸했다.

"별말씀을요, 폐하. 저는 코르누코피아를 위해서라면 목숨도 내놓을 겁니다. 이젠 폐하께서도 아시겠지요!"

스피틀워스가 문손잡이를 잡는 순간, 또 다시 누군가가 달려오는 발소리에 주위가 소란해졌다. 이번에는 외침 소리와 철컹거리는 소리도 함께 들렸다. 놀란 스피틀워스는 무슨 일인가 싶어 문을 열어 보았다.

누더기를 걸친 죄수들이 그를 향해 달려오고 있었다. 머리칼이 하얗게 센 도브테일 씨는 도끼를 든 채로, 건장한 굿펠로 부관은 궁전 위병에게서 빼앗은 듯한 총을 든 채로 무리를 이끌었다. 그 뒤에서는 비미시 부인이 머리칼을 휘날리며 커다란 냄비를 휘두르고 있었고 에슬란다 아가씨의 하녀인 밀리센트가 밀방망이를 들고 비미시 부인을 바싹 뒤따랐다.

아슬아슬한 순간, 스피틀워스는 문을 닫고 빗장을 채웠다. 곧이어 도브테일 씨의 도끼가 목재 문을 부수기 시작했다.

"플래푼, 빨리 와!"

스피틀워스가 소리쳤다. 두 귀족은 반대편 문으로 달려갔다. 그리로 나가면 안뜰로 향하는 계단이 나왔다.

궁전 지하 감옥에 쉰 명의 사람들이 갇혀 있다는 사실을 까맣게 몰랐던 프레드는 도무지 무슨 일인지 알 수 없어 얼른 대처하지 못했다. 도브테일이 뚫어 놓은 문의 구멍으로 성난 죄수들의 얼굴이 보이자 그제야 그는 벌떡 일어나 두 귀족을 따라갔다. 그러나 저희 살기에만 바쁜 두 사람은 문을 닫고 나가자마자 밖에서 빗장을 채웠다. 프레드 왕은 잠옷 바람으로 벽을 등지고 서서 탈옥한 죄수들이 문을 부수고 방으로 들어오는 광경을 지켜보았다.

61장

또 한 번 총을 쏘는 플래툰

두 귀족이 궁전 안뜰로 달려 나가 보니 스피틀워스가 지시한 대로 이카 보그 수비대가 무장하고 말에 올라탄 채 기다리고 있었다. 그러나 프로드 대장은(몇 년 전 데이지를 납치한 이 사내는 스피틀워스의 총에 맞아 죽은 로치 대장의 뒤를 이어 대장으로 진급했다) 초조한 모습이었다.

그는 황급히 말에 올라타는 스피틀워스에게 말했다.

"수석 고문관님, 궁전 안에 일이 생긴 모양입니다……. 소란스러운 소리가 들렸는데……."

"신경 쓰지 마!"

스피틀워스가 날카롭게 말했다.

때마침 유리 깨지는 소리가 들리자 병사들은 모두 위를 올려다보았다.

프로드가 소리쳤다.

"폐하의 침실에 사람들이 있습니다! 도와드려야 하지 않을까요?"

"왕은 신경 쓰지 말란 말이다!"

스피틀워스가 소리쳤다.

그때 왕의 침실 창문에 굿펠로 부관이 나타났다. 그는 아래를 보며 큰 소리로 외쳤다.

"절대 도망치지 못할 거다, 스피틀워스!"

"그럴까?"

스피틀워스는 거칠게 대꾸하고는 비쩍 마른 누런 말을 걷어차 속도를 내며 궁전 밖으로 사라졌다. 프로드 대장은 스피틀워스가 무서워서 따라가지 않을 수 없었다. 그는 이카보그 수비대를 이끌고 플래푼과 함께 수석 고문관을 따라 나섰다. 스피틀워스가 출발하기 전에 간신히 말에 올라탄 플래푼은 발걸이도 찾지 못한 채 엉덩이를 들썩거리며 말의 갈기를 단단히 잡고 겨우겨우 따라갔다.

탈옥 죄수들이 궁전을 점령한 데다 가짜 이카보그가 사람들을 끌어 모으며 다가오고 있는 상황이라면 다른 사람은 이제 가망이 없다고 생각했을지도 모르지만 스피틀워스 경은 아니었다. 제대로 훈련받고 무장한 군대를 이끌고 있고, 시골 저택에 금을 잔뜩 쌓아 둔 그는 교활한 머리로 벌써 계획을 세우기 시작했다. 먼저 가짜 이카보그를 만들어 낸 자들을 쏴 버리고 사람들을 겁주어 복종하게 만들 생각이었다. 그런 뒤 프로드 대장과 그의 부하들을 궁전으로 보내 탈옥한 죄수들을 죽이게 하면 된다. 물론, 그때쯤이면 이미 그 죄수들이 왕을 죽였을지도 모르지만 프레드가 없으면 오히려 나라를 통치하기가 더 쉬워질 것이다. 왕에게 이것저것 둘러대느라 애쓰지만 않았어도 몇몇 실수는 피할 수 있었다. 그 가증스러운 제빵사가 칼과 냄비 따위를 숨겨 두는 일도 막을 수 있었을 텐데. 스피틀워스는 원통해하며 계속 말을 달렸다. 첩자를 더 고용하지 않은 것도 후회되었다. 첩자가 더 많았더라면 누군가가 가짜 이카보그를 만들고 있다는 사실도 미리 알았을 것이다. 듣자 하니 그

가짜 이카보그는 그가 아침에 마구간에서 보았던 것보다 훨씬 더 그럴듯한 모양이었다.

이카보그 수비대는 슈빌의 자갈길을 달려 커즈버그로 향하는 길로 들어섰다. 슈빌의 거리가 텅 비어 있는 것을 이상히 여겼던 스피틀워스는 그제야 그 이유를 깨닫고 화가 치밀었다. 진짜 이카보그가 사람들을 잔뜩 몰고 수도로 향하고 있다는 소문을 듣고 슈빌 사람들이 그 괴물을 직접 보려고 황급히 달려 나간 탓이었다.

"길을 비켜라! 길을 비켜!"

스피틀워스가 큰 소리로 외치자 그의 앞에서 사람들이 흩어졌다. 겁을 먹기는커녕 신난 듯 보이는 그들의 모습에 스피틀워스는 속이 부글부글 끓었다. 그는 말의 옆구리에서 피가 흐를 만큼 박차를 가해 달려 나갔다. 플래푼 경은 아침 식사가 소화되지 않아서 얼굴이 푸르뎅뎅해진 채로 그 뒤를 따랐다.

마침내 스피틀워스와 병사들은 저 멀리서 몰려오는 사람들의 무리를 발견했다. 스피틀워스가 고삐를 당기자 가엾은 말은 미끄러지며 멈춰 섰다. 코르누코피아 사람들 수천 명이 웃고 노래하는 가운데 거대한 괴물이 보였다. 키는 말의 두 배만 했고 등불처럼 번득이는 눈을 지녔으며 마치 갈대처럼 초록빛이 도는 갈색의 기다란 털로 뒤덮인 괴물이었다. 한쪽 어깨에는 젊은 여자가 타고 있었고 두 청년이 나무표지판을 들고 앞장서 걷고 있었다. 괴물은 이따금씩 몸을 굽히고 놀랍게도 꽃을 건네는 듯 보였다.

"가짜야."

스피틀워스가 중얼거렸다. 하지만 그는 너무 놀라고 겁에 질려 자기가 무슨 말을 하는지도 알지 못했다.

"가짜가 틀림없어!"

그가 좀 더 큰 소리로 말하며 어떻게 만들었나 보려고 여윈 목을 길게 뺐다.

"저 갈대로 만든 옷 속에는 사람들이 어깨를 밟고 층층이 올라서 있을 거야. 모두 사격 준비!"

그러나 병사들은 재깍 그의 명령을 따르지 않았다. 오랫동안 이카보그로부터 나라를 지키는 임무를 맡아 온 이 병사들은 실제로 이카보그를 본 적도 없었고 보게 되리라고 기대하지도 않았지만 어쩐지 지금 눈앞에 보이는 저 괴물은 가짜가 아닌 것 같았다. 오히려 너무나도 진짜처럼 보였다. 개들의 머리를 쓰다듬어 주고 어린아이들에게는 꽃을 건네며 어깨에는 소녀를 태운 모습이 전혀 사나워 보이지 않았다. 게다가 병사들은 이카보그와 함께 걸어오는 수천 명의 사람들이 두려웠다. 그들은 이카보그를 좋아하는 것 같았다. 이카보그가 공격을 당한다면 저 많은 사람들이 어떻게 나오겠는가?

그때 나이 어린 병사 하나가 겁에 질려 허둥거리기 시작했다.

"저건 가짜가 아니야. 난 갈래."

누가 말릴 틈도 없이 그는 말을 타고 가 버렸다.

마침내 발걸이를 찾아 발을 얹은 플래푼은 이제 앞으로 나와 스피틀워스와 나란히 달렸다.

"이제 어떡해?"

플래푼이 점점 더 가까워지는 이카보그와 즐겁게 노래하는 사람들을 보며 물었다.

"생각 중이야. 생각 중이라고!"

스피틀워스가 으르렁거렸다.

그러나 바쁘게 돌아가던 스피틀워스의 머릿속 톱니바퀴들이 결국 뒤엉켜 버린 것 같았다. 가장 못마땅한 것은 즐거워하는 사람들의 얼굴이었다. 그는 웃음이 슈빌 케이크나 실크 이불처럼 부자들만 누리는 호사라고 생각했는데 누더기를 걸친 사람들이 즐거워하는 모습을 보자 겁이 났다. 차라리 그들이 총을 들고 있었다면 이렇게 무섭지 않을 것 같았다.

"내가 쏠게."

플래푼이 총을 들고 이카보그를 겨누며 말했다.

"안 돼. 저 사람들 수가 훨씬 더 많은 거 안 보여?"

스피틀워스가 말했다.

그러나 그때 이카보그가 귀가 먹먹해질 만큼 소름끼치는 비명을 내질렀다. 주위에 바싹 붙어서 있던 사람들이 갑자기 겁먹은 얼굴로 물러섰다. 많은 이들이 꽃을 떨어뜨렸다. 내달리는 사람도 있었다.

다시 한번 끔찍한 괴성이 들리더니 이카보그가 풀썩 무릎을 꿇었다. 꽉 붙잡고 있던 데이지도 하마터면 떨어질 뻔했다.

이윽고 이카보그의 거대하고 불룩한 배에 어둡고 커다란 틈이 나타났다.

플래푼이 나팔총을 올리며 소리쳤다.

"자네 말이 맞았어, 스피틀워스! 저 안에 사람들이 숨어 있어!"

이카보그의 주위에 모여 있던 사람들이 비명을 지르며 달아나는 사이, 플래푼 경은 이카보그의 배를 향해 총을 쏘았다.

이카보그는 귀가 먹먹해질 만큼 커다란 비명을 내질렀다.
이윽고 이카보그의 거대하고 불룩한 배에 어둡고 커다란 틈이 나타났다.

62장
탄생사

여러 가지 일이 한꺼번에 벌어진 바람에 그곳에 있던 사람들은 그 모든 일을 정확히 파악할 수 없었다. 하지만 여러분에게는 내가 차근차근 설명해 주 겠다.

플래푼 경의 총알은 때마침 틈을 드러내고 있던 이카보그의 배를 향해 날 아갔다. 무슨 일이 있어도 이카보그를 보호하겠다고 다짐한 버트와 로더릭은 그 앞으로 몸을 던졌고 총알은 정확히 버트의 가슴을 맞췄다. 버트가 바닥으 로 쓰러지면서 그가 들고 있던, '이카보그는 해를 입히지 않습니다'라고 적힌 나무판이 산산이 부서졌다.

그때 이카보그의 배에서 말보다도 커다란 새끼 이카보그 한 마리가 버둥 거리며 나왔다. 이 녀석의 탄생사는 끔찍했다. 총을 보고 겁을 먹은 부모의 두려움을 가득 안은 채 세상에 나온 마당에 맨 처음 목격한 것이 자신을 죽이 려 하는 인간이었으니까. 이 이카보그는 총알을 장전하고 있던 플래푼에게로 곧장 달려갔다.

병사들은 플래푼을 도와줄 수도 있었지만 빠르게 돌진해 오는 이 새끼 괴물이 너무도 무서워서 총을 쏴 보지도 않고 말을 달려 황급히 내뺐다. 스피틀 워스는 누구보다도 재빠르게 말을 타고 사라졌다. 새끼 이카보그는 그곳에 있던 사람들이 그 뒤로도 오래도록 악몽에 시달릴 만큼 무시무시한 소리로 울부짖으며 플래푼에게로 달려들었다. 플래푼은 순식간에 바닥으로 쓰러져 숨을 거두었다.

이 모든 일이 눈 깜짝할 사이에 벌어지면서 사람들은 비명을 지르며 울부짖었다. 데이지는 버트의 옆에 누워 죽어 가는 이카보그를 붙들고 있었다. 로더릭과 마사는 허리를 굽혀 버트를 살펴보았는데, 놀랍게도 버트는 어느새 다시 눈을 뜨고 있었다.

"나, 나 괜찮은 것 같아."

그가 속삭이며 셔츠 속으로 손을 넣어 아버지의 커다란 은 훈장을 꺼냈다. 플래푼의 총알이 거기에 박혀 있었다. 이 훈장이 버트의 목숨을 구한 것이다.

데이지는 버트가 살아 있는 것을 확인한 뒤 다시 이카보그의 털북숭이 얼굴을 두 손으로 감쌌다.

"내 이카보글들을 보지 못했어."

이카보그가 죽어 가며 속삭였다. 두 눈에는 또 다시 사과만 한 크기의 유리알 같은 눈물이 맺혀 있었다.

데이지도 울음을 터트렸다.

"얼마나 예쁜지 몰라. 자…… 봐……."

이카보그의 배에서 두 번째 이카보글이 꿈틀꿈틀 나오기 시작했다. 이 녀석은 다정한 얼굴에 보일 듯 말 듯한 미소를 띠고 있었다. 부모가 눈물 흘리는 데이지의 얼굴을 보고 있는 사이에 세상으로 나온 이 이카보글은 인간이 이카보그를 가족처럼 사랑할 수도 있다는 것을 알게 되었다. 이 두 번째 이카보글은 주변의 시끌벅적한 소란에도 아랑곳하지 않고 데이지의 옆에 무릎을 꿇더니 큰 이카보그의 얼굴을 어루만졌다. 이커와 이카보글은 서로를 보며 미소를 지었다. 그런 뒤 큰 이카보그의 눈이 슬며시 감겼다. 데이지는 이 이카보그가 죽었다는 사실을 깨닫고 그 거친 털 속에 얼굴을 묻은 채 흐느껴 울었다.

그때 무언가가 데이지의 머리칼을 쓰다듬는가 싶더니 쩌렁쩌렁 울리는 익숙한 목소리가 들려왔다.

"슬퍼해선 안 돼. 울지 마, 데이지. 이건 탄생사야. 탄생사는 아름다운 거야."

데이지는 눈을 깜빡거리며 고개를 들었다. 새끼 이카보그가 자신의 이커와 똑같은 목소리로 말하고 있었다.

"내 이름을 아는구나."

데이지가 말하자 이카보글이 다정하게 대꾸했다.

"알고말고. 나는 탄생사 때부터 너에 대해 모든 걸 알고 있어. 자, 이제 나의 이카보브를 찾아야 해."

데이지는 이카보브가 이카보그의 형제를 뜻하는 말이란 걸 금세 알아차렸다.

데이지는 일어서서 길바닥에 죽어 있는 플래푼과 먼저 태어난 이카보글을 보았다. 이 이카보글은 쇠스랑과 총을 든 사람들에게 둘러싸여 있었다.

"나랑 같이 여기에 타자."

데이지가 황급히 두 번째 새끼 이카보그에게 말하자 둘은 손을 맞잡고 마차에 올라탔다. 데이지가 사람들을 향해 소리쳤다. 가까이 있던 사람들은 이카보그의 어깨에 올라타 먼 길을 온 소녀라면 중요한 무언가를 알고 있을 거라 생각하고 주변 사람들의 소란을 잠재웠다.

마침내 주위가 조용해지자 데이지가 다시 입을 열었다.

"이카보그를 해치면 안 돼요! 이카보그를 잔인하게 괴롭히면 훨씬 더 잔인한 새끼들이 탄생하거든요!"

"탄생사하지."

옆에서 이카보글이 데이지의 말을 고쳐 주었다.

"아, 참. 탄생사지. 하지만 온화한 분위기에서 탄생사가 이뤄지면 온순한 새끼들이 나온답니다! 이렇게 탄생사한 이카보그는 버섯만 먹으면서 우리 인간과 친구가 되고 싶어 해요!"

사람들이 확신을 갖지 못하고 웅성거리자, 데이지는 늪에서 목숨을 잃은 비미시 대장이 이카보그에게 죽은 것이 아니라 플래푼 경의 총에 맞은 것이며, 스피틀워스가 그 죽음을 이용해 늪에 무서운 괴물이 산다는 이야기를 지어 냈다고 설명했다.

그러자 사람들은 그들과 함께 프레드 왕을 만나러 가겠다고 했다. 죽은 이카보그의 사체와 플래푼 경의 시신이 마차에 실렸고 건장한 사내 스무 명이 그 마차를 끌었다. 이윽고 모두가 함께 궁전을 향해 출발했다. 데이지와 마사, 온순한 이카보글이 사이좋게 앞장섰고 총을 든 사람들 서른 명이 사나운 첫째 이카보글을 에워쌌다. 인간을 두려워하고 증오하며 탄생사한 이 이카보글이 또다시 사람을 죽이는 것을 막기 위해서였다.

그 사이 버트와 로더릭은 잠시 이야기를 나눈 뒤에 어디론가 사라졌는데, 그들이 어디로 갔는지는 곧 알게 될 것이다.

63장

스피틀워스 경의
마지막 계획

데이지는 사람들의 행렬을 이끌고 궁전 안뜰에 들어섰다. 놀랍게도 이 곳은 예전의 모습을 거의 그대로 간직하고 있었다. 여전히 분수들이 물을 뿜어냈고 공작들은 뽐내며 걸어 다녔다. 딱 하나 변한 것이 있다면 궁전의 앞쪽, 3층의 창문 하나가 깨진 것이었다.

이윽고 황금빛 문이 벌컥 열리더니 누더기를 걸친 사람 두 명이 나와 그들을 맞이했다. 한 사람은 머리칼이 하얗게 센 채 도끼를 든 남자였고 다른 한 사람은 커다란 냄비를 움켜쥔 여자였다.

데이지는 새하얀 머리칼의 남자를 보고 다리가 휘청거렸다. 온순한 이카보글이 데이지를 붙잡아 일으켜 주었다. 비틀비틀 걸어오는 도브테일 씨는 아마도 오래전에 잃어버린 딸의 옆에 진짜 이카보그가 서 있다는 사실도 알아차리지 못했을 것이다. 두 사람은 부둥켜안고 흐느껴 울기 시작했다. 데이지는 아버지의 어깨 너머에서 비미시 부인을 발견했다.

정신없이 아들을 찾고 있는 이 제빵사 여인에게 데이지가 소리쳤다.

"버트는 살아 있어요! 할 일이 있어서 같이 오지 못했는데…… 금방 돌아올 거예요!"

이제 다른 죄수들도 허둥지둥 궁전에서 달려 나왔다. 이윽고 사랑하는 이들이 다시 만나면서 여기저기서 기쁨의 비명이 터져 나왔다. 많은 고아 아이들이 죽은 줄로만 알았던 부모를 찾았다.

그 밖에도 많은 일이 일어났다. 사나운 이카보글을 에워싸고 있던 건장한 남자 서른 명은 이 녀석이 또 사람을 죽일까 싶어 멀리 끌고 갔고, 데이지는 도브테일 씨에게 마사도 함께 살면 안 되느냐고 물었다. 굿펠로 부관은 여전히 잠옷 바람으로 울고 있는 프레드 왕을 데리고 발코니로 나왔다. 그가 이제는 왕 없이 살아도 좋을 것 같다고 말하자 사람들은 환호했다.

하지만 이쯤에서 우리는 이 행복한 장면을 떠나서 코르누코피아에 끔찍한 일들을 야기한 장본인을 찾아가 보자.

이 무렵 스피틀워스는 말을 타고 슈빌에서 아주 멀리 떨어진 한적한 시골길을 달리고 있었다. 그런데 갑자기 그의 말이 다리를 절기 시작했다. 스피틀워스는 억지로 달리게 하려 했지만 괴롭힘에 지친 이 가엾은 말은 몸을 들고 뒷다리로 서며 스피틀워스를 바닥으로 내팽개쳤다. 스피틀워스가 채찍으로 때리려 하자 말은 그를 걷어차고는 숲속으로 터벅터벅 들어갔다. 다행히 훗날 이 말은 그 숲에서 선한 농부를 만나 보살핌을 받으며 건강을 되찾는다.

혼자 남은 스피틀워스 경은 거추장스러운 수석 고문관의 가운을 붙잡고 혹시라도 누가 따라올까 봐 끊임없이 어깨 너머를 살피며 시골 영지까지 달려가는 수밖에 없었다. 이제 코르누코피아에서의 삶은 끝났다는 것을 그는 알고 있었다. 하지만 그의 포도주 저장고에 산더미처럼 쌓여 있는 금화를 마차에 한가득 싣고 몰래 국경을 넘어 플루리타니아로 갈 작정이었다.

밤이 내려앉은 뒤에야 스피틀워스는 자신의 저택에 도착했다. 발이 몹시 아팠다. 그는 절뚝거리며 안으로 들어가 오래전 노비 버튼스의 어머니와 프러디섐 교수의 행세를 했던 집사 스크럼블을 소리쳐 불렀다.

"저 여기 있습니다, 주인님!"

지하 저장고에서 외치는 소리가 들렸다.

"불은 왜 꺼 놓았어, 스크럼블?"

스피틀워스가 더듬더듬 계단을 내려가며 소리쳐 물었다.

"집에 아무도 없는 척하는 게 좋을 것 같아서요!"

스크럼블이 소리쳤다.

"아."

스피틀워스는 움찔거리며 계속해서 절뚝절뚝 아래층으로 내려갔다.

"소식을 들은 모양이지?"

"네. 주인님께서 급히 떠나려 하실 거라고 생각했습니다. 그렇지요?"

스크럼블의 목소리가 메아리쳤다.

"그래, 스크럼블."

스피틀워스 경은 멀리 보이는 촛불의 불빛을 향해 절뚝절뚝 걸어가며 덧붙였다

"빨리 떠나야지."

그런 뒤 그는 오랫동안 금화를 모아 놓은 지하 저장고의 문을 밀었다. 촛불의 불빛에 어렴풋이 보이는 집사는 흰머리 가발과 눈을 한없이 작아보이게 만드는 두꺼운 안경을 쓴 채 프러디섐 교수로 분장하고 있었다.

"변장을 하고 가는 게 좋을 것 같습니다."

스크럼블은 이렇게 말하며 자신이 버튼스 부인으로 분장했을 때 입었던 검은 드레스와 연한 적갈색 가발을 내밀었다.

"좋은 생각이야."

스피틀워스는 황급히 가운을 벗고 버튼스 부인의 복장을 걸치며 다시 물었다.

"그런데 감기에 걸렸나? 목소리가 좀 이상하군."

"여기 먼지가 많아서 그렇습니다."

집사는 촛불에서 멀찍이 떨어지며 말을 이었다.

"그런데 에슬란다 아가씨는 어떻게 할까요? 아직 서재에 갇혀 있는데요."

스피틀워스는 잠시 생각에 잠기더니 입을 열었다.

"그냥 둬. 나와 결혼할 기회를 걷어찼으니 마땅한 대가를 치러야지."

"잘 생각하셨습니다. 마차와 말 두 마리에 금화를 거의 다 실었습니다. 이 마지막 가방을 옮겨야 하는데 도와주시겠어요?"

"설마 나를 두고 가려 했던 건 아니겠지?"

스피틀워스는 자신이 10분만 더 늦게 왔다면 스크럼블은 이미 떠나고 없지 않았을까 하는 의심을 떨칠 수 없었다.

"그럴 리가요, 주인님. 주인님을 두고 떠나는 건 꿈도 꾸지 않았습니다. 마부 위더스가 마차를 몰 겁니다. 지금 안뜰에서 준비를 마치고 기다리고 있습니다."

"좋아."

스피틀워스가 말했다. 두 사람은 마지막 금화 가방을 들고 위층으로 올라가 텅 빈 집을 가로질러 뒤쪽 안뜰로 나갔다. 어둠 속에서 스피틀워스의 마차가 기다리고 있었다. 말 등에 금화 자루들이 매달려 있고 마차 위에도 금화 상자들이 끈으로 묶여 있었다.

스피틀워스는 스크럼블과 함께 마지막 가방을 마차 지붕에 올리며 말했다.

"저 이상한 소리는 뭐야?"

"저는 아무 소리도 안 들리는데요, 주인님."

스크럼블이 대꾸했다.

"누가 끙끙거리는 소리 같은데."

스피틀워스가 말했다.

문득 어떤 기억이 어둠 속에 서 있는 그의 머릿속을 파고들었다. 수년 전 늪에서 얼음처럼 하얀 안개 속에 서 있을 때 개 한 마리가 가시덤불에 뒤엉켜 버둥거리며 낑낑거리던 기억. 그때 들었던 소리와 비슷한 소리였다. 누군가가 무언가에 걸려 헤어나지 못하는 소리. 스피틀워스는 불안해졌다. 예전처럼. 그때는 뒤이어 플래푼의 나팔총이 발사되었고 그와 함께 두 사람은 부자의 길로, 왕국은 파멸의 길로 들어서기 시작했다.

"스크럼블, 저 소리 거슬리는데."

"그러실 겁니다, 주인님."

구름 뒤에 숨어 있던 달이 모습을 드러냈다. 스피틀워스 경은 갑자기 목소리가 달라진 집사를 돌아보았다. 총구가 그를 마주하고 있었다. 그의 총이었다. 스크럼블은 어느새 프러디셤 교수의 가발과 안경을 벗고 실체를 드러내고 있었다. 집사 스크럼블이 아니라 버트 비미시였다. 순간 달빛을 받은 이 소년은 자기 아버지와 너무도 똑같아 보였다. 죽은 비미시 대장이 그를 벌주려고 무덤에서 나온 것이 아닐까 하는 터무니없는 생각이 들었다.

스피틀워스는 황급히 주위를 둘러보았다. 마차의 문이 열려 있고 그 안에서 입에 재갈이 물리고 몸이 묶인 채 바닥에 누워 있는 진짜 스크럼블이 보였다. 그 이상한 낑낑거림은 스크럼블의 신음 소리였다. 에슬란다 아가씨가 총을 들고 마차에 앉아 미소를 짓고 있었다. 마부 위더스에게 왜 가만히 있느냐

스피틀워스는 황급히 주위를 둘러보았다.
그 이상한 낑낑거림은 스크럼블의 신음 소리였다.

김태린 ㅣ 11세

고 따지려 입을 연 순간, 스피틀워스는 그 마부가 위더스가 아니라 로더릭 로치라는 사실을 깨달았다.(진짜 마부는 말을 타고 저택으로 달려오는 두 소년을 발견하고는 불길한 일이 벌어진 걸 알아차리고 스피틀워스 경의 말들 가운데 가장 아끼는 녀석을 훔쳐 어둠 속으로 달아나 버렸다.)

"너희들, 어떻게 이렇게 빨리 왔지?"

스피틀워스가 할 수 있는 말이라곤 고작 이것뿐이었다.

"어느 농부한테 말을 빌렸거든요."

버트가 말했다.

버트와 로더릭은 스피틀워스보다 말을 훨씬 더 잘 다룬 덕에 그들의 말은 절름발이가 되지 않았다. 스피틀워스를 앞지른 두 청년은 에슬란다 아가씨를 풀어 주고 금이 어디 있는지 알아낸 다음 집사 스크럼블에게 사실을 캐물었다. 스크럼블은 스피틀워스가 그동안 온 나라를 속인 일과 자신이 프러디셥 교수와 버튼스 부인의 행세를 한 일까지 모조리 털어놓았다.

스피틀워스가 기어들어가는 소리로 말했다.

"얘들아, 서두르지 말자. 금화는 많아. 너희한테도 나눠 줄게!"

그러자 버트가 말했다.

"당신 것도 아닌데 어떻게 나눠 줘요? 이제 슈빌로 돌아가 재판을 받으셔야죠."

64장

다시 찾은 코르누코피아

옛날에 코르누코피아라는 작은 나라가 있었는데, 이 나라는 새로 뽑은 고문관들과 총리가 다스리고 있었다. 지금부터는 그 가운데 고든 굿펠로라는 총리가 다스리던 시기의 이야기를 들려줄까 한다. 정직함이 얼마나 소중한지 깨달은 코르누코피아 사람들은 정직한 사람 굿펠로를 총리로 뽑았다. 스피틀워스 경에 대해 중요한 증거를 내놓은 착하고 용감한 여인 에슬란다 아가씨와 굿펠로 총리가 결혼한다고 발표하자 전국에서 축하의 물결이 이어졌다.

행복했던 왕국을 절망과 몰락으로 내몰리게 한 왕은 수석 고문관과 함께 재판을 받았고, 그런터 할머니와 건달 존, 하인 캔커비, 오토 스크럼블을 포함해 스피틀워스의 거짓말로 이익을 챙긴 다른 수많은 사람들 역시 재판을 피해 갈 수 없었다.

왕은 심문을 받는 내내 흐느껴 울었지만, 스피틀워스 경은 차갑고 뻔뻔한 목소리로 질문에 답했다. 차라리 프레드처럼 그저 울고만 있었다면 나았을 텐데, 그는 자신이 저지른 나쁜 짓들에 대해 수많은 거짓말을 하고 다른 사람들에게 책임을 떠넘기려 하는 바람에 더 불리한 입장이 되었다. 프레드와 스

착하고 용감한 에슬란다 아가씨와 굿펠로 총리가 결혼한다고 발표하자
전국에서 축하의 물결이 이어졌다.

이연오 | 13세

피틀워스 모두 다른 범죄자들과 함께 궁전의 지하 감옥에 갇혔다.

버트와 로더릭이 스피틀워스를 총으로 쏴 버렸으면 좋았을 거라고 생각하는 사람도 있을 것이다. 어쨌든 그는 수백 명의 사람들을 죽음으로 몰아넣은 장본인이니까. 그런 사람들을 위해 위안이 되는 이야기를 해 주자면, 스피틀워스는 하루 종일 밤낮으로 지하 감옥에 들어앉아 맛없는 음식을 먹고 거친 이불을 덮고 자면서 프레드가 줄기차게 우는 소리를 듣고 있느니 차라리 죽어 버리는 편이 낫다고 생각했다.

스피틀워스와 플래푼이 빼돌린 금화는 다시 거두어들였다. 덕분에 치즈 가게나 제과점, 낙농장, 돼지 농장, 정육점, 포도 농장 등을 잃었던 사람들은 모두 다시 문을 열고 유명했던 코르누코피아의 음식과 포도주를 만들기 시작했다.

그러나 코르누코피아가 빈곤에 처해 있던 오랜 기간 동안 치즈나 소시지, 포도주, 케이크 등을 만드는 법을 배우려 해도 기회조차 갖지 못한 사람들이 있었다. 그들 중 몇몇은 도서관 사서가 되었는데, 에슬란다 아가씨가 이제는 쓸모없어진 고아원들을 모조리 도서관으로 바꾸자는 좋은 아이디어를 내놓은 덕분이었다. 그녀는 손수 도서관에 비치할 책들을 고르는 일을 도왔다. 그러나 여전히 많은 이들이 일자리를 얻지 못했다.

이로 인해 코르누코피아의 다섯 번째 도시가 탄생하게 되었다. 커즈버그와 여로보암 사이의 플루마 강변에 자리한 이 도시는 이카비라고 불렸다.

온순한 둘째 이카보글은 기술을 배우지 못한 사람들의 딱한 처지를 듣고 자신이 아주 잘 아는 버섯 재배법을 그들에게 가르쳐 주면 어떻겠느냐고 조심스럽게 제안했다. 그렇게 해서 버섯 재배가 성공적으로 이뤄지자 그 주위에 활기찬 도시가 생겨난 것이다.

버섯을 무슨 맛으로 먹느냐고 생각하는 사람도 있겠지만, 맹세컨대, 이카비의 버섯 크림수프를 한 번 맛보면 평생 버섯을 좋아하게 될 것이다. 커즈버그와 바론스타운에서도 이카비의 버섯이 들어가는 새로운 요리들이 개발되었다. 굿펠로 총리가 에슬란다 아가씨와 결혼하기 직전에 플루리타니아의 왕은 굿펠로에게 코르누코피아의 돼지고기 버섯 소시지를 1년 내내 먹게 해 주면 자기 딸들 가운데 하나를 고를 수 있게 해 주겠다고 제안하기도 했다. 굿펠로 총리는 자신의 결혼식 초대장과 함께 돼지고기 버섯 소시지를 선물로 보냈다. 에슬란다 아가씨는 포피리오 왕에게 딸들을 음식과 맞바꾸려 하지 말고 저마다 남편을 스스로 찾게 해 주라는 편지를 써서 넣었다.

이카비는 슈빌이나 커즈버그, 바론스타운, 여로보암과는 달리 한 가지가 아닌 세 가지 특산물로 유명했다.

첫 번째는 단연 버섯이었다. 이곳의 버섯들은 하나같이 진주처럼 아름다웠다.

두 번째는 어부들이 플루마강에서 잡는 아름다운 은빛 연어와 송어였다. 여기서 한 가지 반가운 소식을 전하자면, 플루마강의 물고기들을 연구하던 그 할머니의 동상이 이카비의 어느 광장에 자랑스럽게 세워졌다.

이카비의 세 번째 특산물은 양모였다.

굿펠로 총리는 기나긴 굶주림의 시기를 견디고 살아남은 몇 안 되는 습지대 사람들에게 양을 잘 먹일 수 있도록 북부 습지의 초원보다 더 좋은 초원을 마련해 줘야 한다고 생각했다. 그리하여 플루마 강가의 푸른 들판에 살게 된 습지대 사람들은 그때부터 실력을 발휘하기 시작했다. 코르누코피아는 세계에서 가장 부드럽고 매끄러운 양모를 생산하게 되었고 그 양모로 만들어진 스웨터와 양말, 목도리는 다른 곳에서 나오는 제품들과는 비교할 수 없을 만

큰 아름답고 포근했다. 헤티 홉킨스 가족의 양 목장에서도 훌륭한 양모를 생산
했지만, 최고급 의류에 쓰이는 양모는 바로 로더릭과 마사 로치 부부가 운영하
는 이카비 외곽의 목장에서 나오는 양모였다. 이 역시 반가운 소식인데, 로더릭
과 마사는 결혼해서 자녀 다섯을 낳고 아주 행복하게 살고 있었다. 게다가 언제
부터인가 로더릭의 말투에서는 습지대의 억양이 조금씩 묻어 나왔다.

　기쁘게도 새로이 부부가 된 사람들이 또 있었으니 바로 오랜 친구였던 비
미시 부인과 도브테일 씨였다. 두 사람은 지하 감옥에서 나온 뒤로 이제는 옆
방에서 살 필요가 없어졌지만 서로 헤어져서 살 수도 없다는 사실을 깨달았
다. 그래서 버트는 신랑의 들러리가 되고 데이지는 신부의 들러리가 되어 이
목수와 제빵사가 결혼식을 올렸고, 덕분에 오랫동안 남매처럼 지내 온 버트
와 데이지는 진짜 남매가 되었다. 비미시 부인은 슈빌 한복판에 제과점을 열
어 '요정의 요람'과 '아가씨의 꿈', '공작의 기쁨', '소소한 사치', '천국의 희망'
을 만들어 팔았을 뿐 아니라, 세상에 없을 듯 가볍고 폭신하며 마치 습지의
갈대가 뒤덮인 듯 민트 초콜릿을 세심히 갈아 얹은 '이카 구름'이라는 케이크
도 새로이 개발했다.

　버트는 아버지의 뒤를 이어 코르누코피아 군대에 입대했다. 올곧고 용감
한 청년이었으니 결국 대장이 되었다 해도 놀랍지 않을 것 같다.

　데이지는 세계적인 이카보그 전문가가 되어 이카보그의 흥미로운 습성에
대해 많은 책을 썼다. 이카보그들이 코르누코피아 사람들에게 보호받고 사
랑받을 수 있게 된 것은 다 데이지의 덕분이었다. 또한 여가 시간에 데이지는
아버지와 함께 목공소를 성공적으로 운영했다. 그들의 목공소에서 가장 인기
있는 제품은 이카보그 인형이었다. 둘째로 태어난 이카보글이 데이지의 목공
소에서 가까운 옛 프레드 왕의 사슴 사냥터에서 살게 되면서 둘은 끝까지 좋

은 친구로 지냈다.

슈빌 한가운데에는 박물관이 지어져 해마다 수많은 사람들의 발길을 끌었다. 이 박물관은 코르누코피아 사람들이 스피틀워스의 거짓말에 속았던 수년의 세월을 잊지 않게 하기 위해 굿펠로 총리와 그의 고문관들이 데이지와 버트, 마사, 로더릭의 도움을 받아 세운 것이었다. 이 박물관에서는 플래푼의 총알이 박힌 비미시 대장의 은 훈장과 슈빌에서 가장 큰 광장에 서 있던 노비 버튼스의 동상을 볼 수 있었다. 이 동상이 있던 광장에는 이제 눈물꽃 한 다발을 들고 습지대에서 나와 자신의 동족과 코르누코피아 왕국을 구한 용감한 이카보그의 동상이 세워졌다. 그 밖에도 슈빌의 박물관에는 황소의 해골과 못으로 만든 스피틀워스의 이카보그 모형과 화가가 오직 상상만으로 그린, 용처럼 생긴 이카보그와 맞서 싸우는 프레드 왕의 거대한 초상화가 전시되었다.

그런데 한 가지 빼먹은 이야기가 있지 않을까? 플래푼 경을 죽이고 건장한 사내 여러 명에게 끌려간 그 사나운 첫째 이카보글은 어떻게 되었을까?

사실, 이 녀석은 여간 골칫거리가 아니었다. 데이지는 이 사나운 이카보글을 공격하거나 학대하면 이 녀석이 지금보다 사람들을 더욱 미워하게 되니 그래선 안 된다고 설명했다. 이 이카보글이 사람들을 더 미워하게 되면 결국 자신보다 더 사나운 이카보글들을 낳게 될 것이며, 그러면 코르누코피아는 스피틀워스가 거짓으로 꾸며 낸 문제를 실제로 겪게 될 게 분명했다. 이 첫째 이카보글은 한동안 사람들을 죽이지 못하도록 튼튼한 우리 안에 가둬 놓아야 했는데, 워낙 위험한 탓에 자진해서 이 녀석에게 버섯을 갖다 주겠다는 사람을 구하기가 어려웠다. 그나마 이 이카보글이 조금이라도 좋아하는 사람은 탄생사 때 녀석의 이커를 보호하려 했던 버트와 로더릭뿐이었다. 하지만 버트는 군대에 들어갔고 로더릭은 양 목장을 운영했기 때문에 둘 다 하루 종일 사나운 이카보글 옆을 지키고 있을 수가 없었다.

그런데 전혀 예상치 못했던 사람이 이 문제를 해결해 주었다.

여태 지하 감옥에서 눈이 퉁퉁 붓도록 울고 있던 프레드는 분명 이기적이고 허영투성이에 비겁한 왕이었지만 사람들에게 피해를 주려는 의도는 없었다. 물론, 그래도 아주 큰 해를 입히긴 했지만 말이다. 왕위에서 내려온 뒤로 꼬박 1년 동안 프레드는 아주 깊은 절망에 빠져 있었다. 궁전을 빼앗기고 지하 감옥에 살게 된 탓이었을 테지만 한편으로 그는 몹시 부끄러워하고 있었다.

그는 자신이 얼마나 끔찍한 왕이었는지, 얼마나 형편없는 행동을 했는지 깨닫고 더 나은 사람이 되기를 간절히 바랐다. 그리하여 어느 날 맞은편 감방에 우울하게 앉아 있는 스피틀워스가 깜짝 놀랄 만한 일을 했다. 바로 교도관에게 자신이 그 사나운 이카보그를 돌보고 싶다고 말한 것이다.

그렇게 해서 그는 실제로 사나운 이카보그를 돌보기 시작했다. 첫날 아침 그리고 그 뒤로도 숱한 아침, 다리를 후들거리며 하얗게 질린 얼굴로 사나운 이카보그의 우리에 들어가 코르누코피아와 자신이 저지른 끔찍한 잘못들에 대해 이야기하고, 더 나은 사람, 더 착한 사람이 되기를 원한다면 얼마든지 그렇게 될 수 있다고 타일렀다. 그리고 자신은 매일 밤 감방으로 돌아가야 했지만 이 이카보그는 우리에서 벗어나 넓은 들판에서 살 수 있게 해 달라고 청했다. 놀랍게도 그 방법은 큰 도움이 되었다. 심지어 이 사나운 이카보그는 이튿날 아침 거친 목소리로 프레드에게 고맙다는 인사를 건네기도 했다.

그 뒤로 여러 달이 가고 여러 해가 지나면서 서서히 프레드는 점점 더 용감해졌고 사나운 이카보그는 점점 더 온순해졌다. 그러다 프레드가 노인이 된 어느 날 마침내 이 이카보그는 탄생사를 맞이했다. 그 배에서 나온 이카보글들은 온순하고 얌전했다. 프레드는 마치 형제가 죽기라도 한 듯 그 이커의 죽음을 슬퍼하다가 머지않아 세상을 떠났다. 코르누코피아의 어느 도시에도 이 마지막 왕의 동상은 세워지지 않았지만 사람들은 가끔씩 그의 무덤에 꽃을 갖다 놓았다. 그가 알았더라면 몹시 기뻐했을 것이다.

인간이 정말 이카보그에게서 탄생사했는지는 알 수 없다. 어쩌면 우리는 좋은 쪽으로든 나쁜 쪽으로든 변화를 겪을 때 일종의 탄생사를 겪는 것인지도 모른다. 한 가지 확실한 점은 이카보그처럼 국가도 선량한 사람들 덕에 온화하게 바뀔 수 있다는 것이다. 바로 이런 이유로 코르누코피아 왕국은 오래오래 행복하게 살 수 있었다.

J.K. 롤링 J.K. ROWLING

J.K. 롤링은 1997년부터 2007년 사이에 출간된 〈해리 포터〉 시리즈 일곱 편의 저자이다. 호그와트 마법 학교에서 펼쳐지는 해리와 론, 헤르미온느의 모험을 다룬 이 일곱 편의 이야기는 80개 이상의 언어로 번역되어 5억 부 이상 판매되었고 여덟 편의 블록버스터 영화로 제작되었다. 이와 더불어 롤링은 자선 목적으로 세 편의 짧은 참고 도서를 썼으며 이 가운데 하나인 〈신비한 동물 사전〉은 역시 롤링이 시나리오를 쓴 새로운 영화 시리즈의 모태가 되었다. 이후 롤링은 극작가 잭 손, 연출가 존 티퍼니와 함께 성인이 된 해리의 이야기를 소재로 연극 대본 〈해리 포터와 저주받은 아이〉를 썼으며 이 연극은 유럽과 북미, 오스트레일리아의 여러 극장에서 상연되어 큰 호평을 받았다.

　　J.K. 롤링은 다양한 문학상과 훈장을 받았다. 또한 자신의 공익신탁 볼런트Volant 를 통해 많은 자선 활동을 후원하고 있으며, 흩어진 가족을 다시 모이게 하고 고아원이나 보육 시설이 없는 세상을 만들기 위해 노력하는 아동 자선 단체 루모스 Lumos의 창립자이기도 하다.

　　J.K. 롤링은 아주 어릴 때부터 작가를 꿈꾸었고 방 안에서 이야기를 지어낼 때가 가장 행복하다고 한다. 현재 가족과 함께 스코틀랜드에 살고 있다.

　　〈이카보그〉는 2020년 코로나바이러스로 인해 외출이 어려워진 시기에 온 가족이 함께 창의적인 즐거움을 누릴 수 있도록 온라인으로 먼저 공개된 롤링의 첫 동화책이다. 책에는 〈이카보그〉 일러스트 공모전에 당선된 어린이들의 아름다운 그림이 실려 있다.

옮긴이_박아람

전문 번역가. 주로 소설을 번역하며 KBS 더빙 번역 작가로도 활동했다. 옮긴 책으로는 《신비한 동물들과 그린델왈드의 범죄 원작 시나리오》《해리 포터와 저주받은 아이》《마션》《맨디블 가족》 《내 아내에 대하여》《빅 브러더》《화성인도 읽는 우주여행 가이드북》《달빛 코끼리 끌어안기》《로 움의 왕과 여왕들》《12월 10일》를 비롯하여 《작가의 시작》《내 옷장 속의 미니멀리즘》《수치심의 힘》외 다수가 있다. 2018 GKL 문학번역상 최우수상을 수상했다.

이카보그

초판 1쇄 인쇄 2020년 12월 4일
초판 1쇄 발행 2020년 12월 18일

지은이 | J.K. 롤링
옮긴이 | 박아람
발행인 | 김은경

펴낸곳 | 문학수첩리틀북
주소 | 경기도 파주시 회동길 503-1(문발동 633-4) 출판문화단지
전화 | 031-955-9088(마케팅부), 9536(편집부)
팩스 | 031-955-9066
등록 | 2001년 3월 29일 제03-01282호

홈페이지 | www.moonhak.co.kr
블로그 | blog.naver.com/moonhak91
이메일 | moonhak@moonhak.co.kr

ISBN 978-89-5976-243-9   03840

* 파본은 구매처에서 바꾸어 드립니다.